나의 닉네임은

되다 만 예술가

나의 닉네임은 되다 만 예술가

발행일   2022년 11월 10일

지은이   이미경
펴낸이   손형국
펴낸곳   (주)북랩
편집인   선일영   편집   정두철, 배진용, 김현아, 류휘석, 김가람
디자인   이현수, 김민하, 김영주, 안유경   제작   박기성, 황동현, 구성우, 권태련
마케팅   김회란, 박진관
출판등록   2004. 12. 1(제2012-000051호.)
주소   서울특별시 금천구 가산디지털 1로 168, 우림라이온스밸리 B동 B113~114호, C동 B101호
홈페이지   www.book.co.kr
전화번호   (02)2026-5777   팩스   (02)3159-9637

ISBN   979-11-6836-575-9 03810 (종이책)   979-11-6836-576-6 05810 (전자책)

(주)북랩 성공출판의 파트너

북랩 홈페이지와 패밀리 사이트에서 다양한 출판 솔루션을 만나 보세요!

홈페이지 book.co.kr   •   **블로그** blog.naver.com/essaybook   •   **출판문의** book@book.co.kr

작가 연락처 문의 ▸ ask.book.co.kr

작가 연락처는 개인정보이므로 북랩에서 알려드릴 수 없습니다.

시와 그림, 에세이로 일상을 선물하다

나의 닉네임은
되다 만 예술가

이미경

북랩

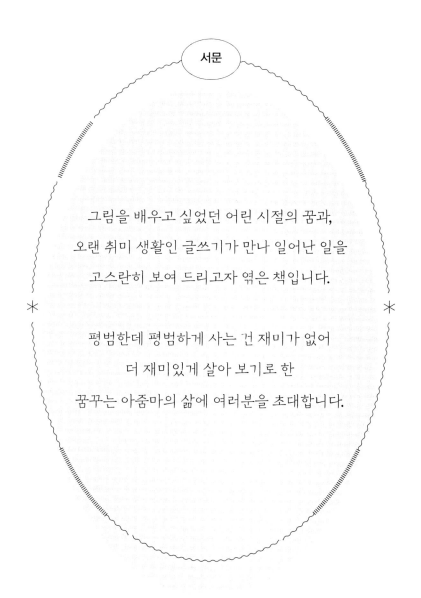

서문

그림을 배우고 싶었던 어린 시절의 꿈과,

오랜 취미 생활인 글쓰기가 만나 일어난 일을

고스란히 보여 드리고자 엮은 책입니다.

✳   ✳

평범한데 평범하게 사는 건 재미가 없어

더 재미있게 살아 보기로 한

꿈꾸는 아줌마의 삶에 여러분을 초대합니다.

Contents

4장 작업화 206

5장 실내화 290

1장

꽃고무신

되다 만
예술가

     귀하지 않은 것이 없었던 오래전 추억들을 꺼내 놓으면 요즘 젊은 사람들이 보기에 이해가 되지 않을 부분들이 많을 것이다. 나는 초등학교에 입학하기 전까지 연필을 잡아 본 기억이 없다. 혹여 연필이 있었다고 해도 종이 또한 귀한 시절이라 짝을 이루지 못하면 무용지물이 되었을 것이다. 종이도 연필도 귀했던 시절, 나에게는 종이와 연필이 필요한 꿈이 있었다. 새마을 운동이 한창일 때 태어난 나는 학교에 들어가기 전까지 깡촌 시골에 살았다. 집집마다 어린아이들은 넘쳐났으나 시골 살림이란 것이 풍족하지는 못했기 때문에 장난감이나 동화책 같은 어린이를 위한 물건들은 없었다. 밤이면 호롱불빛 하나가 어둠을 밝히는 유일한 조명이었던 탓에, 부엉새 우는 밤 달빛이 나무 그늘을 만들면 초저녁 잠에 빠져들었던 아이들의 하루는 이른 아침부터 시작이 되었다. 눈 뜬 아침 주변의 모든 풍경이 아이들의 교육을 담당하던 교재이자 교구였던 것이다.

담을 타고 오르는 나팔꽃도 예뻤고 마당 귀퉁이 발길 닿지 않은 곳에서 자라나 보랏빛 열매를 맺는 자리공조차 내게는 너무나 재미있는 장난감 같았다. 열매를 터트리면 나오는 즙이 보랏빛 물감 같았고, 깨진 항아리를 빻으면 노을 같은 주황빛의 물감이 되었다. 파란 닭의장풀꽃은 푸른 하늘과 닮아 있어서 좋았었다.

이른 새벽 앞마당으로 햇살이 밀려 들어와 처마 끝에 부딪히고 섬돌에 내려앉았다가 다시 마루에 걸터앉는 시간이면, 아버지의 싸리비가 쓱쓱 쓸고 지나간 마당은 정리된 듯 아주 깔끔했다. 하지만 내가 원하는 '도화토'로는 적당하지 않았다. 도화토라고 적고 보니 뭔가 그럴싸한 이름으로 보이는 것 같기도 하지만 별것은 아니다. 그림을 그리는 종이를 도화지라고 부르니 그림을 그리는 흙을 도화토라고 불러야 하지 않을까 싶어서 어린 시절 이름을 붙여 준 나만의 미술 도구라고 하면 될 것 같다.

내 속에 타고난 끼가 무엇인지는 모르겠지만, 깨끗하게 정리된 마당을 보면 하얀 도화지를 보는 것처럼 기분이 좋았다. 아버지를 닮은 손재주와 어머니를 닮은 추진력이 내 속에서 꿈틀거리기 시작하면 섬돌에 놓인 꽃고무신을 신고서 듬성한 정지(부엌)문을 열고 들어가 곱게 닳아버린 수수 빗자루를 마당으로 들고 나왔다. 짜리몽땅한 수수 빗자루를 섬돌 아래 잠시 세워두고, 뒤꼍으로 쫓아가 지붕에 닿을 듯 쌓인 땔감 나무에서 잔가지 두어 개를 꺾어 왔다. 마른 솔방울이 붙어 있어도 좋았고 싸리잎이 붙어 있어도 괜찮았다.

자~ 이제부터 마당은 나의 공방이다. 낭창낭창 얇실하니 질긴 싸리나무는 세필이 되고, 솔방울 떼어 낸 솔가지는 굵은 4B연필이 되어 주었으니 이보다 좋은 문방사우가 또 어디 있을까 싶었다. 내 손에 안성맞춤인 붓과 연필이 준비가 되었으니 이제는 종이를 준비할 차례가 되었다. 없는 종이를 구하고자 닥나무 농사를 지을 수도 없는 노릇이고, 나의 작은 고사리손으로 택할 수 있었던 종이 대용품은 도화토가 되어 줄 우리 집 마당이었다. 정지에서 가져다 세워 두었던 수수 빗자루로 마당을 곱게 다듬으면 드디어 닥나무로 만들어 낸 닥종이보다 고운 나만의 도화토가 완성된다.

햇살이 담장에 피어난 나팔꽃을 건드리고 수돗가를 타고 오른 오이 넝쿨의 숨은 꽃까지 뻗어 닿으면, 언니 오빠는 학교에 가고 아버지는 밭에 가신다. 엄마는 막냇동생을 업고서 못다 치운 가마솥을 짚으로 만든 수세미로 박박 문지르고 헹구어 정리를 하신다. 섬돌 앞에 쪼그리고 앉은 나는 나름의 문방사우를 정리해 놓고서 작품 활동을 시작한다. 동그라미에 눈, 코, 입을 그려 넣으면 막냇동생의 얼굴이 되고 더 작은 동그라미는 들꽃이 되어 바람에 흔들리기 시작한다. 꼬물꼬물, 조물조물, 도화토 이쪽저쪽으로 왔다 갔다 그림을 그리고 있으면 외양간에서 배가 불룩한 암소가 커다란 호수 같은 눈으로 나를 물끄러미 바라보고 있었다. 그러다가 나와 눈이라도 마주치면 꼬리를 흔들어 파리라도 쫓아내고 아무 일 없었다는 듯이 여물을 잘근잘근 씹어 되새김질을 한다.

어느새 마당 가득 전시 작품이 가득 차면 우리 집 마당은 조금은 멋있는 갤러리가 되어 있었다. 밭에 가신 아버지의 지게에 열무가 가득 실려 오면, 갤러리가 된 마당 위로 아버지의 검정 고무신 발자국이 하나 둘 그림을 지우는 지우개가 된다. 내가 살던 곳이 깡촌 시골이 아니었다면, 연필과 종이가 그렇게까지 귀한 물건이 아니었을지도 모르겠다. 아버지 어머니가 순박한 농부가 아닌 도시를 닮은 부모님이었다면 딸내미의 손놀림을 달리 보았을지도 모른다. 어쩌면 도화토에 그려 놓은 그림들은 내 전생의 기억 속에 있는 예술가의 미련이었을지도 모른다.

아버지는 손재주가 굉장히 뛰어나셨던 분이셨다. 시골 촌동네에서 미적 요소를 가미할 만한 일에는 늘 아버지의 손길이 닿아 있었다. 아버지의 예술은 삶과 어우러진 일상일 뿐, 예술이라는 개념조차 가지지 못했던 손재주에 불과했을 것이다. 아버지 역시 타고난 예술적 끼는 분명 가지고 있었기에 생각이 늘 많기도 하셨다. 항상 뭔가를 탐구하며 만들고 계셨던 아버지의 모습이 지금 생각해 보면 예술적 목마름의 현상이 아니었을까 싶다. 아버지도 아버지의 가슴 속 열정을 모르셨던 세월 같기도 하다. 나는 그런 아버지를 참 많이 닮아 있었다.

내가 초등학교에 입학할 무렵, 부모님은 시골살이를 정리하고 작은 소도시로 이사를 했다. 도화토에 그림을 그리고 놀았던 나는 학교에 들어가게 되어 나만의 종이와 연필을 가질 수 있었고 그 모든 느낌이 좋았다. 매끈한 연필선이 깨끗한 연습장을 만나면, 마당에서는 그릴 수 없었던 그림을 그리게 해 주었다. 특별하게 예쁘거나 잘 그린 그림은 아니었지만, 그림은 늘 나와 함께 하던 친구였다.

성탄절이 다가오고 문구점 가판대에 온갖 반짝이는 카드가 진열이 되기 시작하면, 내게는 카드가 지닌 의미 이상인 전시회장 같았다. 카드 한 장 한 장이 나의 눈에는 작품처럼 보였고, 전시 작품 같은 카드를 구경하는 것을 즐기곤 했다. 요즈음처럼 휴대 전화라도 있었다면 사진을 찍어서 베끼기도 수월했을 것을, 눈으로 보고 머릿속에 저장하는 것에는 한계가 있다는 것이 안타까웠다. 백 원짜리에서부터 천 원짜리까지 골고루, 사이즈별로 고급스러운 느낌까지 달라지는 카드도 있었지만, 내가 고르는 것은 언제나 백 원짜리 중에서 가장 마음에 드는 그림이 있는 한 장뿐이었다. 그리고 켄트지와 색도화지 몇 장을 사고 나면 친구들의 놀자는 말도 뒤로하고 집으로 향하기 바빴다.

'문구점 가판대에서 보았던 천 원짜리 카드는 이만한 크기였지…'
켄트지의 반을 접어 천 원짜리 카드 크기대로 재단한다.

'두어 장은 거뜬히 만들고도 남지…. 이 카드는 외삼촌께 드릴 카드고….'

다시 켄트지의 반을 접고 십자로 접어 자르면 이백 원짜리 크기 네 장이 나온다. 이 카드는 친한 친구들에게 나누어 줄 카드가 된다. 십 원짜리 색도화지는 조금 얇아서 속지로 사용하기에 최고였다. 색도화지를 조금 작은 크기로 재단을 하고 켄트지로 만들어 놓은 카드에 쏙쏙 끼워서 붙여 주면 기본형 카드가 완성이 되었다.

이때쯤 되면 백 원짜리 동전을 주고 사 온 카드를 펼칠 때가 된 것이다. 내가 고른 카드에는 산타 할아버지와 사슴 그림이 있었다. 이 카드를 고른 이유는 다른 그림들은 머릿속에 저장이 되는데, 산타 할아버지와 사슴만큼은 상상으로 그려지지 않았기 때문이었다.

성탄종, 호랑가시나무와 열매, 불꽃이 타오르는 초, 눈 쌓인 전나무와 교회 등등 성탄절을 의미하는 그림이나 근하신년에 어울리는 학, 둥근 해가 떠오르는 그림들은 상상 속에서 끄집어낼 수 있었다. 친구들에게 나누어 줄 카드에 산타 할아버지와 함께 하늘을 날아오르는 사슴을 그리고 채색을 하면 왠지 선물 꾸러미 속에 선물을 가득 채운 것 같은 기분이 들었다. 12월 24일 아침 일찍 등교해서 친한 친구들 책상에 몰래 카드를 밀어 넣는 순수한 즐거움과 행복이 있었던 시절이었다.

나는 예술이 무엇인지 몰랐지만, 예술을 사랑한 아이였던 것 같다.

부모님께 미술 학원을 보내 달라고 생떼도 몇 번 부려 봤지만, 전혀 통할 것 같지 않아서 포기도 빨랐다. 사생대회가 열리면 미술 학원을 다닐 수 있었던 먹고살 만한 집의 아들딸들이 독점하다시피 상을 받아 가던 시절이었는데, 내게 무슨 복이 들었던 건지 학원을 다니지 않았는데도 상을 받을 기회가 몇 번 있었다.

한 번은 제법 큰 미술대회에서 특선이라고 적힌 메달을 받았을 때였는데, 담임선생님께서 교사가 된 이후로 제자에게 메달을 걸어 주는 건 처음인데 엄청 기분이 좋다고 칭찬을 해 주셨다. 집으로 한달음에 달려와 상장과 메달을 부모님께 보여 드렸지만, 부모님의 표정에는 아무런 감흥도 보이지 않아서 슬펐던 기억이다.

나는 늘 그림이 고팠다. 특출나게 잘 그리는 재주가 있어서 고팠던 것은 아니다. 타고난 기질 자체가 그냥 그림을 좋아하게끔 태어난 아이 같았다. 그 아이는 학교 미술 시간의 수업만으로 만족을 했어야 했다.

되다 만 예술가의 붓이 되어 준 컴퓨터 마우스

세월이 참 많이 흘렀다. 잠재워 두었던 그림 그리기의 꿈이 있었던 아이의 머리 위로 어느새 서릿발 같은 흰머리가 가득 차올랐다. 꿈이라는 것은 나이가 들고 주름이 생기면 주름 사이로 사라지는 것인 줄로만 알았는데, 도화토가 있었던 나의 공방 '마당'에 뿌려 두었던 예술의 씨앗이 미련으로 남아 있었던 모양이다. 예술가가 되고 싶었던 꿈을 접어 두어야 했던 나의 별칭이 된 이름, '되다 만 예술가'는 포기한 예술가가 아닌 미완성의 이름이다.

꿈이란 이루지 못해도 좋다. 가슴에 품고 있는 순간의 행복이 꿈이 주는 선물이기도 하다. '되다 말았다'는 것의 미래는 '된다'가 될 수도 있다. 되는지 말았는지 일단은 열심히 살아 볼 일이다. 지금 나는 살아 있으니까….

고흐를 꿈꾸다

예술을 사랑하고 싶은 나는

지극히 평범한 여자다.

민간요법으로
살아난 아이

       내가 다녔던 백 년이 넘는 역사를 지닌 초등학교에는 조용한 밤이면 귀신이 출몰한다는 강당이 있었고, 아이 두세 명이 합쳐야 둘레를 감쌀 수 있었던 커다란 고목들도 있었다. 전교생이 이천 명이 넘는 학교였으니 나처럼 말없이 조용한 아이는 학생들 사이에서 있는지 없는지 표시도 나지 않았다.

  가장 친하게 지내던 친구의 아버지가 경찰이었는데, 서울로 전근을 가게 되면서 친구도 전학을 가 버렸다. 유일하게 이야기를 나누었던 친구가 떠난 후로 나는 더 말이 없어지고 풀이 죽어 늘 마음이 허했다. 이야기를 나눌수 있는 친구가 없는 교실은 익숙한 장소이기는 하지만 낯설고 외로운 느낌이 가득했고, 그 외로움이라는 것이 몸속에서 병으로 자라기 시작했는지 어느 날부터 반쪽이던 얼굴이 터질 듯 빵빵한 고무풍선처럼 부어오르기 시작했다. 자고 일어나면 부기로 작아지는 두 눈과 통통 부어오르는 손발이 곧 터질 것만 같았다.

엄마는 나를 데리고 읍 소재지의 병원을 찾아가게 되었다. 반쯤 벗어진 머리에 형광등 불빛이 반사가 되어 빛나고 있는 의사 선생님은 하얀 가운을 입고 있었는데, 남자였는데도 막달의 임산부처럼 배가 나와 있었다. 진료실에 나를 앉혀 놓은 엄마가 그동안 있었던 증상을 의사에게 말을 하니 의사는 별다른 진찰도 검사도 없이 외형상의 증상만으로 신장병인 것 같다고 진단을 내렸다.

며칠 약 먹고 경과를 살펴봐야 하니 계속 통원 치료를 해야 한다고 했다. 의사는 절대 짠 음식을 먹으면 안 된다는 주의 사항을 알려 주면서 두툼한 약봉지를 챙겨 주었다.

며칠간 약을 먹어도 별다른 차도는 없었다. 쓴 약을 먹은 후 입을 헹구고 학교에 가려고 집을 나섰는데, 하늘이 노랗게 변하더니 삼켰던 약들이 솟구쳐 올라와 일부는 콧구멍으로 역류했고 나머지는 목을 찢을 듯 올라왔다. 구토와 어지럼증을 달고 학교를 가는 모습이 위태롭고 불안해 보였는지 아버지께서 학교에 따라오셨다. 그리고 담임선생님에게 당분간 병원에 다녀야 한다고, 학교를 쉬어야 할 것 같다고 말을 전했다. 중간고사가 시작되는 날이었는데, 어렸던 나는 아파 죽을 것 같다는 생각보다 시험을 안 보게 된 것이 더 즐거웠는지 철없이 좋아했다.

학교를 쉬면서 우리 집은 이사를 가게 되었다. 이사를 간 후 병세는 더 심해졌고, 병원의 약도 소용이 없을 만큼 죽음을 목전에 둔 아이의 모습을 하고 있었다.

아파 죽을 것 같은 날이 여러 날 지나가던 어느 날이었다. 엄마가 누워 있던 나에게 약을 먹이려고 일으켜 세웠고, 그날따라 쓰디쓴 약이 너무 먹기 싫었던 나는 약 먹기를 거부했다. 밥을 먹고 약을 먹어야 했는데, 소금으로 간을 한 음식을 아예 먹을 수가 없었던 나의 입안은 씀바귀의 뿌리를 짓이겨 놓은 것 같은 쓴 느낌이 들었다.

새빨간 윤기가 자르르 흐르는 무말랭이 한 번만 먹게 해 달라고 울면서 밥투정을 했다. 엄마의 무말랭이는 오독오독 씹히는 맛이 일품이어서 나에게는 세상에서 가장 맛있는 반찬이었다. 입맛을 잃은 내게 무말랭이는 너무나 간절히 먹고 싶은 반찬이었다. 엄마는 단호하게 안 된다고 하얀 쌀죽만 떠 먹였고 어린 마음에 나는 서러워서 토라져 버리고 말았다.

"약 안 먹을래요. 먹기 싫어요."

내가 먹는 약들은 쓴맛이 너무 강해서 먹고 나면 토하는 것이 일상적인 독한 약들이었다. 무말랭이를 먹을 수 없어서 화가 가득 차 있던 내게 엄마가 약은 조금만 쉬었다가 먹으라고 벽에 기대어 앉혀 놓았는데, 갑자기 바닥이 물컹거리는 느낌이 나더니 식은땀이 흘렀다.

"엄마, 엄마, 내 몸이 이상해요."

"엄마, 눈이 안 보여요."

"엄마, 손 좀 잡아 주세요."

"엄마, 내가 자꾸 둥둥 떠올라요."

나를 향한 저승의 문이 열리는 날이었는지 의식은 점점 흐려지고 몸이 가볍게 둥둥 떠오르는 느낌을 느낄 수 있었다. 엄마가 놀라서 나의 이름을 부르는 목소리까지는 기억이 나는데 그다음부터는 전혀 기억이 없다. 나는 저승으로 진입하는 문턱 어디에선가 서 있던 아이였다. 지금부터의 이야기는 나의 기억에 없는, 부모님께 전해 들은 이야기인데 나의 기억은 아니더라도 이 이야기가 마무리되기 위해서는 필요한 부분이라서 적어 본다. 엄마를 부르다가 실신을 해 버린 나의 모습은 살아 있는 사람이 아니라 뻣뻣하게 굳어 버린 살아 있는 시체 같은 느낌이었다고 한다. 두 눈이 뒤집혀 까만 눈동자는 사라지고 스프링에 올려놓은 사람처럼 통통 튀면서 발작을 하고, 입가에는 저승사자가 뿌려 놓은 듯한 거품이 가득 차올랐다고 한다. 엄마는 아버지를 급히 불렀고 아버지는 뻣뻣해진 나를 업고서 정신없이 병원으로 달려가셨다.

한적한 읍내의 응급실은 도시의 병원과 달리 응급 환자가 어쩌다 하나 둘 있을까 말까 하는데, 산송장 같은 나를 응급실에 눕혀 놓을 때쯤 또 다른 응급 환자가 이송되어 왔다고 한다. 담당 의사는 곧 숨이 떨어져 달아날 것 같은 두 명의 환자를 보더니 이 병원에서는 가망

없으니 도시의 대형병원으로 데리고 가라고 했다고 한다.

아버지가 나의 볼을 두드리면서 깨어나라고 큰 소리로 이름을 자꾸 부르니까, 옆 병상의 응급 환자 가족들이 우리 아버지에게 그 집 딸만 중하냐고, 좀 조용히 하라고, 시끄러워서 살 사람도 죽겠다고 따져 물었던 모양이다. 그들 가족도 마찬가지로 자기네들이 더 급한 응급 환자라고 의사를 붙들고 자기네부터 살려 달라고 울고불고 난리를 쳤다고 한다. 의사는 두 손을 내저으며 어서 빨리 큰 병원에나 데리고 가라고, 진료 못한다는 이야기만 했고, 더 지체하다가는 두 명 다 위험할 뿐이라고 했다고 한다.

의사의 말을 듣고 다른 응급 환자는 급하게 도시의 큰 병원으로 향했고 아버지에게도 빨리 나를 데리고 나가라고 했다고 한다. 아버지는 이대로 나갔다가는 딸을 영영 잃어버리고 말겠다는 생각이 들어서 막무가내로 내몰던 의사에게 사정을 했다고 한다.

"어차피 여기서 나가면 내 딸은 죽소. 그러니 원도 한도 없게 주사라도 한 대 놔 주시오."

아버지의 말을 들은 의사는 아이가 죽어도 병원 책임은 없다는 말과 함께 못 이기는 척 아버지의 뜻대로 의식 없는 내게 주사를 놨다고 한다. 무슨 주사를 놔 주었을까?

주삿바늘이 나를 찌르는 순간, 나의 뒤집힌 하얀 눈이 정상으로 돌아오고, "아얏" 하는 외마디 비명소리와 함께 저승의 문고리를 놓고서 내가 돌아왔다고 한다. 병원에서는 할 도리를 다한 것처럼 재차 빨리 큰 병원으로 데려가라고 하니, 어쩔 수 없이 힘없는 나를 업고서 집으로 돌아왔다고 한다. 그 시절 읍 소재지의 병원은 그랬다. 타박상에 흔히 말하는 포비돈 요오드나 발라 주고 감기약이나 지어 주면 되는 곳…. 먼 친척의 할머니 한 분도 간단하다는 맹장 수술 후 돌아가시게 만들었던 병원…. 도시의 큰 병원으로 가기에는 교통도 불편했고, 급한 불은 꺼진 듯하여 읍 소재지 병원에 아쉬운 대로 사나흘에 한 번씩 통원 치료를 계속 다녔다. 그러나 차도는 보이지 않았다.

어느 날 동네의 아주머니 한 분이 퉁퉁 부어오른 나의 모습을 보더니 엄마에게 부기 내리는 용한 사람이 있다고, 찾아가 보라고 말을 했다. 미신이라도 좋고, 민간요법이라도 좋으니 자식이 나을 수만 있다면 믿고 싶은 마음이었을 것이다.

부기로 터질 듯한 풍보가 된 나를 데리고 골목길을 돌고 돌아 용하다던 사람을 찾아갔다. 용하다는 아주머니는 나의 모습을 보더니 대번에 별거 아니라는 표정으로 누워 보라고 하더니, 인정사정없이 배를 주무르고 꾹 눌러서 탁탁 쳐올리는 동작을 몇 번 하더니 다시 앉아 보라고 했다. 이어서 작은 플라스틱 통 같은 것을 내 앞에 놓고서 아랫배부터 위로 꾹꾹 누르고 탁탁 치면서 문지르더니 입을 벌려 보라고 했다. 입을 벌리니 아주머니는 손가락으로 나의 목젖 어딘가를 깊숙이 건드렸다. 순간 나는 아랫배 깊은 곳 어디에서부터 올라오는 것처럼 구역질을 했고, 나의 목구멍에서 시커먼 덩어리 하나가 툭 튀어나왔다.

어… 이건 뭐지? 용하다는 아주머니는 시커먼 덩어리를 살펴보더니 으깨어 그것의 정체를 파악하기 시작했다.

"아이고, 이 꼬마 아가씨가 욕심이 많았나 보네. 무엇이 급해서 이렇게 급하게 먹었을까?"

나의 입에서 튀어 나온 검은 덩어리는 곶감이라고 했다. 몇 달 전설날에 먹은 곶감이 통째로 올라온 것이다. 용한 아주머니는 나에게 이제 살았으니, 착하게 공부 잘하고 부모님 말씀 잘 듣고 건강하게 자라라고 말씀해 주셨다.

식은땀이 날 정도로 아주 신기한 경험을 한 그날 밤은 너무나 편안하게 자게 되었고 다음 날부터 눈에 띄게 부기가 줄어들기 시작했다. 용한 아주머니가 알려준 비법대로 엄마는 나에게 은행나무 삶은 물로 식혜를 만들어 주셨고, 아버지는 와송瓦松 달인 물에 팥을 삶아 먹이면 좋다는 말에 와송이 자란다는 오래된 기와를 찾아서 구해온 재료들로 약을 만들어 나에게 먹이셨다. 정성이 닿았을까? 나의 몸은 하루가 다르게 말끔하게 나아갔다.

나는 날듯이 가벼운 몸으로 책가방을 메고 오랜만에 학교에 다시

가게 되었다. 나를 본 우리 반 아이들이 왜 다시 왔냐면서 놀라워했다. 친구들은 내가 아파서 학교를 쉬는 것을 모르고 전학을 간 것으로 알고 있었다. 그럴 만도 한 것이, 학교를 쉬기 시작할 무렵에 살던 동네를 벗어나 이사를 가게 되었으니 누가 보아도 전학을 가 버린 친구의 모습이었을 것이다.

내 부모님의 정성이 아니었다면 지금 나는 살아 있을까? 의사가 말한 대로 나의 신장이 병들어 얻게 된 병이었을까? 결과로 봐서는 의사의 진료가 오진에 가까운 것이라고 생각을 한다. 누구에게나 다 행운으로 작용하는 것은 아니겠지만, 의학적인 치료와 거리가 멀었던 민간요법이 아주 절묘하게 잘 맞아떨어진 나는 행운아임에 틀림없다.

어른이 되고 책에서 읽어 본 내용에 의하면 감의 씨앗은 음식을 감는 성질이 있어서 삼켰을 경우, 간혹 위장에서 집을 짓는다고 한다. 감 씨앗이 집을 지으면 소화 장애가 일어나고 체증이 계속되면서 붓는 증상까지 나타나기도 한다고 적혀 있었다. 달달한 홍시 같은 경우에는 먹다가 씨앗까지 삼키게 되는 경우도 많은데, 조심하고 볼 일이다.

다시 명절이 돌아와도 엄마는 절대로 내게 곶감을 주지 않았다. 감 근처에는 얼씬도 하지 말고 살라고 귀에 딱지가 앉도록 듣고 살았다. 지금도 내게 감이나 곶감은 늘 조심스러운 음식이다. 나의 경우는 아버지의 판단으로 응급실에서 다시 살아날 수 있었고, 민간 요법이 잘 맞아 떨어진 예라고 할 수 있겠다.

　글을 쓰다 보니 삼 년 전 하늘로 가신 아버지가 그리운 날이다. 아버지께서 살려 주신 목숨이 다하는 날까지 삶에 정성을 들여 살아야겠다.

mk

너의 반쪽 해바라기

해바라기를 사랑한···

사랑을 받는다는 건 언제나

미소가 용암처럼

분출하게 되는 길인 것 같다.

또 사랑을 주는 일도 그러하다

우리는 그렇게 사랑을 공유하는

사이가 되는 것이다.

사람과 사람으로

피서지의
도둑들

　　여름 방학이 시작이 되면 집에 하나뿐인 선풍기는 열병이 날 지경으로 돌고, 돌고, 돌아야 했다. 선풍기가 열이 심하게 나면 엄마가 물수건을 적셔서 열을 식힌다고 올려 두시기도 하셨지만, 한 가족 여섯 명이 사용하기에는 용을 쓰고 있는 선풍기가 불쌍하게까지 느껴졌다.

　모기의 공격을 받지 않기 위해서 설치해 둔 모기장 속은 왠지 더 더운 느낌이었고, 왔다 갔다 고개가 돌아가는 선풍기 바람이 한 번씩 돌아오기만을 기다리다 보면 어느새 잠이 들었다가 깨어나는 아침이 되어 있었다. 시원한 오이냉국에 아침밥을 먹고 나면 매미 소리가 뒤섞인 한낮의 햇볕은 더 뜨거워져 있었고, 맏이인 오빠의 말이 명령이라도 되는 듯 언니와 나는 매일 방학 숙제 한 가지씩은 끝내 놓아야 했다. 방학 숙제를 하지 않아도 되는 막내가 물이 담긴 커다란 고무통 속에서 노는 것을 보면 마냥 부럽기만 했다.

방학이 되면 느긋한 아이들의 먹성은 끝이 없을 정도였다. 자전거를 타고 읍내에서 벗어나 한 시간 정도의 거리를 달려가면 과수원들이 있었는데, 자전거를 탈 수 있었던 동네 엄마들 서너 명이 모여서 복숭아밭에라도 다녀오는 날이면 광주리 한가득 산지 시세로 복숭아를 사 오곤 하셨다. 집집마다 보통 아이들이 네다섯 명이 기본이었던 시절이었으니, 시장에서 소매금으로 사 오는 과일로는 많은 아이들의 입을 감당해 내기에는 역부족이었을 것이다.

자전거를 타고 과수원을 함께 다녀올 수 있었던 엄마들끼리는 자연스럽게 친목이 형성되어 있기 마련이었고, 그에 따라 아이들까지도 형제, 자매 이상으로 친하게 지냈다. 엄마들 중에 누군가가 아이들을 위한 과일을 사러 간다고 하면 엄마들 사이에서는 약간의 경쟁심 같은 것도 작용했으리라…. '남의 자식들은 달콤하고 맛있는 과일을 먹는데 내 아이만 못 챙겨 주는 것 아닌가' 하는 진한 모성애 덕분에 맛있는 과일을 넉넉하게 먹을 수 있었었던 것 같다.

시간이 지나자 산지 가격으로 저렴하게 과일을 사 오는 것에 질투심을 느끼게 된 다른 엄마들도 때늦은 자전거 배우기를 시작하더니 한동안 시퍼렇게 다리에 멍이 들고, 까진 무릎에 빨간약을 바르고 절뚝거리며 다니기도 했었다. 사람이 노력하는 일에는 반드시 성과는 따르는 법이었으니, 해가 바뀌고 다시 햇과일이 나올 시기가 되면 과수원을 향하는 엄마들의 행렬은 조금씩 더 늘어 있었다. 예나 지금이나 엄마들의 자식을 향한 사랑만큼은 끝이 없었음을 느끼게 된다.

고만고만한 아이들이 더운 날 학교도 가지 않고 집에 모여 있으니, 하루 세 끼씩 밥을 챙겨 먹이는 일도 보통 수고스러운 일이 아니었을 것이다. 사이좋게 지내는 듯하다가도 더운 날씨 탓에 불쾌지수가 상승하기 시작하면, 까탈스러운 오빠는 동생들을 꼼짝 못하게 하고, 언니와 나는 오빠의 눈치를 봐가며 조용하게 놀아야만 했다.

밥상 하나에 밥을 차려 놓고 먹어도 우리는 오빠가 양껏 먹은 후에나 편하게 밥을 먹을 수 있었다. 부모님이 아들이라고 오냐오냐 귀하게 키워서 오빠 위주로만 생각하는 부작용이 생겨난 것은 아닌지, 어린 마음에도 늘 공평하지 않다고 생각을 했다. 그런데 습관이 들면 무서운 것이, 엄마가 늘 아들을 먼저 챙기니 딸들인 우리도 뭔가 좋은 것이 있으면 오빠를 먼저 챙기게 되기도 하더라….

우리집에는 작은 냉장고가 있었는데, 얼음틀에 환타를 부어 얼려 놓으면 공장에서 나오는 하드보다 더 맛이 좋았다. 오빠가 없는 틈을 타서 우리끼리만 후딱 먹어 치우고 싶기도 했지만 그런 적은 단 한 번도 없었고 늘 오빠의 몫을 먼저 챙겨 두고 나머지를 나누어 먹었다.

첫째 아들은 귀해서 챙겨 주고, 둘째 딸은 예뻐서 챙겨 주고, 막내는 귀여운 막내아들이라고 챙겨 주고, 셋째인 나는 부모님께는 있어도 그만, 없어도 그만인 딸이라고 생각을 하고 살아서 그런지 미운 털 박히는 행동을 곧잘 하기도 했었다. 내 몫인 먹거리를 게 눈 감추 듯 먹어 치우고 애처로운 눈길로 언니를 바라보고 있으면, 마음이 천사같이 여린 언니는 언니 몫의 반절 이상은 내게 양보를 했던 것 같다. 어릴 때 사진을 보면 언니는 말라깽이고 나는 볼 통통 심술 난 말괄량이 계집아이로 보이는 이유가 아마도 언니의 모든 것을 탐했 기 때문인 것 같기도 하다.

더위가 정점을 찍을 무렵이면 과수원에 함께 다니던 엄마의 친구 들이 모여서 더위에 지친 아이들에게 특별한 선물을 주려고 바캉스 계획을 세우셨다. 읍내를 조금만 벗어나면 경치가 좋아, 사람들이 모여드는 계곡들이 많았던 지역이라 장소를 정하는 일은 그리 어렵 지 않았을 것이다.

하지만 집집마다 자가용이 없었던 시절이었기 때문에, 어린아이 들을 데리고 버스로 이동해야만 하는 상황이라 짐을 많이 챙겨 갈 수는 없었다. 요즈음처럼 코펠 같은 캠핑 도구들이 흔하지도 않았기 때문에 솥단지를 챙겨야 했고, 이불 보따리를 들고 가는, 얼핏 보면 피난 수준의 광경이 펼쳐지기도 했다. 물에 동동 띄워 놓아야 할 수 박이랑 참외도 한두 통으로는 어림도 없었기에 그것들만 챙겨도 한 짐 가득이었다.

수영복이 없던 시절이라 물놀이를 하면 갈아입어야 할 옷도 필요했고, 신나는 물놀이를 하기 위해서는 대형 트럭에서 뽑아냈을 법한 까만 튜브도 챙겨야 했다. 이박 삼일 일정으로 다녀온다는 계획이 세워지니 집에 없었던 텐트도 사야 해서 짐은 자꾸 더 늘어나기만 했다.

우리 집 상황만 보더라도 어른 두 명에 아이 네 명이 먹을 쌀이며 부식, 주전부리, 이불, 텐트 등등을 챙기니 소형 트럭 하나는 있어야 할 분량의 짐이 되었다.

예전에는 뭔가 특별한 날이 되면 엄마가 옷이랑 신발을 사 주셨는데 모처럼 가는 바캉스에 기분이 좋으셨는지 샌들과 옷, 모자를 사 주셨다.

아이스박스에 얼음을 채우고 먹거리 준비가 끝이 나고, 드디어 바캉스를 떠나는 날이 와 우리들은 버스 터미널로 향했다. 시골 버스에는 원래 짐들이 많기도 했었지만 세 가구의 식구가 놀러 간다고 이고, 들고, 업고 온 짐들의 양을 보자 기사님이 적잖이 당황하신 것 같아 보였다.

"아이고야~ 뭔 짐이 이래 많은 기라요?"

말은 이렇게 했지만, 너무나 당연하다는 듯이 짐칸의 문을 열어 주었다. 우리 집은 그나마 다른 집보다는 짐이 많지 않았는데, 아버지의 오토바이에 상당 부분이 실려 있었기 때문이었다. 버스를 타고 먼지가 폴폴 나는 비포장길을 한참 달려서 도착한 곳은 물도 깊지 않고 모래가 쌓여서, 물놀이하기에는 금상첨화 같은 지형이었다.

테트라는 것을 생전 처음 설치해 보시던 아버지는 땡볕에서 땀을 줄줄 흘리면서 고심에 고심을 거듭한 끝에 설치를 끝내고, 챙겨 온 짐들을 텐트에 넣을 수 있었다.

수박이랑 참외는 근처의 물속에서 우리보다 먼저 피서를 즐기기 시작하고 있었고, 아버지는 점심으로 먹을 매운탕을 끓이기 위해 투망을 던지기 시작하셨다. 투망을 한 번 던졌다 끌어들일 때마다 은빛 비늘이 반짝이는 물고기들이 한 양동이씩은 잡히는 것 같았다. 엄마들이 모여서 커다란 돌 몇 개를 구해 와서 불을 땔 수 있는 아궁이를 급조해 만들었고, 주변에 말라 죽은 나무들을 구해 와서 밥을 하기 시작했다. 솥단지를 걸어 놓은 1980년대의 바캉스가 주는 설렘과 즐거움이라는 것은 요즈음 소꿉놀이 같은 가스 버너에 코펠을 얹어 놓은 모습보다 더 감성적이지 않았는가라는 생각이 든다.

열댓 명이 넘는 식구들을 위한 밥을 하는 솥단지에 뜸 들이는 시간이 다가오면, 옆에서는 벌건 매운탕이 땡볕만큼이나 뜨겁게 끓고 있었다. 매운탕이 한창 끓는 도중 엄마들의 속닥거리는 작은 말소리가 들려왔다. 매운탕에는 깻잎을 넣어야 맛있는데 깻잎을 준비하지 못했다고 하는 것 같았다. 마침 개울 옆에 밭이 있었는데, 깻잎이 어른 키만큼 자라서 간혹 불어오는 바람에 이파리들이 흔들리고 있었다.

깨밭에 깻잎만 있었다면 엄마들이 어쩌면 서리를 꿈꾸었을지도 모르는데, 밭 주인이 일을 하고 있어서 서리는 물 건너간 기회일 뿐이었다.

엄마는 시장에 장을 보러 가실 때도 협상의 달인인 것처럼 가격을 잘 흥정하곤 하셨는데, 오늘도 그런 날이었다. 엄마가 밭으로 다가가더니 웃으면서 깻잎을 한 줌을 따 오는 것이 보였다. 다른 엄마들이 어떻게 된 거냐고 물으니, 사람 사는 인심이 다 거기서 거기인 거고 내가 남의 것을 가지기 위해서는 내 것을 내어 놓으면 되는 건데 매운탕 끓이는 중인데 식사 좀 하시라고 했더니 깻잎을 내어 주더라고 했다.

엄마들의 정성으로 지은 밥을 먹은 후에 모래가 형성되어 부드럽게 깔린 물속으로 들어가서 물장구를 치면서 신나게 놀았다. 물장구를 치다 보니 물 중간에 솟아 있는 바위가 보였고 헤엄을 치고 갈 수도 있을 거라는 생각이 들어서 바위까지 가 보기로 했다. 분명 만만하게 보이던 거리였는데 헤엄치는 것이 부족했던 나는 안 될 것 같다는 생각이 들어 포기를 하고 돌아오려고 발을 내려놓았는데, 순간 물속으로 쑥 빨려 들어가듯이 빠지는 거였다.

놀란 마음에 아버지를 부르면서 살려 달라고 했는데, 아버지는 장난치는 줄 알고 웃고만 계셨다. 꼬르륵꼬르륵 물속으로 자꾸 잠기니까 그제야 진짜 물에 빠졌구나 싶어 물에서 건져 주셨다. 아이들을 데리고 물놀이 갈 때만큼은 아이들에게서 절대 눈을 떼서는 안 된다. 물에 빠져서 사라지는 것은 순간적으로 일어나는 일이기 때문이다.

내가 어렸을 때는 엄마들이 아이들보다 더 신나게 물장구를 치는 모습이 낯설고 이상하게 느껴지기도 했는데 나이가 들고 보니 그때 엄마들의 물놀이를 이해할 수가 있을 것 같다. 청춘의 가슴은 세월이 흐른다고 한들 늙지 않는다는 사실을 깨우치고 나서부터, 세상 모든 어른들의 가슴에는 동심이 들어 있다는 것이 보이기 시작했기 때문이다.

한바탕 물놀이를 하다가 엄마들이 트럭의 타이어에서 빼서 만든 까만 튜브를 가지고 상류로 올라가기 시작했고, 아이들도 몇몇이 따라갔다. 어른 세 명과 아이들 세 명이 끌어안기에도 충분한 튜브는 물살을 타고서 너무나 신나게 텐트가 있는 곳으로 우리를 데려다 주었다. 살면서 그때의 물놀이만큼 신나는 물놀이를 해 본 적이 없었다.

실컷 놀고 허기가 질 무렵에는 신김치를 가득 넣고 끓인 라면이 간식이었는데, 음식의 맛이 집에서 먹는 먹는 거랑은 차원이 다른 맛이었다. 뜨겁던 한낮의 태양이 기울어지고 하늘이 붉게 물들기 시작하자, 물에서 물고기들이 어쩌다가 한 번씩 점프를 하고 있었고, 점점 더 어두워지자 풀벌레 소리도 크게 들리기 시작했다. 하늘에 별들이 하나 둘 생기기 시작하더니 어느새 쏟아질 것처럼 많이 빛나기 시작하고, 전등빛 아래로 모여든 우리들은 종일 물속에서 피서를 즐기던 수박이랑 참외를 먹을 수 있었다. 아주 신나게 놀았던 하루를 마무리하고 모두 각자의 텐트로 들어가서 잠을 청하려고 누웠는데, 부드러울 것 같은 모랫바닥이었는데도 생각했던 것보다 배기는 느낌에 불편함을 느끼면서 잠이 들었다.

계곡은 한여름이라고 해도 해가 뜨기 전에는 얇은 이불이 필요할 정도로 기온이 떨어지는 것 같았다. 우리에게 이불을 덮어 주고 텐트 밖으로 나가던 엄마가 갑자기 큰 소리로 사람들을 깨우기 시작했다. 덩달아 아이들도 모두 일어날 수 밖에 없었고 어리둥절 눈만 껌뻑거리다가 밖으로 나갔는데, 벗어 놓은 신발이 보이지 않았다. 신발뿐만 아니라 텐트 입구에 놓아 두었던 모자도 사라지고 없었다. 신발을 신어야 여기저기 찾아라도 볼 텐데 모든 신발들이 사라져 버린 것이다.

짐승이 와서 물어 갔다고 하기에는 의심스러울 정도로 모든 것들이 사라져 버렸기 때문에, 어른들은 분명 사람들의 손을 탔다고 이야기를 나누는 것 같았다. 급한대로 남자 어른들이 맨발로 주변을 수색하기 시작했는데 중간중간에 떨어져 있던 신발을 하나씩 찾을 수 있었다.

모자는 찢어진 채로 버려져 있었고 그 주변에 신발이 산발적으로 흩어져서 버려져 있었는데, 새것이고 좋아 보이는 것들로만 골라서 훔쳐 간 것 같았다. 예쁘게 신으라고 사 주셨던 나의 샌들도 보이지 않았다. 새것이 아닌 신발들만 버린 것으로 봐서는 분명 누군가가 낮부터 노리고 있었다는 것인데, 어른들은 더 큰일이 일어나지 않은 것이 다행이라고 생각하자고 하셨고 불안한 마음이 들었는지, 점심 까지만 해 먹고 집으로 돌아가자고 했다. 아버지가 오토바이를 타고 집으로 가서 신발을 새로 챙겨다 주셨고 맨발로 놀고 있던 우리는 헌 신발을 신고 집으로 돌아올 수 있었다.

큰맘 먹고 떠났던 한여름의 피서는 도둑들의 침입으로 유쾌할 수 는 없지만 모두 안전할 수 있어서 다행인 기억으로 남았다.

요즈음은 캠핑 카니, 차박이니 다양하고 세련된 캠핑 도구가 많은 세상에 살고 있다. 전문적인 용품들을 챙겨 가는 캠핑의 즐거움도 상당하지만, 돌이켜 보면 그 모든 것들이 없었던 세상에 살면서 자연으로 떠날 수 있었던 한여름의 피서가 더 낭만적이었다.

개를 그리다

누구나 처음은 서툴다.

하지만 포기하지 않고 자꾸 하다 보면

어느새 꽃길을 걷고 있는 자신을 발견하게 될 것이다.

선 하나씩 비틀거리며 시작했던 나의 마우스 그림도

나만을 위한 예술이 되었다.

우리집 고양이
살찐이

　　오래전 내가 어렸을 적, 우리 집은 방 두 칸에 작은 점포가 딸린 아주 작은 상가 건물이었다. 세탁기도, 냉장고도, 집전화도 없던 사십 년 전 이야기다. 가스레인지도 없었기 때문에 심지에 불을 붙여 사용하는 곤로로 음식을 만들어 먹었던 시절이기도 하다.

　분식점을 하시던 엄마는 화력이 강한 연탄불로 분식점의 모든 요리를 하셨다. 요즈음으로 치면 꽤나 장사가 잘되는 튀김 전문점 정도 되는 가게였다. 어느 날은 핫도그 튀김기를 구해 오셔서 뚝딱 핫도그를 만들어 팔기도 하셨는데, 케첩이라는 것을 그때 처음 먹어 봤다. 신맛이 너무 강해서 케첩을 즐기는 사람이 있을까 싶기도 했고, 앞으로도 나는 먹게 될 것 같지 않은 맛이었다. 지금이야 아무렇지도 않게 먹는 것들이지만, 그땐 집밥 외에는 다른 음식들을 먹어 볼 기회가 없었기 때문에 너무나 생소하고 끔찍한 맛이었다고 기억이 된다. 그때의 기억 때문일까? 나는 지금도 핫도그는 설탕 발라 먹는 것을 선호하는 편이다.

엄마는 커다란 각얼음을 갈아 팥빙수도 만들었다. 지금처럼 화려한 빙수는 아니었지만, 팥빙수를 접하지 못했던 친구들은 분식점을 하는 우리 집을 은근히 부러워하기도 했다.

먹거리의 종류가 많지 않던 동네에서 우리 집에서 만든 온갖 종류의 튀김은 매우 맛있는 별미로 소문이 났었다. 특히 인기가 많았던 것은 빨간 고추장 양념이 먹음직스러운 닭발 조림이었다. 살면서 그때 엄마가 만들었던 것만큼 맛있는 닭발을 먹어 본 적이 없다. 너무나 그리운 맛이다.

냉장고가 없던 시절이라 가게 앞에는 얼음주머니로 입구를 막는 아이스케키 통도 있었다. 뚜껑을 열고 얼음주머니를 들어 올리면 아래에 아이스크림이 들어 있었는데 지금의 아이스박스 같은 통이다. 쭈쭈바와 하드가 들어가 있었는데, 해거름이 들기 전에 녹아서 곤죽이 될 만큼 냉동 기능이 너무나 약했다.

철없는 아이가 네 명씩이나 있는 집에서 엄마는 아침부터 밤까지 단 한 번도 쉴 틈이 없었을 것이다. 지금 생각해 보면 엄마도 너무나 어렸었는데…. 삼십 대 초반의 억척스럽고 강한 여인이었다. 엄마의 삶이 얼마나 고단했을지 눈으로 보고 자란 나는 잘 알고 있다. 내가 기억하는 그 시절로 돌아가서 주부로 살아 보라고 한다면 나는 도저히 살 수가 없을 것 같다.

지난밤의 별들이 사라지기도 전 꼭두새벽부터 엄마는 빨랫거리를 챙겨 들고 약수터 아래에 있는 빨래터에서 빨래를 해 오셨다. 약수 터 너머에는 어마무시한 〈전설의 고향〉 같은 이야기들이 숨어 있는 공동묘지가 있었다. 새벽의 길이 얼마나 무서웠을까? 지금 세월에 돌이켜 생각해 보니, 젊은 엄마들의 담력이 대단했다고 느껴지기도 한다..

새벽 빨래를 해 와서 빨랫줄에 널어 두고, 아이들 도시락을 챙기고, 아침밥을 먹이고, 두 딸내미 긴 머리카락을 양갈래로 땋아서 리본을 달아 주고 학교를 보냈다. 엄마는 그 시절 다른 엄마들에 비해서는 조금은 더 세련된 엄마였던 것 같기도 하다. 까만 고무줄로 머리를 묶어 다니는 아이들이 대부분이었던 시골이었는데, 엄마는 어디서 배웠는지 아침마다 디스코 머리로 땋아서 나풀거리는 리본으로 묶어 주셨다.

산더미 같은 튀김을 튀기고, 종일 오가는 손님을 맞이하고…. 어쩌면 엄마는 슈퍼우먼이 아니었을까 싶다. 집에 유일하게 있었던 가전제품이 한 번씩 빽빽 울어대던 트랜스에 연결해서 보던 다리 네 개가 붙은 흑백 텔레비전과 주파수를 맞추면 나오는 라디오였다. 엄마에게는 아이 네 명이 방에서 조용하게 텔레비전을 시청하는 시간이 필요했을 것이다. 〈전설의 고향〉이나 〈옥녀〉를 보면서 이불 뒤집어쓰고 숨죽여 텔레비전을 보았던 기억이 난다.

어느 여름날에 엄마는 딸들에게 예쁜 샌들을 사 주셨다. 그땐 어른들이 '산따루'라고 불렀는데, 일본식 발음이 아니었을까 싶다. 나는 처음 신어 보는 샌들이 너무 좋았다. 너무 예뻤던 나머지 아껴 신고 싶은 욕심이 났다. 먼지가 내려 앉지 말라고 박스에 넣어 신발장 구석 자리에 올려 두었는데 엄마는 아껴 신지 말고 막 신고 다니라고 하셨지만, 나는 아껴 신고 싶었다.

그러던 어느 날 모처럼 예쁜 샌들을 신고 나가고 싶어져서 박스를 꺼내 들었는데 한쪽 귀퉁이에 구멍이 뻥 뚫려 있었다.

'어…? 이거 왜 이래…?'

놀란 가슴에 뚜껑을 열어보니 이놈의 생쥐가 아끼고 아끼던 샌들을 다 갉아 버려서 신을 수 없게 되어 버렸다. 나는 엉엉 울었고 엄마는 아끼면 똥 된다는 말이 있다면서 엄청 웃으셨다. 기억은 잘 나지 않지만, 다시 사 준다고 달래 주시지 않았을까 싶다.

다음날이었다. 엄마는 어디서 고양이 한 마리를 구해 오셨는데 고양이는 통통하게 살이 올라서 제법 귀엽게 보였다. 예전에 집에서 고양이를 키우는 것은 생쥐들의 접근을 차단하고자 하려는 방패의 구실이 컸다. 새 식구로 들어온 통통하고 귀여운 고양이의 이름을 '살찐이'라고 지어 주었고 살찐이가 온 이후로 생쥐 돌아다니는 소리는 줄어든 것 같기도 했다. 장난도 잘 치고, 쥐에게서 집도 잘 지키는 살찐이는 우리 집에서 제법 적응을 잘했다.

일주일이나 지났을까? 엄마가 "살찐아~" 하고 부르면 달려 오던 살찐이가 온데간데없이 사라져 버렸다. 하루가 지나고 이틀이 지나도 흔적도 없이 사라져서 찾을 수가 없었다. 며칠이 지나가고 이제 다시 볼 수 없는가보다 포기할 때쯤, 누군가 뒷집에서 비슷한 고양이를 봤다고 제보를 해 주었다.

엄마는 뒷집에 가서 아주머니에게 혹시 고양이 한 마리 못 봤냐고 물어 보았다. 뒷집에서 고양이 소리가 나고 있었고, 아주머니는 며칠 전에 사 온 고양이라고 했다. 그런데 우리 살찐이랑 몹시 똑같이 생긴 고양이었기에, 의심을 하지 않을 수가 없었다. 엄마는 혹시 우리 집에 있었던 고양이 아니냐고 재차 물었다. 아주머니는 화를 내면서 고양이가 다 비슷하게 생겼지 왜 도둑 취급을 하냐고 소리를 질러댔다.

우리 엄마도 긴 건 긴 거고, 아닌 건 아니라는 확실한 성격의 소유자였기에 확인을 해야만 했다. 다 비슷하게 생긴 고양이를 어떻게 알아보냐고 너무나 당당하게 말하던 뒷집 아주머니… 살찐이가 우리 집에 처음 왔을 때, 말랑한 고양이 발을 보다가 발톱 하나가 빠진 것을 발견했었다. 엄마가 "사람 발에 밟혀서 빠져 버렸나 봐"라고 말을 하면서, "우리 집에서는 행복하기만 해라"하고 쓰다듬어 주셨기에 어느 발톱이 빠져 있는지도 아주 잘 기억하고 계셨다.

급격히 당황하던 아주머니는 아무 말도 하지 못했고, 확인 결과 발톱이 빠진 살찐이가 맞았다. 엄마는 무안했을 아주머니에게 아무 말도 하지 않고 살찐이만 데리고 오셨다. 한동네 사는 동안에 뒷집 아주머니는 우리 가게 앞을 지나다니기에 엄청 창피하지 않았을까? 어쩌면 뻔뻔한 사람이었기에 창피라는 단어를 모르는 사람일 수도 있었겠다. 돌아온 살찐이는 그 후로 나의 새로운 샌들을 아주 잘 지켜 주었고 오래오래 함께 살았다.

고흐를 꿈꾸는 해바라기

뭔가 대단한 것이 아니라도 좋다.

취미 생활을 가진 삶이 더 재미있기 때문에···

쥐술이 있던
친구네 다락방

　　나는 어려서부터 친구를 여럿을 두지 않고 꼭 한 명씩
만 두고 살아왔던 것 같다. 초등학교 저학년 때 서울로 전학을 간 친
구가 있었고, 고학년이 되었을 때는 우리 언니랑 이름이 같은 친구
가 있었다. 이 친구를 처음 보았을 때는 얼굴을 보고 어린 마음에 많
이 놀라기도 했었다.

　가까이 가기에는 두렵다는 생각에 표현 없는 거리를 두기도 했었
다. 어렸을 적에 뜨거운 물에 빠져서 화상이 심했던 친구의 마음을
헤아리지 못했던 순간들이기도 하다. 오랫동안 같은 교실에서 수업
을 받다 보니 우리는 어느새 친한 사이가 되어 있었고, 집 방향이 같
은 우리는 단짝으로 발전하게 되었다.

　친구는 얼굴 쪽에 특히 화상의 흔적이 심했다. 얼굴의 반쪽 부분
과 귀에 흉터가 심해 당시의 고통을 짐작할 수 있었다. 머리의 반쪽
이 녹아내렸기 때문에 당연히 반쪽 부분에는 머리카락도 없었다. 한

쪽의 머리를 길러서 나머지 반쪽을 덮고 다니는 모습이 안타깝게 보이기도 했었다. 체육 시간에 행여나 친구의 머리카락이 자리를 이탈할까 봐, 친구들에게 웃음이 되지는 않을까 걱정이 되기도 했었다. 친구는 항상 나에게 머리 괜찮냐고 물었다. 그럴 때면 나는 아무렇지 않게 친구의 머리카락을 정리해 주곤 했다.

누구라도 그러하듯이, 마음을 서로 주고받으면 숨기고 싶은 부분도 조금은 더 편한 마음으로 보여 주게도 되는 것 같다. 내게 그 친구가 그러했고 그 친구에게 내가 그러했을 것이다. 처음에는 선뜻 다가가기엔 두려움이 앞서는 친구였지만, 나중에는 그 상처마저 어루만져 주고 싶은 친구가 되어 있었다. 참 많이도 붙어 다녔다.

하루는 친구가 집에 함께 놀러 가자고 해서 가게 되었는데, 친구네 집은 널찍하고 멋진 한옥이었다. 기와가 멋졌고 대청마루가 시원했다. 마당에는 꽃도 심겨 있었고, 나무도 있었다. 마음속으로 좁은 우리 집을 비교하면서 내심 부러워하기도 했다.

친구네 집 부엌 위에는 다락이 있었는데 어느 집이나 마찬가지로 다락은 엄마들의 보물 창고이기도 하다. 다락에는 달달한 사탕도 있고, 라면도 있고, 꿀단지도 있다. 어느 구석, 엄마만 아는 자리에는 엄마의 빛나는 보석 반지도 숨어 있었을 것만 같았다. 그렇기 때문에 아이들에게는 접근 금지의 장소이기도 했다. 가지 말라는 장소는 어째서 더 기어 들어가는지, 아이들의 속은 참 이해가 되지 않는다.

친구의 엄마가 시장에 다녀오신다고 외출을 하셨고, 호기심이 생겨난 친구가 내게 손을 내밀더니 다락방으로 향했다. 작은 계단 세 개를 오르니 작은 창고 같은 다락이 보였다. 병풍이 묶인 채로 누워 있었고, 광주리도 겹겹이 쌓여 있었고, 향내 나는 제기도 있었다. 삼양라면 박스도 보였고 사탕 봉지도 있어서 뭔가 신기하고 재미있는 보물찾기를 하는 것 같았다.

사탕 한 알 정도는 먹는다고 해도 표시가 나지 않을 것이라는 잔머리가 돌아갔고, 어느새 입안에서는 달콤한 사탕이 제구실을 하고 있어서 달달하니 좋았다. 구석구석 살펴보던 중에, 나의 눈에 , 이상한 술병이 보였다.

"이게 뭐야?"

손톱 끄트머리 만한 새카맣고 작은 것이 병 안에서 살랑살랑 흔들렸다. 그 옆에는 누가 봐도 알 것만 같은 뱀이 똬리를 틀고 독한 소주 속에서 점잖게 수영을 하고 있었다.

"저건 뱀인데, 이 작고 새카맣게 생긴 건 뭐냐고?"

다시 친구에게 물어 보았다.

"약술이래~."

"뭔가 손도 있고, 발도 있고, 눈도 감고 있는데?"

"응… 아빠가 그러는데, 새끼 쥐래…"

나는 무슨 말인가 싶었고 사람이 쥐를 잡아먹나 싶어서 놀랐다.

뱀술, 쥐술과 같은 공간에 있었던 사탕이 왠지 뱉고만 싶어졌다. 빨리 나가자고 재촉을 했고, 친구의 엄마가 오실 때까지 우리는 착하게 놀고 있는 순진한 아이들인 척했다. 열댓 마리가 동동 떠 있던 술병 속의 쥐가 자꾸 생각이 나서 친구 집에 다시는 가지 않았던 기억이다.

친구와 나는 서로의 집을 오가지 않아도 학교에서, 또 바깥에서 둘도 없이 친하게 지냈다. 그러다 중학생이 되었고, 다른 학교로 배정이 되는 바람에 가뭄에 콩 나듯 통화만 하다가 연락이 끊어져 버렸다. 중학교 사격부에서 사격을 배우는 중이라던 친구는 지금쯤 무얼 하고 있을까? 문득문득 그 친구가 보고 싶어진다.

고등학교 다니던 겨울이었다. 앞집에 살던 사람이 이사를 가면서 잡다한 살림살이를 집 앞에 버려두고 필요한 것만 챙겨서 떠나 버렸다. 제대로 쓸 만한 것도 없었던 살림이었는지 온통 부서진 데다 먼지투성이 쓰레기들뿐이었다. 오래되어 금이 간 화분도 두어 개 나와 있었는데 뭔가 움직임이 느껴지는 깨진 화분으로 자꾸만 눈길이 갔다.

"어머나… 이게 뭐래?"

오래전 친구네 집 다락방을 구경하던 때가 생각이 났다. 딱 그때 술병 속에서 동동 떠다니던 크기의 쥐들이 화분에서 오들오들 떨고 있었다. 한겨울이었으니 털도 없고, 눈도 뜨지 못한 새끼 쥐들에게는 혹한의 시간이었을 것이다. 너무 애처롭고 불쌍해 보여서 도와주고는 싶었지만, 중학생 시절 미술 숙제였던 탈바가지를 뜯어 먹은 못된 쥐도 생각이 나고, 친구네 다락방의 쥐술도 생각이 나자 더럽다는 생각에 만질 수가 없었다.

하지만 세상의 모든 아기들이 무슨 잘못이 있겠나 싶은 마음에 작고 여린 생명은 더 가엾게 보였다. 뭐라도 덮어 주고 싶었지만, 그건 엄마 쥐가 알아서 할 일이다 싶은 생각에 나는 집으로 들어가 방구들 뜨끈한 곳으로 파고들었다. 따끈따끈한 방바닥에 눕고 보니 바깥의 헐벗은 새끼 쥐들이 더 걱정이 되기는 했지만, 애써 외면해 버리기로 했다.

하루가 지나고 다음날이 되었고 혹시나 싶은 마음에 화분을 살펴보았다. 엄마 쥐가 와서 모두 데려갔기를 바라는 마음이 컸다. 사람에게 질병을 옮기는 쥐이기는 하지만, 갓 태어난 여린 생명에게 드는 애처로운 마음이었다. 밤새 싸락눈이 내려 쓰레기 더미 사이로 들어가서 쌓여 있었다. 싸락눈이 이불처럼 덮인 화분 속에서는 눈도 뜨지 못한 새끼 쥐들이 모두 얼어 죽어 있었다. 어느 누군가에게 발견이 되었다면 살아서 독주 속으로 퐁당퐁당 빠졌을지도 모를 운명이었다. 어쩌면 목화솜 같은 하얀 눈 이불을 덮고서 겨울 속으로 꿈꾸듯 여행을 떠나는 편이 나았을지도 모르겠다. 이사를 가 버린 그 사람은 동거하던 쥐를 버리고 간 무정한 사람…. ㅎ

사진작가의 사진 따라 그리기

눈으로 보지 못한 아름다운 세상이 너무 많다.

소심한 성격과 길눈 어두운 두려움에 막혀

출발을 매번 미루어 두었지만

세상을 꿈꾸는 일까지 소극적이지는 않다.

때로는 사진을 보며 즐기는 여행도 힐링이다.

닭대가리의
순정

삐약삐약 샛노란 병아리들이 박스 안에 가득했다. 봄볕에 졸고 있는 놈, 모이를 쪼는 놈, 똥을 싸고 있는 놈, 박스를 탈출한 놈…. 제각각의 행동은 달랐지만, 공주가 그려진 가방을 둘러 멘 초등학교 계집아이들 만큼이나 깜찍하고 귀엽게 생겼다. 토요일 방과 후, 아이들이 몰려 나오는 교문 앞의 구석진 자리에서 한 마리 백 원에 팔리는 살아 있는 장난감 병아리였다. 병아리 장수의 박스가 개봉되면 병아리들은 반짝스타의 자리는 따 놓은 당상이었다.

문구점 뽑기 앞에 달라붙을 코 묻은 돈들이 오늘만큼은 병아리 장수의 주머니로 스며드는 날이다. 학교 앞 자잘한 구멍가게의 주인들은 푼돈을 거두어 들이기에 너무 큰 적수를 만났다. 솜털이 보송보송한 노란 병아리들은 어쩌면 그렇게도 귀엽게 생겼는지 친구들은 한 마리 두 마리씩 사 가는데, 나만 못 가지면 억울한 기분까지 들게 만든다.

저만치서 달려 나오던 우리 집 막내가 병아리 앞에 멈춰 서서 마음을 빼앗겨 버렸다. 동그랗고 귀엽게 생긴 눈이 더 동그래져서 병아리를 보고 있었다.

"작은 누나야~ 병아리 사자~."

"오늘은 돈이 없어서 못 사~."

하필이면 주머니에 백 원짜리 하나 굴러다니지 않는 날이어서 어쩔 수가 없었다. 막내가 주머니를 뒤적거리더니 백 원짜리 두 개를 찾아내서 기어이 두 마리를 샀다. 집에 도착하자마자 엄마의 잔소리가 들려왔다.

"아이고… 이놈들… 얼마 살지도 못할 애들을 뭐하러 사 왔노?"

막내는 자기가 알아서 키우겠다고 박스에다 병아리를 풀어 놓았다. 병아리들이 너무 어리다고, 방 안에서 키우겠다고 고집을 부리는 통에 잠깐만 데리고 놀 수 있게끔 엄마에게 허락을 받았다. 아마도 막내의 입으로 들어갈 주전부리를 대신한 값을 지불하고 사서 그런지 약간의 책임감도 있어 보였다. 쪼끄마한 것들이 엄청 시끄럽게 울어댔다. 냄새나고 시끄러워서 안 된다고, 바깥에 내어 놓으라고 해도 끝까지 고집을 부리는 막내와 엄마는 결국 마루에서 기르기로 타협했다. 바깥은 꽤 추운 날씨여서 병아리를 내놓으면 금방 얼어 죽을 것 같기도 했다.

엄마께서 운영하시는 식당이 집에서 가까웠기 때문에, 식구들이 집에서는 밥을 먹지 않고 모두 식당에서 밥을 먹었다. 병아리를 마루에 놓고, 신문지를 깔고, 커다란 플라스틱 소쿠리를 뒤집어 씌워 둔 채 밥을 먹고 왔다. 마루라고 해도 외부에 노출되어 있는 공간이었기 때문에 건물 사이로 불어오는 이른 봄바람은 지독하게 차가웠다. 밥을 먹고 온 한 시간 남짓, 추위에 그대로 노출이 된 병아리들이 제대로 움직이지도 못하고 감실감실 눈을 감고 졸고 있는 것처럼 보였다. 텔레비전에서 본 추울 때 잠이 들면 얼어 죽는다고 깨우는 장면 속의 잠 오는 사람처럼 보이기도 했다.

막내가 보더니 병아리가 다 얼어 죽었다고 난리가 났다. 아버지께서 뻣뻣하게 굳어 있던 병아리를 봉지에 넣어서 따뜻한 아랫목 이불 아래로 밀어 넣어 놓았다. 시간이 조금 지나자, 병아리들은 몸이 녹았는지 다시 살아나 꼬물거렸다. 아버지께서 얼었던 몸이 더 녹아야 한다고 그대로 조금 더 두라고 하셨다.

삼십 분이나 지났을까…? 몸이 다 녹았던 병아리들이 이제는 질식해서 죽게 생긴 모양이었다. 숨을 헐떡거리며 축 늘어져 있었다. 아버지는 퍼뜩 병아리들을 꺼내서 박스 안에 넣고 바람을 쐬게 해 주었다. 시간이 조금 지나가니 늘어진 병아리들이 살아나서 물을 마시기 시작했다.

아마도 부모님이 보셨을 때도 바깥 날씨를 견디기에 병아리가 너무 어리다고 생각을 하셨던 모양이다. 더 큰 박스를 구해서 집안 한쪽 귀퉁이에 둘 수밖에 없다고 판단을 하신 것 같았다. 병아리 장수가 오고 간 날이 일주일쯤 지나가면 아이들의 반짝스타였던 병아리에 대한 이야기가 줄어들기 시작한다.

병아리들이 사흘까지는 살아서 제법 꼬물거리기도 하는지 모두들 모이면 병아리 이야기만 하더니, 주말이 지나고 다시 등교를 한 날에는 아무도 병아리 이야기를 하는 친구들이 없었다. 다 죽어서 버려졌기 때문이었다.

병아리들은 그렇게 약했다. 백 원어치의 생명만 가지고 태어난 비운의 반짝스타였다. 암탉이었다면 삼계탕이 되는 최소한의 기한만이라도 살아 숨 쉬었을 터인데 수탉이라는 이유로 퇴출되어야 하는 존재들이었다. 병아리가 가진 생명의 남은 시간을 아셨던 부모님은 한시적일 거라는 생각으로 집안 한쪽을 병아리에게 잠시 내어 주셨을 터인데….

우리 집 병아리들은 일주일이 지나니까 더 왕성하게 자라기 시작했고 또 일주일이 지나니까 병아리는 병아리인데 귀여움이 반절은 달아난 병아리로 자라고 있었다. 그리고 또 일주일이 지나가니까, 어쭙잖은 모양으로 사춘기의 닭이 되어 가고 있었다. 한 달이 지나갈 즈음에는, 병아리도 닭도 아닌 것이 세상 못난 꼴불견으로 자라 있었다.

막내는 닭똥을 치워 주고, 엄마의 식당에서 배춧잎도 가져다 먹이고,

사료를 알아서 잘 챙겨 먹이면서 병아리를 친구 삼아 키웠다. 한 달이 지나가니 더 이상은 집안에서 키울 수가 없었다. 박스 안에서만 있었던 작은 병아리가 아니었다. 어른 닭에 준하는 닭 모양을 갖췄으니 그깟 박스를 뛰어넘는 일은 식은 죽 먹기보다 쉬운 일이었다.

그래서 아버지가 바깥에 닭장을 만들어 주셨다. 이제 이만큼 자랐으니 추위를 이겨낼 만큼 튼튼해져서 문제가 없다고 하셨다. 찬바람이 스며들지 않도록 튼튼하게 만든 닭장에서 병아리들은, 아니 중닭들은 제법 잘 적응했고 잘 자라고 있었다.

닭들이 유난히 푸드덕거리는 밤이 지난 다음날 아침, 들여다본 닭장이 왠지 많이 허전해 보였다.

'어머, 닭 한 마리가 어디 갔지…?'

아무리 찾아도 한 마리가 보이지 않았다. 무엇의 습격을 받은 건지는 모르겠지만, 닭털이 몇 개 빠지고 피가 뚝뚝 떨어져서 끌려간 자국이 있는 거로 봐서는 고양이 같은 것이 와서 물고간 듯했다. 정성을 들여 키우던 막내의 충격은 상상을 초월했을 것이다. 바로 닭장은 더 보강이 되었고, 추운 봄날도 지나가고 있었다. 모두가 깊이 잠든 어느 한밤중이었다.

그동안 울음소리를 한 번도 낸 적 없는 닭이 밤의 정적을 깨뜨리고 말 것처럼 울었다. 보통 닭들이 울면 동이 틀 즈음이라는데, 우리 집 병아리는 워낙 어릴 때 데려와서 가정교육이 미흡했는지 한밤중에 그렇게 울어 대기 시작했다. 닭이 울면 엄마는 달구 새끼가 동네 남사스럽게 꼭 한밤중에 운다고 못마땅하게 여기셨다.

막내는 방과 후에는 항상 닭장 문을 열고서 닭을 마당에 풀어 놓고 함께 놀았다. 닭이랑 어떻게 함께 노냐고들 하겠지만, 막내는 진짜 닭이랑 함께 참 잘 어울려 놀았다. 막내가 움직이는 대로만 닭이 졸졸 따라다녔고, 저만치서 손뼉을 치고 "꼬꼬~ 이리 와~"라고 하면 쪼르르 막내에게 달려가 안겨서 재롱을 부렸다. 말을 알아듣는 닭처럼 보였다. 장난삼아 내가 막내에게 해코지하는 시늉이라도 하면, 닭이 내게 달려들어 막내 건드리지 말라고 쪼며 난리가 났다. 흔히 멍청하다는 표현으로 '닭대가리'라는 표현을 많이 사용하기도 하지만, 내가 느끼는 닭은 절대 머리가 나쁘지 않은 것 같았다.

강아지가 사람을 알아보고 자기가 좋아하는 사람한테만 잘 가듯이 닭도 같았다. 막내 말만 듣고, 막내만 따라다니고, 누구도 갈라 놓을 수 없는 둘 사이는 절친 중 절친이었다. 그런데 문제는 밤 열두 시만 되면 우렁차게 우는 수탉 소리였다. 온 동네가 떠나가라 밤을 깨우니 동네 사람들의 불만이 터져 나오기 시작했다.

그래서 식당을 하고 계시던 엄마가 난처하셨던 모양이다. 시골도 아니고 소도시급의 동네였으니, 도시 한가운데서 닭을 키우는 것과 같았다. 동생만 졸졸 따라다니는 닭이 동네에 소문이 나 있었고, 사람들은 우리 집에 닭 한 마리가 살고 있다는 것을 알고 있어서 엄마의 식당으로 찾아가서 한마디씩 했었나 보다. 막내를 구슬려서 닭을 없애자고 해도, 막내 입장에서는 절대 그렇게 할 수 없는 일이기도 했다.

세상에서 둘도 없이 그렇게 친하게 지내는 친구 사이를 갈라놓는 일은 쉽지 않았다. 그날 밤에도 열두 시가 되자 어김없이 닭이 우렁차게 울었다. 평소보다 더 심하게 우는 것 같았다. 어쩌면 제 운명을 감지했는지도 모르겠다.

막내와 나는 평소처럼 학교에 갔었고, 공부를 마치고 집으로 돌아왔다. 막내가 오면 친구 왔다고 반가워서 푸드덕거리는 꼬꼬가 어디 갔을까? 지난 몇 개월 동안 냄새를 풍기던 닭장은 또 어디로 갔을까? 꼬꼬가 있던 자리는 말끔하게 치워졌고 꼬꼬는 흔적도 보이지 않았다.

한참을 울고불고하던 막내의 모습이 아직도 눈에 선하다. 철이 든 어느 날, 그날의 장면을 생각해 보니 막내는 세상의 전부를 잃은 것 같은 기분이었으리라 추측이 되었다. 곁에 두고 키우던 식구 같은 닭이었고, 막내의 절친이라는 이유로 집에서 차마 잡지는 못하고 시골에서 장을 보러 온 이모 편에 실어 보낸 모양이었다.

꼬꼬는 그날 저녁 이모네 가마솥에서 백숙이 되었겠지…. 백숙이 되는 값으로 막내의 손에 쥐여 준 삼천 원이 막내의 위로금이었다. 막내만을 바라보고 살았던 닭에게도 순정은 있었을 텐데 갑작스러운

이별로 인해 전하지 못했던 말 "꼬끼오~"만 여운으로 남았다. 내가
다 안다. 닭대가리에도 순정은 있었다는 사실을….

　살아 움직이는 생물이든, 무생물이든, 마음을 주고 정이 들어 버
린 것들에게는 그것을 대신해 줄 수 있는 대체품은 세상에 없다. 그
것이 그것이라는 이유가 마음을 준 이유다. 세상 그무엇보다 소중하
다고 느끼는 것이 있다면, 우리는 지금 한 번 더 바라보고 느끼는 삶
을 살아가야겠다.

해바라기가 피었다

해바라기는 하루 종일 해를 바라보고 있지 않고,
꽃이 피기 전 꽃봉오리 상태일 때만 해를 바라본다고 한다.
살다 보면 스쳐 지나갈 인연도 있고,
전혀 어울릴 것 같지 않았는데 심장까지 파고들어
자리 잡는 인연도 있다.
아름답고 소중한 인연일지라도 서로를 쉼 없이
바라보는 일은 때로 부담으로 작용할 수도 있다.
마냥 해만 바라볼 줄 알았던 해바라기도 꽃이 피면
햇살 아래서의 자유를 즐긴다.
강렬한 사랑에도 지혜가 필요한 것 같다.

다리 부러진
제비

　　제비가 우리 집 처마 밑을 기웃거리기 시작했다. 빨랫줄에 앉았다가, 건넛집 지붕에 앉았다가, 왔다 갔다 부산을 떨더니 어느새 처마 밑에 제비집 하나가 생겼다. 누가 가르쳐 주지도 않았을 텐데 튼튼한 집을 짓는 것을 보면 나의 어린 마음에도 신기하게 보였다. 우리가 살고 있는 담 건너 옆집은 정원이 어마어마하게 넓은 집이었는데, 고약한 할아버지와 할머니가 집주인이었다.

　심술이 너무 고약하다는 소문에 의하면 자식들이 오지 않을 법도 한데, 매주 주말이 되면 무슨 명절 전날처럼 사람들이 모여들었다. 수군거리기 좋아하는 동네 어른들이 모이면 차곡차곡 쌓아 둔 재산이 많아서 부모 보러 가는 게 아니라 돈 모시러 가는 거라고 말을 했다.

　나랑 남동생이 담 이쪽의 우리 집에서 놀고 있으면, 어느새 옆집 고약한 할머니가 담 아래 놓인 블록에 올라서서 우리 집 쪽을 향하여 조용히 하라고 고래고래 소리를 질렀다. 나와 동생이 소란스럽게 소리를 지르거나 하면서 개구지게 놀지도 않았다. 옆집 할머니는 아이들 웃음소리 정도의 작은 소리도 견디지 못하고 성질을 부렸다. 어떤 날은 할머니의 히스테리가 너무 심하다 싶으면 어른 공경의 기본을 알고 있는 우리 엄마도 참지 못할 때가 있었다. 그럴 때면 엄마는 "이놈의 할망구가 노망이 났나~"며 혼잣말로 분을 삭일 때가 종종 있었다.

나는 옆집 할머니의 넓고 아름다운 정원에 새들이 가지 않는 까닭이 분명 있으리라고 느껴졌다. 옆집 처마 끝으로 제비가 행여 집이라도 지으려고 준비를 하면, 옆집 할아버지는 장대로 반나절이나 고생해서 쌓아 올린 제비집을 집중 공격 태세로 부수기 시작했다. 툭툭툭, 톡톡톡, 몇 번을 건드리면 제비집은 힘없이 바닥에 나뒹굴었고, 그 광경을 살펴보던 제비는 정원에 내려앉은 하늘만 날고 있었다.

봄이 오는 담 너머에는 키 큰 나무엔 목련꽃이 피었고, 소담한 앵두나무 가지마다 눈부시게 꽃 폭탄이 터졌고, 분홍빛의 모과꽃도 예뻤다. 마당 뒤편에는 괴팍한 주인을 닮은 듯한 커다란 가시투성이 선인장도 있었는데 보기와 다르게 꽃이 피면 그렇게 예쁠 수가 없다. 어른이 되어 알게 된 정보에 의하면, 선인장은 제주도에서 많이 키우는 백년초였을 거라고 추측을 해 본다.

비록 집주인은 깐깐한 사람들이었지만, 햇빛이 찾아드는 담 너머의 봄을 구경하는 일은 내게 몹시 신나고 즐거운 일이었다. 어린 시절 나의 축복중에 하나는 깐깐한 성질만큼 부지런을 떨며 정리하는 옆집 할머니의 정원을 보는 일이 아니었을까 싶다. 심술보로 글을 써 보자면, 일하는 자 따로 있고 구경하는 자 따로 있는데 내가 바로 구경하는 자였다는 거지…. ㅎㅎ

담 너머 풍경을 보면 우리 집 마당에도 나무를 심고 싶었다. 옆집 마당이 부럽다고 말을 했던 어느 날, 아버지께서 잣나무를 몇 그루 구해 오신 적이 있었다. 돈을 주고 사 오신 건 아닌 것 같았고 누군가 심고 남은 것이라고 해서 얻어 오신 것 같았다. 나무를 심어 볼 수 있다는 사실에 신이 나서 옆집과 우리 집의 경계선인 담 아래에 잣나무를 심기 위해서 구덩이를 파고 있었다. 아니나 다를까, 옆집 할머니가 또 고개를 내밀고 우리 마당을 들여다보았다. 담 아래서 뭐 하는 거냐고, 담이 부서지면 책임질 거냐고 구덩이를 파지도 못하게 잔소리를 하기 시작했다. 잣나무라고 해 봐야 어른 손 하나 정도인 아주 어린 아기 나무였기에 당장 뭐가 어찌 되는 것도 아니었고, 또 자란다고 해도 속도감 있게 자라는 나무도 아니었기에 문제는 전혀 없었다.

우리 집 마당이니 말로만 제지할 뿐, 행동으로 제지할 수는 없으니 할머니는 약이 바짝 올라 있었다. 땅에 양분이 없어서 심은 나무들이 금방 죽어 버릴 거라고, 나무는 아무나 심는 줄 아냐고 빈정대고 있었다. 그러거나 말거나 나는 작은 구덩이마다 나무를 심고 물을 흠뻑 주었다. 할머니 뜻대로 나무가 죽는 일은 없었다. 풀이 자라듯 빨리 자라지도 않았지만, 늘 그 자리에서 우리 집 마당에도 푸르른 꿈을 불어넣고 있었다.

집을 다 지은 제비가 유난스럽게도 울어 댔다. 우리 집 처마에 제비가 집을 짓고 있을 때도 옆집 할머니는 자기 집 처마도 아니건만 빨리 제비집을 떼어 내 버리라고 했다. 시끄럽고, 똥 싸고 그러면 냄새가 나서 자기 집까지 피해를 준다고도 말했다. 제비도 좀 먹고살겠다는데…. 저 할머니는 어쩌면 저렇게 고약할 수가 있을까 싶었다. 우리 집 처마 아래니까 상관하지 말라고, 똥을 치워도 우리가 치울 테니 걱정 붙들어 매시라고 엄마가 쏘아붙였다.

나는 날마다 제비집을 관찰하는 습관이 생겼다. 시끄럽게 울던 제비들이 조용해졌다 싶었는데, 암컷으로 보이는 제비가 머리만 내밀고서 조용히 며칠 동안 집을 지켰다. 얼마 간의 날이 지나가고 학교에 가기 위해서 나가다가 제비집을 봤는데, 아기 제비들이 언제 알을 깨고 나왔는지 입을 쫙쫙 벌리고 먹이를 먹을 준비를 하고 있었다. 엄마 제비, 아빠 제비가 차례대로 먹이를 공수해 오는 것 같았다. 오후가 되어 학교에서 돌아와서 아기 제비를 보면 조금 더 자라 있는 것 같기도 했다.

시끄러웠다. 마루 아래에 똥이 떨어지기도 했다. 옆집 할머니는 관심을 두지 않아도 될 일에 무슨 관심이 그리도 많은지, 아니면 쌤통이라고 놀려 주고 싶었던 건지 "아이고… 더러버라… 더러버 죽겠네"라고 혼잣말인데도 다 들리게 투덜거렸다. 올망졸망 자리를 잡고 자라는 새끼 제비들은 참 귀여웠다. 어서 자라서 옆집 정원에 가서 똥을 좀 싸 줬으면 하는 마음이 들기도 했다.

며칠 무탈히 지나가던 어느 날 아침이었다. 아기 제비 한 마리가 바닥에 떨어져서 버둥거리며 날갯짓을하고 있었다. 높은 곳에서 떨어졌지만 다행히 죽지는 않았다. 다리가 하나 부러진 듯도 보였으나, 너무 작은 몸이라 치료를 해 줄 방법이 없었다. 『흥부전』을 읽어 보면 제비 다리를 고쳐 줬다더니 어린 제비의 다리는 생각보다 얇고 작아서 손을 대면 오히려 더 다칠 것만 같았다. 달리 취할 수 있는 방법이 없어서 아버지가 사다리를 타고서 다시 제비집으로 올려 주기만 하셨다. 제비의 엄마 아빠가 부모니까 알아서 어떤 방법이라도 써서 새끼를 돌봐 주겠지 싶었다.

하룻밤이 지나고 다음날 아침에 제비집을 보았는데, 다리 부러진 어린 제비는 밤새 다시 바닥에 떨어졌고, 날갯짓도, 그 어떤 미동도 없었다. 새끼가 죽었는데도 제비의 부모는 다른 새끼들 먹이만 열심히 날라다 먹이고 있었다. 떨어져 죽은 새끼 제비가 불쌍하다는 생각이 들었다. 엄마가 그냥 쓰레기통에 넣어 버리라고 하셨는데, 쪼그리고 앉아서 자꾸 들여다보고 있으니 더 불쌍해 보였다.

땅에 묻어 주고 싶어서 십육 절 갱지 두 장을 가지고 나왔다. 어렸을 때니까 염殮을 하는 개념자체도 없었는데 땅속에 그냥 묻어 주기에 불쌍해서 종이라도 감싸서 묻어 주고 싶었던 생각이었다. 한 장으로 돌돌 말아 가장자리를 접고 나머지 갱지로 한 번 더 감싸 주었다. 마당에 심겨 있던 잣나무 옆에 작은 구덩이를 파고 갱지로 감싼 제비를 묻고 초상을 치러 주었다.

아이스크림의 나무 손잡이는 아기 제비의 비석으로 사용하기에 딱 알맞은 크기였다. 나무였으니까 비석은 아니고 비목이라고 해야겠구나…. 연필로 '아기 제비의 묘'라고 쓰고서 제비를 묻은 곳에 꽂아 주었다. 제비를 묻으려고 땅을 팠을 때 일 전이라고 쓰인 동전이 하나 나오길래 엄마한테 물어보았다. 일 원이나 오 원짜리 동전을 들고서 별사탕이 들어 있는 뽀빠이나 돌사탕을 사 먹어 본 기억은 있는데 '전'이라고 쓰인 동전은 처음으로 봤었다. 엄마는 옛날에 사용하던 동전이라고 말씀해 주셨다. 죽은 아기 제비가 선물해 준 동전이라는 생각으로 학창 시절 내내 필통 속에 넣고 다녔었는데 시나브로 흘러간 세월속 어딘가로 사라져 버렸다.

사십 년이 지난 지금 오래전 기억을 더듬어 보니 마치 한 편의 동화책 속으로 여행을 다녀온 기분이 든다. 아이스크림 비목 하나만을 남기고 사라져 간 제비는 다시 환생을 했을까…? 흥부에게 전했던 박씨만큼의 사연은 아니어도 좋다. 그때의 아기 제비를 다시 만나게 된다면 내가 너무 어려서 가녀린 다리를 치료해 주지 못해서 미안했었다고 전해 주고 싶다.

돌아보면 누구에게나 동화 같은 기억으로 남아 있는 추억들이 있을 것이다. 살다 보니 솔직히 뒤를 돌아볼 시간적 여유도 없고, 살아 내기에만 급급한 세월을 살아가고 있는 것 같다. 아주 오래된 일기장 속의 나를 만나게 되면 '그땐 그랬었지' 하고 추억에 잠기듯이, 오늘은 아름다운 추억을 소환하여 그때의 나를 만나보는 시간을 만들어 보는 것도 행복이겠다.

해바라기가 피었습니다

꿈

내가 움켜잡은 것들에서

꽃이 피어나게 만드는 것

수중보의
귀여운 도둑들

　　우리 집 네 남매에게 제일 좋아하는 친척이 누구냐고 묻는다면 모두 망설임 없이 외삼촌이라고 답을 한다. 엄마는 외삼촌에게 누나라고 불렀지만, 느낌상으로 외삼촌에게는 엄마에 가까운 존재였다. 엄마가 여덟 살이 되던 해에, 딸만 줄줄이 세 명을 두었던 외할머니가 드디어 아들을 낳았는데 그때 낳았던 막내가 우리가 좋아하는 외삼촌이다.

　　외할아버지와 외할머니는 대를 이을 수 있는 아들이 태어났다고 동네잔치까지 해가며 아들 자랑을 하시는 것도 모자라, 행여나 다칠세라 늘 품에 안고 키우셨다고 한다. 외할머니가 잠깐이라도 외출할 일이 생기면 외삼촌을 업고 다니면서 아들이라며 덩실덩실 춤을 추고 다닐 정도였다고 하니, 막내아들을 향한 사랑은 넘치고도 남았을 것이다.

　　백일이 지나고 엉금엉금 기어 다니기 시작할 즈음에는 큰딸은 시집을 갔고, 남은 딸이 두 명이 있었으니 잠시 맡겨 두고 외할머니는 동네 일을 보러 나가기도 하셨는데 워낙 음식 솜씨가 좋은 분이시라 동네에 잔치가 있으면 일순위로 불려 가는 일이 다반사였다고 한다.

외삼촌이 구 개월이 될 무렵, 이웃 동네에 잔치가 있어서 도와주러 다녀오셨는데 그날 밤부터 외할머니에게 오한과 함께 고열이 찾아들어 올랐다 내리기를 반복했다. 며칠이 지나지 않아 외할머니는 세상의 끈을 놓고 하늘나라로 떠나시고 말았다고 한다.

사랑하는 어린 아들을 두고 차마 떠나기 어려운 길을 가야 해서인지, 외할머니는 막내아들에게 시선을 둔 채로 눈도 감지 못한 채 떠나셨다고 한다. 외삼촌은 너무 어렸기 때문에 외할머니가 돌아가신 줄도 모르고 가슴팍을 더듬거리며 젖을 찾기도 해서, 외할아버지가 막내아들을 엄마 품에서 떼어 놓으며 외할머니의 두 눈을 감겨 드렸다고 한다.

"아들 걱정하지 말고 가시게나…. 그곳에 가서는 절대 아프지 말게나…."

외할아버지는 외할머니의 서러움을 달래 주시는 듯 끌어안고 한참 우셨다고 한다. 그렇게 외할머니는 허무하게 돌아가시게 되었고, 구 개월 된 외삼촌을 이제 갓 초등학교에 입학한 엄마가 키우게 되었다. 외할아버지가 일을 하러 나가시면, 외삼촌을 돌봐 줄 사람이 없어서 며칠간은 엄마가 외삼촌을 업고서 학교에 다녔다고 한다.

배고파서 칭얼거리고 울어 대는 동생을 데리고 학교에 가는 것이 어렵게 되자, 엄마는 학교 가기를 포기하고 쌀죽을 끓여서 어린 동생이 배곯지 않게 울 때마다 떠먹여 주며 키웠다고 했다. 여덟 살이면 우리 엄마도 엄마가 보고 싶어서 눈물이 났을 나이인데, 어린 동생 때문에 아마도 철이 일찍 들었던 것 같다.

그렇게 누나 손에서 자라게 된 외삼촌은 누나가 결혼을 하고 우리네 남매가 태어날 때마다 축하를 해 주었고, 우리가 어렸을 때도 항상 시골에서는 보기 드문 과자 선물 상자를 사 와서 우리들에게 주었으니 인기가 없을 수가 없었다.

어린이날이 되자 외삼촌이 집으로 와서 구름다리가 있는 멀지 않은 유원지로 우리들을 데리고 갔다. 날이 날이다 보니 북적대기는 했으나, 맛있다고 소문이 난 계곡 근처 백숙집에서 맛있는 백숙도 먹었고 유원지 내에 있는 오리배도 탈 수 있었다.

정신없이 한참을 놀다가 챙겨 온 과일도 깎아 먹을 겸 해서 수중보가 있는 평평한 그늘 아래에 자리를 잡고 앉았다. 봄비가 자주 내렸다면 수중보가 물속에 잠겨 있었을 텐데, 가뭄으로 인해 물 밖으로 노출이 되어 있어서 얼핏 보면 잘 닦아 놓은 폭 좁은 도로처럼 보이기도 했다.

우리들에게 장난치기를 좋아했던 외삼촌은 사탕 봉지를 챙겨 들더니 수중보 끝까지 걸어갔다. 그리고 수중보 끝에 사탕을 흩어서 뿌려 놓고 다시 우리들이 있는 곳으로 돌아왔다. 외삼촌은 그늘에 앉아 쉬고 있던 우리를 일으켜 세우더니 돌을 하나 들어서 수중보에 선을 그었다.

"하나, 둘, 셋을 외치면 저기 끝에까지 뛰어가서 사탕을 줍는 대로 가지게 되는 게임이야."

외삼촌의 구호가 떨어지기를 기다리고 있을 때였는데 수중보 끝을 지나가던 아이들의 눈에 사탕이 떨어져 있는 것이 보였는지 한 아이가 살펴보고 가는 것처럼 보였다. 그러자 아이들이 사탕이 있는 쪽을 가리키며 뭐라고 하는 것 같았는데, 너무 멀리 있어서 우리에게는 들리지 않았지만 어떤 말들을 했을지 추측은 되었다.

"어, 사탕이 왜 떨어져 있지?"

"우리 저기 저 사탕 가져가서 먹을까?"

대강 이런 말들을 했을 것이다. 아이들이 우르르 몰려와서 외삼촌이 뿌려 놓은 사탕을 줍기 시작했다. 우리가 큰 소리로 사탕 가져가지 말라고 소리를 질렀지만, 너무 먼 거리라서 들릴 리가 없었다. 우리가 쫓아가려고 하자 외삼촌이 말리면서 오늘은 어린이날이니까 저기 저 아이들에게 어린이날 선물로 줬다고 생각하자고 했다.

아이들이 사탕을 다 주워서 돌아갔을 때 게임을 하지 못해서 아쉬워하는 우리를 위하여 외삼촌이 다시 수중보 끝까지 가서 두 번째로 사탕을 흩뿌려 놓고 와서 출발 구호를 외쳤다. 우리들은 신나게 달려가서 사탕을 가지고 돌아와서 게임을 완료할 수 있었다.

처음부터 아무 일 없이 게임이 진행되었다면 더 재미있었다고 느끼지 못했을 텐데, 수중보에 나타난 귀여운 도둑들로 인하여 더 흥미롭고 신나는 게임을 할 수 있었다. 외삼촌이 첫 번째 사탕을 다른 아이들에게 선물로 주었기 때문에 두 번째로 뿌렸던 사탕은 더 달고 맛있는 사탕이 된 것 같기도 했다.

어떤 일을 진행하며 고난의 시기가 닥쳐 올 때 수중보의 도둑들을 생각해 보면 답을 찾을 수 있었다. 고난에게도 마음을 베풀어 나누게 되면 다음에 돌아오는 열매는 더 달았으니, 사람이 살아가며 악착같이 내 것이어야만 한다는 욕심을 조금 내려놓으면 더 아름다운 세상을 만나는 것이다.

수중보에서 만난 귀여운 도둑도 어느덧 중년의 세월에 물들었겠구나….

풀어야 해

붉은 세상

나는 그곳이 좋다

끊임없이 흐르고 흐르는

열정이 녹아 있는 곳

나의 심장이여···

2장

운동화

친구의
죽음

어린이를 졸업하고 드디어 청소년기에 접어든 우리는 중학생이 되었다. 시골도 아니고 도시도 아닌 어중간한 읍 단위에 위치에 있던 중학교라, 주변의 시골 마을에서 오던 친구들이 여럿 있었다. 버스로 한 시간 이상의 거리를 벗어난 곳에 살고 있었던 친구들은 대부분 학교 주변에서 작은 방들을 구해서 자취를 하는 경우가 많았고, 멀지도 않고 가깝지도 않은 거리에 살고 있던 친구들은 매일 아침마다 새벽잠을 뿌리치고 이른 통학 버스를 타야만 했다.

3월에 새 학기가 시작되었고, 어린 티를 벗어 던졌다고는 하나 1980년대의 우리들은 요즘 청소년기 발육 상태와는 차원이 다르게 참 많이 아담했다. 반 배정이 끝난 아이들을 한 줄로 세운 낯선 담임 선생님은 학생들의 키 순서로 번호를 정해 주셨는데, 15번 안쪽의 학생들은 모두가 조무래기 아기들 같이 귀여웠다. 13번을 달았던 나도 몹시 작은 편에 속해 있었다. 3분단 첫 번째 줄을 겨우 벗어난 두 번째 줄이 내 자리였다.

나의 앞자리에 앉은 5번 친구는 유난히 부끄러움을 많이 타는, 다소 과할 정도로 소극적인 모습으로 보였다. 나의 친화력도 그리 좋지는 않았지만, 며칠이 지나니 주위 아이들이랑 두루뭉술하게나마 자연스럽게 친해졌고, 점심시간이면 네댓 명씩 모여 앉아 수다를 떨며 도시락을 먹었다. 식당을 하고 계셨던 엄마 덕분에 나의 도시락 반찬은 늘 인기 만점이었고, 자연스럽게 아이들은 나의 자리로 모여들었다. 그러나 바로 앞자리에 앉은 5번만은 달랐다. 말을 단 한마디도 하지 않던 친구였고, 선뜻 다가가서 말을 걸 정도로 우리들의 마음이 자라 있던 시기도 아닐 때라 외면하는 것이 어쩌면 자연스러웠을는지도 모른다.

3월의 쌀쌀한 봄바람도 사라지기 시작하는 중순이 되자, 같은 반 친구들 이름을 자연스럽게 익힐 수 있었다. 우리반이라는 말로 단합력도 생기기 시작할 무렵이기도 할 때라서 그런지, 고개만 들면 바로 보이는 앞자리의 5번에게 신경이 쓰이기 시작했다.

'왜 아무 말도 않는 거지?'

'왜 도시락을 혼자만 먹고 있는 거지?'

'왜 고개를 숙이고만 있는 거지?'

5번 친구를 보면 초등학교 1학년 때 나의 모습이 떠오르곤 했다. 시골에 살다가 갑자기 읍이라는 동네로 이사를 오게 된 어린 내게는 읍이 거대한 도시로 보였었다. 논밭이 놀이터의 전부인 줄 알았던 내게 전교생이 수천 명 넘는 학교는 스며들기 힘든 낯선 세상이었다. 빙빙 겉돌기만 했던 그때, 무리에 속하지 못했던 촌뜨기 1학년 나의 모습이 5번 친구와 겹쳐 보였다. 1학년 때의 나는 누가 말을 좀 걸어 줬으면, 누가 손을 내밀고 친구 하자고 해 줬으면 싶었다.

그런 시간들을 지나와 봤기에 5번 친구의 마음을 알 것만 같았다. 나도 그렇게 활발한 성격이 못 되는 탓에 친구를 쉽게 사귀지는 못했지만, 누군가 나의 1학년 때처럼 주눅이 들어 있다면 한 번쯤 손을 내밀어 봐 줄 수는 있는 사람이 되고 싶었다. 마음은 5번 친구에게 열두 번도 더 말을 걸어 봤지만, 다가가는 일이 여간 뻘쭘한 것이 아니었다. 몇 번 시도했지만, 의미 없는 말만 입안에서 맴돌다가 사라져 버렸다.

어느 날, 수업을 마치고 집으로 돌아가는 길이었다. 언덕배기에 있던 학교에서 평지에 다다르기까지는 모든 친구들의 동선이 같았고, 평지가 시작되면서부터는 여러 갈래 길로 흩어져 각자의 집으로 돌아갔다. 지금이야 모두들 학원에 가는 것이 당연한 듯하지만 그때는 학원이라는 개념 자체가 없을 때였고, 동네에 학원도 보이지 않았기 때문에 모두들 집에 가는 일 말고는 할 일이 없었다.

저만치 앞에서 5번 친구가 여전히 혼자서 내리막길을 내려가고 있었다. 나도 모르게 발걸음이 빨라졌고, 고개 숙여 걷고 있던 5번 친구에게로 다가갔다.

"집에 같이 갈래. 넌 집이 어디야?"

소심한 친구가 말을 꺼내기를 기다리는 것보다 내가 먼저 물어 봐 주는 것이 친구에게는 편한 방법인 것을 알았기에, 친하지는 않았지만 친한 척 말을 걸어 보았다. 5번 친구가 다소 놀라는 듯한 표정을 지으며 고개를 돌려 나를 보았다. 이름을 불러 본 적은 없었지만, 명찰을 통해서 알게 된 친구의 이름을 불러 보았다

"영순아~ 날마다 심심하게 있지 말고, 나랑 이야기도 좀 하고 그러는 건 어때?"

"그래….."

영순이의 대답은 잔뜩 긴장이 된 목소리로 들려왔다. 빨개진 얼굴로 영순이의 두 눈이 깜빡일 때마다 착하고 순수하게 보였다. 영순이는 버스로 사십 분 거리의 시골 동네에 살고 있다고 했다. 친구에 대한 정보를 처음으로 알게 된 날이었다.

내리막길을 내려오면 왼쪽 길은 버스터미널로, 오른쪽 길은 우리 집으로 가는 길이었다. 왼쪽 길은 주위에 관심을 둘 만한 가게도 없었지만, 오른쪽 길로 가면 분식점도 문구점도 많았다. 내가 말을 건네서 영순이는 많이 당황스러웠나 보다. 평지에 다다르자 버스를 타러 가야 한다고 후다닥 가 버렸다.

3월도 어느덧 마지막 한 주만 남겨 놓고 있었다. 어제의 일이 있어서 그랬는지 영순이에게 말 걸기가 조금 수월하게 느껴졌다.

"영순아~ 이따가 오늘 도시락은 나랑 같이 먹자."

영순이는 말없이 고개를 끄덕였다. 슬쩍 스치는 엷은 미소가 예뻤다. 점심시간이 되었고, 나는 영순이를 재촉해서 뒤돌아보게 했다. 쑥스러웠는지 친구 반찬은 내가 먹는데 나의 반찬은 영순이가 먹지를 못했다. 어서 먹어 보라고 하니까 그제야 조심스레 조금씩 먹기 시작했다. 나는 일부러 지우개도, 샤프심도 빌려 달라고 했다. 꼭 필요해서 빌리는 건 아니었고, 나도 쑥스러우니까 말 한 번 더 건네 보려는 핑계에 가까운 행동들이었다.

마음으로 다가가니 이렇게 쉽게 마음을 열어 주는 친구였는데 마음을 열기까지 나의 고민이 너무 길었던 건가라는 후회가 살짝 밀려오기도 했지만, 더 늦지 않아서 다행이었다.

우리는 쉬는 시간에는 매점으로 달려가 과자를 사서 나누어 먹기도 하고, 화장실에 함께 가기도 했다. 영순이의 마음이 반절은 열렸는지 언덕배기를 내려와 각자의 집으로 가는 시간이 되었는데 영순이가 어쩐 일인지 오늘은 시간이 많이 남았다고 우리 집 쪽으로 나를 바래다 준 후에 버스를 타러 간다는 말을 했다. 그동안 말을 참고 안 했을 뿐이지, 말을 못하는 친구는 아니었던 게 분명했다. 마음을 어루만져 줄 친구가 필요했던 소심한 친구…. 딱 그 모습이었다.

마음이 통하니까 영순이는 제법 수다스러웠다. 잘 웃기도 했는데, 웃으면 작은 눈이 더 작아졌고 얕은 볼우물도 생겼다.

4월을 시작할 무렵엔 좀 더 친해져서 좋았다. 며칠 동안 영순이는 우리 집 앞까지 왔다가 다시 버스를 타러 갔다. 바로 버스터미널로 가는 것보다 20분 정도를 더 걸어가야 하는 거리라 귀찮을 만도 한데, 나랑 함께 가는 것이 좋았는지 그렇게 간다고 했다.

4월 4일 종례시간이었다. 봄이 무르익기 시작했고, 학교 주변 화단도 조성을 해야 하는 시기인지 담임선생님은 학생들에게 4월 6일까지 코스모스나 개나리 모종을 가지고 오라고 하셨다. 개나리는 꺾꽂이가 가능하니까 집에 개나리가 있는 사람들은 가지 몇 개씩을 꺾어 와도 좋다고 하셨다.

그때는 왜 학교에서 걸레도 만들어 오게 시키고, 매주 폐품도 가져오게 시켰는지 모르겠다. 신문지나 빈병, 헌책 등을 잘 챙겨 가지고 가야 선생님의 꾸지람과 벌청소를 피할 수 있었다. 어느 날은 학급 문고를 채워야 한다고 책도 가지고 오라고 했지만, 내게는 가지고 갈 수 있는 책이 없어서 그 말이 나는 제일 싫었다. 우리 집에는 그 흔한 동화책도 한 권 없었으니까…. 집에 있던 유일한 책은 『세계 위인 전집』이라는 오빠만을 위한 책이 있었을 뿐이었다.

모종을 사야 하는 건지, 아니면 몰래 어디서 개나리 가지라도 꺾어 가야 하는 건지 걱정을 하고 있으니까 영순이가 웃으면서 걱정하지 말라고, 시골 동네에 개나리가 많아서 꺾을 때 나의 몫도 함께 꺾어 온다고 했다. 그 마음이 너무 고마워 다음에 떡볶이를 사 줄 테니 함께 먹자고 대답했다.

다른 날과 마찬가지로 우리는 함께 언덕배기를 내려갔다. 당연하다는 듯 우리 집 쪽으로 함께 갈 줄 알았던 영순이가 오늘은 빨리 버스를 타느라 바로 버스터미널로 갔다. 며칠 함께 가던 길이 익숙해졌는지 약간 섭섭하기도 했지만 그렇게 하라고 퉁명스럽게 말하고 웃지도 않은 채 영순이를 보냈다. 돌아오는 길에 그러잖아도 소심한 친구인데 웃으면서 인사하고 보낼걸 하는 후회가 밀려왔다. 그래서 떡볶이 먹을 때 미안하다고 말을 해야겠다는 마음이 생겼다.

4월 6일 토요일 아침이 되었다. 새싹이 돋아나는 화단을 지나서 교실로 들어갔다. 교실 문을 열고 내 자리 쪽을 보니 평소에 보지 못했던 물건이 한눈에 들어왔다. 내 앞자리 영순이의 책상에 하얀 국화가 한가득 핀 꽃바구니가 놓여 있었다. 선생님이 오시기 전이라 우리는 이 꽃이 무슨 꽃인지 몰랐다.

'영순이가 말은 없어도 지각을 하던 친구는 아닌데 왜 지각을 하지?'

아침 종소리가 들리고 침울한 표정의 담임선생님이 오셨을 때, 우리는 곧 꽃바구니가 놓인 까닭을 들을 수 있었다. 영순이가 4일날 버스를 타고 집에 도착해서 내렸고, 버스가 출발하자 도로를 건너던 중에 맞은편에서 오던 버스에 치여 목숨을 잃었다는 거다.

친구의 엷은 미소가 스쳤다. 수줍어하던 모습도 아른거렸다. 돌아가더라도 우리 집 쪽으로 가서 다음 버스를 타고 가라고 생떼라도 써 볼 걸 그랬다. 일주일 내내 친구의 빈자리에는 꽃만 덩그러니 놓여 있었고 친구는 다시 오지 않았다. 그렇게 사라진 그 친구는 아직도 수십 년째 매년 4월이 되면 나의 마음속으로 찾아 와서 머물다 간다.

'개나리 꺾어다 준다던 약속 왜 안 지킨 거니?'

'너랑 함께 떡볶이를 먹을 날들이 왜 사라진 거니?'

'더 빨리 다정한 친구가 되어 주지 못해서 미안했어…. 나의 친구 5번 영순이…'

중학교 2학년이 되어서 조금은 더 키가 자랐던 모양이다. 13번을 졸업하고 17번이라는 번호를 달게 되었고 세 번째 줄에 앉게 되었다. 도토리 키재기로 작기는 매한가지였다.

1학기 중간고사 기간에 하필 주번이 걸렸다. 주번이 되면 삼십 분 정도도 더 일찍 등교를 해야 했고 학생들이 오기 전에 교실문도 열어 두고 창문을 열어 미리 환기도 시켜야 했다. 중간고사 기간에는 두 줄이 한 분단인 책상을 한 줄로 뚝뚝 떨어뜨려 놓았다. 커닝의 기회를 사전에 차단하는 최첨단 시스템이었다고나 할까?

월요일이 지나고 화요일 주번 활동을 하기 위하여 일찍 등교를 했다. 교실 안은 조용했고 조금은 무섭다는 생각도 들었다. 언덕배기에 있던 학교 뒷산은 규모가 큰 공동묘지였기 때문에 간혹 수업 시간에도 장례를 치르는 모습이 보이기도 할 정도였다. 학생들 사이에는 공동묘지 샛길로 가면 다리 없는 귀신이 묘지 뒤에서 손짓도 하더라는 소문까지 돌았다. 소문이 진실인지 거짓인지는 상관없이, 공동묘지는 텅 빈 교실을 지켜야 하는 주번에게는 공포심을 주기에 충분했다. 웅성거리는 교실과 아무도 없는 교실에서의 느낌은 완전히 다른 것이라 공포심이 더 크게 느껴지기도 했던 것 같다.

조례 시간이 되었고 시험 기간인데 내 앞자리 16번 친구가 지각을 하나 보다. 나랑 분명 주번이 될 짝은 아니었는데 누가 전학을 가는 바람에 16번이랑 17번인 내가 주번이 되었다. 아침 주번 활동도 나 혼자 다 했는데 조례 시간이 되도록 16번이 오지를 않았다. 16번 친구는 부모님이 안 계셔서 할머니와 단둘이 살던 친구라 늦잠을 자는 건가 싶기도 했다.

어제는 무얼 사는데 백 원이 모자란다고 내게 빌려 가기도 했었다. 그때는 백 원, 이백 원이면 군것질이 가능한 금액이기도 했으니 군것질 하나 보다 하고 빌려 줬었다.

조례 시간에 선생님이 커다란 꽃바구니를 들고 오시더니 주번을 찾는다. 1학년 때 본 적이 있는 꽃이라서 단번에 꽃바구니의 의미를 알았다. 주변이 둘 중 한 명이 지각을 했으니 당연히 내가 나갔는데…. 16번 자리에 국화 꽃바구니를 올리라고 하신다. 지난밤에 시험 공부한다고 켜 놓았던 촛불이 넘어져서 이불에 불이 옮겨 붙었고, 연기에 질식한 친구는 먼 곳으로 떠났다고 하는데 믿기지 않았다.

시험 기간만 아니면 내 앞자리가 아니었을 16번의 자리가 시험기간 자리 배치로 내 앞자리가 되었고, 1학년 때처럼 일주일 내내 친구 대신 하얀 국화꽃을 바라보아야만 했다. 수학여행 사진 속에서 친구는 활짝 웃고 있었는데….

'넌 내게 빌려 갔던 백 원은 언제 줄 건데?'

'약속은 지키라고 있는 건데 그 약속을 왜 안 지키는 건데?'

'무엇이 그렇게 급해서 떠났던 건데?'

'시험을 망쳐도 좋으니 촛불 같은 건 켜지 말았어야지…'

'국화꽃보다는 통통한 너의 뒷모습을 보여 줘야지…'

사람의 목숨이 끈질긴 면도 있지만 바람 앞의 촛불 같을 때도 있다. 부디 모든 이의 촛불이 중간에 꺼지는 일 없이 끝까지 타오르기를….

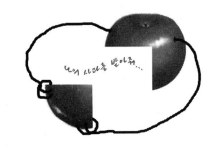

사과

가슴 한쪽을 뚝 떼어다가

잘못을 씻을 수만 있다면

하늘의 태양은 더 눈부실 텐데…

억울했던
나의 탈바가지

1985년 가을 추억.

내가 제일 좋아하는 과목은 항상 미술이었다. 언덕에 있는 우리 학교 미술 선생님은 짧은 커트 머리에 중성적인 묘한 매력을 가진 여자 선생님이었다. 미술 선생님이었지만, 가끔 예쁜 노래도 가르쳐 주시던 참 좋았던 선생님이었다. 선생님이 가르쳐 주신 노래 중에 오랜 세월이 지나갔지만 여전히 기억나는 나는 노래가 있다. 선생님이 대학교를 다닐 때 미술반의 주제곡이라면서 가르쳐 준 노래다. ♬산과 들을 누비는 우리들은 미술반~.

종이 판화를 배울 때였다. 다음 시간 준비물이 화선지라고 분명 들었고 준비를 했었는데, 학교에 도착하니 가방에 꽂아 두었던 화선지는 어디로 탈출을 했는지 사라졌고, 나는 준비성 없는 학생이 되어 버렸다. 내가 제일 좋아하는 미술 시간을 망쳐 버렸다는 생각에 짜증도 났다. 지난 시간에 만든 종이 판화에 먹물을 묻히고 화선지에 찍을 일만 남았는데….

나의 순서는 다가왔고, 나는 선생님이 발라 준 먹물을 할 수 없이 화선지가 아닌 일반 연습장에 찍었다. 다섯 명씩 교단으로 나가서 자기들이 만든 작품을 펼쳐 보이면 선생님은 점수를 매겨 주었다. 나는 연습장에 찍은 나의 작품을 들고 교단에 섰다. 최고점은 5점인데, 거의 3점대에 머무는 친구들이 많았고 어쩌다 4점이 한 명씩 나오기도 했다. 1점짜리 친구들도 있었는데 말 그대로 '똥손'이라고 표현할 수밖에 없는 수준이긴 했다. 미술 선생님이 나의 작품에 시선을 주더니 인상을 찌푸리셨다.

"너는 왜 화선지에 안 찍은 거니?"

"죄송해요. 준비를 했었는데 잃어버렸어요."

"잃어버린 것도 준비를 안 한 거니까 내가 어떻게 해야 할까? 너의 작품을 보면 분명 5점짜리인데, 화선지가 아니니 만점은 못 주겠고, 안타깝지만 4점밖에 못 주겠다."

선생님께서 혼잣말로 '아깝다… 아까워….' 하시는 말이 들렸다. 나는 속으로 그래도 다행이라는 생각이 들었다. 평소에 미술 시간을 좋아하고 준비가 철저했던 모습이 반영이된 것이 아닐까라는 생각도 들었다.

어느새 코스모스가 바람에 살랑이는 가을이 왔고, 신문지 죽으로 탈을 만드는 과정을 배우는 시간이었다. 수업 시간에 다 만들지 못한 사람은 집에 가서 마저 만들어 굳혀서 다음 수업 시간까지 제출하라고 했다. 만들기를 좋아했던 나는 속으로 너무 신이 나 있었다. 수업 시간에 미흡했던 부분을 집에 가서 천천히 완벽하게 만들 계획이 세워지니, 어찌 즐겁지 아니하겠는가….

　방과 후, 신문지를 불려 물기를 제거하고 밀가루죽을 쑤고 반죽을 해서 예쁜 탈바가지를 만들었다. 담 위에 올려놓고 잘 마르기만 하기를 기다리면 된다. 수요일 수업 시간까지는 적당히 말려서 채색까지 가능하리라고, 마음은 조급함 없이 느긋하기까지 했다.

　월요일, 나의 탈바가지가 잘 마르고 있나 살펴보다가 기절할 뻔했다. 밤새 생쥐들이 담을 타고 넘었나 보다. 그 담을 타고 넘다가 밀가루죽으로 범벅한 신문지 맛을 보았던 모양이다. 오뚝한 콧날은 다 뜯어 먹고, 볼에는 구멍을 내어 아주 엉망으로 만들어 놓아 버렸다. 탈이 수습불가가 되자 생쥐가 원망스러웠다. 다시 만들기에 시간은 너무 촉박했고, 월요일이라 학교는 가야겠고, 다시 만들어야 할 탈바가지는 조급함을 넘어 심한 압박감이 되어 하루 종일 나를 짓누르고 있었다.

　수업을 마치고 집으로 돌아오자마자 신문지를 구하고, 신문지를 불리고, 다시 탈바가지를 만들었다. 같은 실수를 하지 않기 위하여 이번에는 집안에서 건조하기로 했다. 그러나 이미 시간은 너무 없었고, 적어도 2~3일의 건조 과정이 필요했는데, 내게 남은 시간은 화요일 하루뿐이었다. 화요일 수업을 마치고 돌아와서 탈바가지를 만져 보니 축축해서 채색은 포기할 수밖에 없었다.

지난번 종이 판화 이후로 미술 시간에 더 성실하게 임했는데 일은 꼬이고 말았고 또 나는 숙제를 제때 하지 못한 학생이 되었다. 채색도 하지 못한 탈바가지를 들고 등교를 했다. 친구들의 탈바가지들은 뭔가 괴기스럽기까지 한 모양이라, 내 마음을 더 심란하게 만들고 있었다. 다시 미술 수업 시간이 되었고, 이번에는 책상 위에 각자의 탈을 놓고 선생님이 다니면서 검사를 했다. 너무나 괴물 같은 친구들의 다양한 탈의 모습을 보자 선생님은 연신 웃고 있었다.

숙제를 해 오지 않은 몇몇의 아이들은 교실 뒤쪽에 나가 있어야 했다. 가슴이 두근거렸다. 이번에는 어떻게 말을 해야 하지? 그냥 있었던 그대로 이야기하자고 생각해도 다 만들었던 숙제 망친 게 억울해서 제대로 말도 나오지 않았다.

지금도 마찬가지만 학창 시절의 나는 너무 소심한 학생이어서 발표를 할 일이 있거나 선생님께 하고 싶은 말이 있어도 목소리까지 바들바들 떨리던 학생이었다. 떨려서 말도 제대로 나오지 않았지만, 이러저러한 사정을 설명하고, 급하게 다시 만들었지만 다 마르지 않아서 차마 채색까지는 할 수가 없었다고 말을 했다. 선생님은 나의 탈바가지를 유심히 살펴보시곤 말씀하셨다.

"그래 인정한다. 건조 상태를 보니 너의 말에 진실성이 느껴진다. 다음 시간까지 채색을 해 오면, 시간 내에 제출했다고 생각할게···. 열심히 해봐~."

어깨를 툭툭 다독여 주시는 선생님의 손길에 안도감이 밀려왔다. 못된 생쥐 새끼들. 나를 골탕 먹이는 생쥐들이 너무 싫다. 탈바가지를 먹은 생쥐는 밤새 배탈이 나 똥칠했기를···.

무제

하고 싶은 말 다 못 하고
그저 눈물 한 방울만 흘렸습니다.

얼떨결에
뱀 머리

중학교 졸업하고 고등학교 입학식을 앞둔 시기였다. 2주 가량 붕 떠 있는 시간은 차분하게 고등학교를 준비해야 할 시간이었다. 입학금도 납부했고, 수업에 필요한 교과서도 예비 소집일에 모두 받아다 놓았다.

1980년대 중반에는 교복 자율화로 인해 교복을 입지 않는 학교가 많았었다. 그 시기에 중고등학교를 다녔던 학생들은 선배나 후배가 입었던 교복을 입어 볼 기회가 없어서 교복 세대가 부럽기도 했으나, 교복을 맞출 필요가 없어서 그 점은 참 좋았다.

새로운 학교를 가야 한다는 긴장감으로 하루하루 시간을 보내고 있었고, 내가 선택했던 학교는 상업계였기에 주판도 미리 사 두어야 했다. 기본적인 주판 사용법을 미리 예습을 해 보니 낯설기도 하지만 재미도 있었다.

봄 방학 내내 집안에서만 있어서 부모님의 모습을 더 많이 볼 수 있었는데, 표정을 봐서는 집안에 좋지 않은 일이 일어난 것 같은 느낌이 들었다. 하지만 별다른 말씀이 없으셨기에 눈치껏 조용하게 지내고 있었다.

일주일만 있으면 입학인데, 별안간 이사를 하기로 결정이 되었다고 아버지께서 말씀하셨다. 아버지는 연탄 보일러 사업을 하셨는데 사업체를 확장하고 싶어서 무리하게 큰 업체를 인수하셨다. 연탄 보일러가 사양의 길로 접어들고, 기름 보일러가 대세인 시기가 되자, 창고에 가득 쌓인 연탄 보일러는 더 이상 가치 없는 쇳덩이에 불과했다.

가족의 생계가 시급한 문제라서 부모님은 어떻게든 해결해 보려고 노력하셨을 고난의 시간이었을 것이다. 하지만 나는 온통 학교 생각뿐이었다.

'학교는 어떡하지?'

'입학도 안 했는데 전학이 되나?'

전학 문제로 온통 걱정스럽기만 했다. 집안 형편상 인문계를 포기하고 그나마도 취업에 문제가 없고 미래지향적일 거라 생각한 정보처리학과가 있는 상업계 고등학교를 선택했었는데, 그 학과는 나름대로 시험 점수가 높아야 지원할 수 있었던 학과였다. 내가 가야 할 학교에 대한 모든 것을 포기해야 하는 순간이었다. 삶에 관한 부모님의 걱정이 더 컸을 텐데도 나는 내 앞길만 생각했던 철없는 딸이었다.

지방의 소도시를 떠나 이사하게 된 곳은 서울 근방의 도시였다. 나고 자라는 동안 경상도를 떠나 본 적 없었는데, 처음으로 경상도를 벗어나 서울이라는 곳으로 오게 된 것이었다. 열일곱 살 나는 기차도 처음 타 보았고, 지하철도 처음 타 보게 되었다. 처음에는 기차랑 지하철이 같은 것인 줄 알았을 정도로 촌티가 좔좔 흐르는 시골 사람이었다.

아버지를 따라 기차에서 내려 지하철이란 것을 탔는데, 사람들이 너무 많아서 정신이 없었다. 십칠 년을 살아오면서 타 보았던 교통수단이라고는 시골 버스, 콜택시, 외삼촌의 과일 트럭, 그리고 아버지의 오토바이가 전부였는데 지하철은 기차처럼 길이도 길었고 사람들이 많아도 너무 많아서 깜짝 놀랄 정도였다. 한참을 달리다가 내린 곳이 앞으로 살게 될 동네라고 하셨는데, 길눈 어두운 나는 집이나 잘 찾아갈 수 있을지 몹시도 걱정이 앞서기 시작했다.

그동안 살아왔던 지방의 공기와 다른 느낌의 공기가 코끝으로 느껴졌다. 상당히 이질적인 느낌이었고, 화공약품이 섞여 있는 듯한 냄새가 났다. 숨을 쉬는 것도 곤욕스러웠지만, 시골 버스터미널만 접해 봤던 내가 지하철에서 쏟아지는 인파에 치이고 보니 앞으로 살아갈 날들에 대한 두려움을 직감했다. 나의 도시 생활의 시작이었다.

방 두 칸짜리 아주 작은 빌라가 식구들이 한동안 살아가야 할 공간이라고 했다. 얼핏 표면적으로 보면 돈 떼먹고 야반도주한 가족처럼 보이겠지만, 그것이랑은 거리가 먼 상황의 이사였기에 주변의 눈치를 본다거나 할 필요는 없었다. 부도 위기였던 사업을 축소하고, 살림살이를 모두 정리하는 쪽을 선택했던 편이라 옹색한 형편의 외형은 어쩔 수는 없었다.

일단 이사는 해결이 되고, 중학교에 다니고 있었던 남동생의 학교를 옮기는 것도 문제가 없었으나 나의 경우는 입학 전이라 전학이 되지 않는다고 하였다. 생전 부모님 그늘을 벗어나 본 적이 없던 나로서는 다시 지방에 내려가서 자취를 하면서 학교에 다닌다니 상상도 할 수 없는 일이었다. 급한 마음에 동네 주변에 있는 고등학교에 문의해 보았는데, 다행히 입학이 가능하다는 말을 들었다. 너무 다행이라는 생각을 하며 다시 학교 갈 준비를 하게 되었고, 무사히 입학도 하고, 새로운 친구들과 수업을 시작할 수도 있게 되었다.

경상도 촌구석에서 올라온 지 얼마 되지 않은 나는 사투리가 너무 심했다. 어쩌다 말을 하면 친구들이 신기한 듯 쳐다봤기 때문에 창피하다는 생각이 들어서 종일 말 한마디 하지 않고 학교에 다녔다. 말을 하지 않으니 따로 할 일도 없었고 쉬는 시간에도 수업을 했던 내용들만 복습을 하듯 들여다보고 있을 수밖에 없었다. 있는 듯 없는 듯, 조용히 학교만 다니다 보니 어느새 첫 시험이 다가왔다.

학교에 다니면서 가장 많이 느끼게 되었던 건 도시의 아이들은 뽀샤시하고 예뻤고, 사복을 입고 다녔을 때라 나름의 세련된 멋도 있어 보인데다 왠지 사람도 더 똑똑할 것만 같았다. 반면에 나는 까무잡잡한 피부에 촌스럽기만 하고, 투박한 말투까지도 바보처럼 보이는 것 같았다. 도시의 똑똑한 아이들이 예쁜데 공부까지 잘하면 촌스럽고 못난 내가 얼마나 더 모자라 보일까 싶어서 걱정이되기 시작했다.

솔직히 중학교 다닐 때까지만 해도 특별히 공부를 열심히 했던 기억은 없었다. 늘 벼락치기, 밤샘 공부를 하고 시험을 치렀다. 순간적인 노력에 불과했지만 성적은 늘 평균보다는 높았고, 고만고만한 학생들 사이에서 지극히 평범한 수준이었다. 하지만 그런 시골을 벗어나 도시로 온 나는 스스로 생각하기에도 굉장히 모자라는 사람 같았으니 어찌 걱정이 되지 않을 수가 있었겠는가….

시험 범위가 정해지자 난생처음 열공하며 학생의 본분을 다하고 있는 것 같았다. 방과 후 늘어져서 TV를 보는 시간을 과감히 줄였고, 꿀잠을 즐기던 습관을 버렸고, 주말에도 불안에 떠느니 교과서를 들여다보는 편이 훨씬 더 수월한 느낌이 들었다. 산과 들로 뛰어다니며 놀던 나는 체계적인 공부법을 몰랐다. 교과서의 시험 범위를 달달 외우는 방법 외에 취할 수 있는 방법이 없었다.

암기 과목이야 그렇다 쳐도 제일 큰 문제는 공식을 외우고 풀어도 오답투성이인 수학이 문제였다. 진작에 공부를 해 두지 않았던 지나간 모든 날들이 후회스러웠고, 마음만 급했지 기초가 모자라는 수학을 당장 해결할 방법은 없었다. 침울한 수포자인 내게 기쁨의 소식이 들려왔다. 첫 시험은 특별히 응용문제 같은 건 출제하지 않고 교과서에 실린 문제로만 출제를 하신다는 수학 선생님의 획기적인 발표가 있었다.

'아하~ 그렇다고 해도 공식을 외우고 문제를 풀어야 답이 보이는 거지….'

주먹을 불끈 쥐고서 수학책이 뚫어질 듯 파고들어도 기초가 모자란 나의 문제는 심각했다. 수학은 안 되겠구나…. 수학을 공부할 시간에 다른 암기과목을 더 열심히 하자고 바꾸어 생각하던 찰나에, 머릿속에 번쩍! 하고 묘안이 떠올랐다. 수학도 암기 과목처럼 그냥 통째로 문제랑 답만 외울까라는 엉뚱하면서도 기발한 잔머리가 굴러가기 시작했다.

모로 가도 서울만 가면 되는 거 아닌가? 나는 서울을 모로 가 보기로 했다.

세월이 많이 흐른 지금도 생각해 보면, 살면서 잔머리는 참 잘 굴리면서 살았던 것 같다. 잔머리를 굴리고 굴리다 보면, 안 될 것 같던 일들이 풀리기 시작했고, 또 풀어가는 과정 자체가 신나고 재미있는 놀이 같았다. '어떻게 하면 될까?'라는 궁금증에는 반드시 답이 있기 때문에 끈기와 지혜로 답을 찾으면 되는 것이다.

일상적으로 많이 사용하는 말, "잔머리 굴리지 마라"는 못된 의미가, 아닌 삶에서 우러나오는 지혜의 잔머리라고 해 두어야겠다. 물론 수학을 암기 과목처럼 외우는 것은 쉽지 않았다. 그런 공부 자체가 정말 엉터리 공부 중에서 최상급이 아니었을까?

그래도 한다면 한다는 나는 수학도 시험 범위의 문제와 답을 달달 외웠고, 암기 과목들도 범위 내의 것들은 무조건 외웠다. 내가 생각하는 중간고사의 의미는 도시와 시골의 자존심 대결 같은 구도였다. 적어도 멍청하다는 소리를 듣고 살고 싶지는 않았던 소심한 발악의 장이 아니었을까 생각된다.

초등학교·중학교 시절에는 시험지를 받으면 하얀 것은 종이요, 까만 것은 글이로다 하던 시간들이었다. 고등학교로 와, 그것도 시골의 학교가 아닌 도시의 학교에서 받은 시험지는 나에게 여태껏 느껴 보지 못했던 새로운 경험을 하게 해 주었다. 분명 나는 고등학생인데 마치 초등학교 1학년의 시험 문제를 푸는 듯한 느낌이었다. 모르는 문제보다 아는 문제가 많아서, 그래도 다행이었다는 마음으로 시험을 치렀다.

중간고사가 모두 끝이 나고, 제일 궁금했던 수학을 채점해 보았다.

'말해 뭐 해… 답을 다 가르쳐 준 셈인데 만점이 아니면 바보지…'

그렇게 모든 시험기간은 지나갔고, 담임선생님께서 성적표를 들고 오셨다. 시험 보느라 모두 수고 많았다고 말씀을 하시더니 1등만 알려 주신다고 했다. 나머지 학생들은 성적표가 나가면 본인의 점수를 확인하라며 모두의 자존심을 지켜 주셨다. 내게 그렇게 쉽다고 생각되었던 시험이라면 도시의 아이들에게는 그야말로 식은 죽 먹기가 아니었을까라는 생각도 들었고, 누가 1등을 했을까 내심 궁금했다. 담임선생님이 1등을 한 학생의 이름을 불러야 하는데, 나의 이름을 불렀다.

'뭐지? 이상한데, 왜 내 이름을 부르시지?'

친구들의 눈빛과 박수 소리가 나를 향하고 있었다. 난생처음 느껴 보는 좋은 기분이었다.

학교를 다니다가 한참 후에 알게 된 건데, 급히 알아 보고 들어갔던 고등학교가 상중하로 치면 '하'에 해당하는 학교였다. 줄만 서면 들어갈 수 있는 학교라서, 나와 같은 애매한 경우에도 얼렁뚱땅 입학이 가능하지 않았던 것인가 싶었다. 1등이라는 성적표를 받을 수 있었다는 것도 내가 잘해서가 아니고 공부하기 싫어하는 도시의 아이들이 모인 학교라는 이유가 컸다고 본다.

공부를 하고자 하는 아이들이 모인 학교였다면 용의 꼬리 끝에 머물렀을지도 모를 내가 얼떨결에 뱀의 머리를 선택하게 된 격이었다. 소심하기만 했던 내게는 어쩌면 뱀의 머리가 훨씬 나은 선택지였을지도 모른다. 어쨌거나 도시 친구들에게 시골에서 온 바보로 보이지는 않았을 테니까 말이다.

나는 자리가 사람을 만든다는 말을 믿는 편이다. 비록 용의 일부는 아니더라도 뱀이나 지렁이에 해당하는 1등을 하고 보니 그 자리만큼은 놓치고 싶지 않았다. 어쩌다 2~3등을 하게 되면 스스로 너무 한심하고 실망스럽게 느껴졌다. 초등학교 다닐 때 공부 잘했던 친구들이 한 문제 틀려서 만점 못 받았다고 울고불던 이유를 알 것만 같았다. 1등과 2등의 기분은 완전히 다른 것이어서, 1등을 지키기 위해서 조금은 더 열심히 살았던 시간들이었다.

　뱀 머리로 만족했던 나는 용의 세상을 알지 못한 사람이다. 그래서 내 인생의 그릇이 작았던 것은 아닌지 반성을 해 보아야 한다. 살다 보니 지금은 뱀 머리에서도 밀려나서 꼬리에 겨우 걸려 있는 삶을 살고 있는 것 같다. 뱀 꼬리에서도 밀려나게 된다면 어떻게 살아야 할지 또 답을 찾아 헤매야겠지만.

　나는 어느덧 중년의 세월을 살고 있다. 둔해지는 머리만큼 둔한 삶으로 끝내기는 싫은데, 나는 어디로 흘러가고 있는지 모르겠다.

　다시 잔머리를 굴려야 할 때인가…?

　어떻게 하면 잘 살았다고 소문이 나려나…?

무제

꿈은 내 속에서 꿈틀거리는 뿌리요,
움켜쥐고서 놓지 않으면 언젠가
꽃으로 피고, 씨앗으로 남을 것이오.
꿈을 버리는 걸은 심장에서 피어날
붉은 꽃을 쉬게 하는 걸이다.

자취방에 나타난
변태

　참 허술했다. 집이 멀어서 학교 주변에서 자취하는 친구들에게 놀러 가 보면 쪽방같이 작은 방 크기에 놀라고 허술하디 허술한 부엌이라는 공간에 놀라고 발이 빠질 것만 같은 아슬아슬한 변소에 놀란다. 문간방이나 뒤꼍을 돌아서 들어가면 어둑한 곳에 위치한 골방들이 시골에서 상경한 중고생들의 자취방으로 대부분 이용되었다.

　중학교 때 같은 반이었던 친구 두 명이 시골의 같은 동네에서 와서 함께 자취하던 곳에 놀러 가게 되었다. 자취방은 대문 바로 옆에 붙은 방이었는데, 마당을 돌아가면 변소가 있었고, 변소 옆에는 나무가 있기에는 위치가 애매한데도 감나무가 한 그루 있었다. 속으로 들었던 생각이 저 감나무의 감이 익으면 홍시에서 왠지 똥 구린내가 날 것 같다는 생각이 들었다.

　친구들의 자취방은 출입문도 제대로 없었다. 연탄 아궁이 하나와,

작은 찬장이 전부인 부엌으로 행여나 지나가던 쥐가 들어갈까 싶어서 나무 판자로 가림막을 세워 두었고, 우리는 가림막이 넘어지지 않게 조심해서 들어가야만 했다. 운동화 세 켤레를 벗어 놓기도 좁은 섬돌은 차라리 없었으면 싶었다.

세게 열어젖혔다가는 떨어져 나갈 것 같은 작은 쪽문을 열고 들어가니, 체구가 작았던 친구 두 명이 겨우 누울수 있을 것 같은 작은 방이 있었다. 벽에 박아 놓은 못이 옷걸이를 대신하고 있었고, 백열등 하나가 천장에 매달려 불을 밝히고 있었다. 방에 앉아서 바라본 쪽문에는 불투명한 작은 유리가 붙어 있었는데, 바깥을 볼 수도 없는 창이라 어떤 용도로 붙여 놓은 것인지 궁금했다. 아마도 창이 따로 없던 방이라서 바깥의 빛이 들어오라고 만들어 놓은 창문의 용도가 아니었던가 싶다.

배가 출출했던 우리는 연탄아궁이에 양은 냄비를 올리고 물이 끓기를 기다렸다가 라면을 끓였다. 연탄은 공기구멍 조절을 잘해야 하루에 두 번씩 때를 맞추어 갈아 넣을 수가 있었는데, 라면을 끓이다가 공기구멍 막아 놓는 것을 잊으면 절대 안 되는 일이었다. 연탄이 너무 활활 타버려서 꺼져 버리면 번개탄으로 연탄을 살리는 일이 너무 번거롭다는 것을 잘 알기 때문이다.

일주일 치 반찬만 있는 자취방에서는 라면을 끓여도 김치와 함께 양껏 먹을 수는 없었다. 자취하던 친구들의 도시락 반찬은 월요일이 제일 맛이 좋았고 주말에 가까워질수록 숙성되었다고 해야 할 야릇한 맛이 감돌았다. 김치는 시어서 보글보글 기포가 올라왔고, 쥐포 껍질 볶음도, 멸치볶음도 주말이 가까워지면 쿰쿰한 맛이 감돌기 시작한다. 한여름이 가까워지면 간혹 반찬에서 쉰내도 나기도 했었다. 자취방의 반찬이 다 떨어진 날에는 도시락으로 밥만 싸오는 날도 더러 있었다. 그래도 늘 넉넉하게 맛있게 먹었던 기억만 있는 것을 보면 서로 나눌 때 인색하지는 않았던 순수함이 가득했었나 보다.

어느 날 아침 교실에 앉아 있는데 두 친구가 놀란 토끼 눈을 하고서 헐레벌떡 들어왔다. 지난밤에 제대로 잠을 잘 수가 없어서 아침에 늦잠을 잤다고 했다. 까칠하고 불안해 보이는 친구들에게 무슨 일이 있었는지 물어보았다. 지난밤에 심장이 내려앉을 만큼 놀라는 일이 있었다고 했다. 궁금증이 하늘을 찌를 것만 같았는데 수업 시작종이 울렸다. 수업 시간 내내 궁금한 마음을 어찌할 수가 없어서 선생님의 말이 귓전으로 그냥 흘러갔다. 다시 쉬는 시간이 되었고 졸린 눈을 하고 있던 친구에게 무슨 일이 있었냐고 물어보았다.

밤중에 한참 자고 있는데 문이 덜컹덜컹 흔들려서 잠에서 깨어났다고 했다. 바깥에서 어떤 남자가 문을 따고 들어오려고 흔들더란다. 안쪽으로 겨우 걸어 놓은 고리로 된 잠금장치가 덜컥거리고 빠질 것 같아서 친구 둘이서 문을 밀어붙이고 안 열리게 죽을 둥 살 둥 방어를 했다고 한다.

문이 허술했으니 남자가 힘껏 뜯어낼 듯이 힘을 주었다면 문은 분명 열리기는 했을 것이다. 하지만 큰 소리에 놀란 집주인들이 쫓아나올 것이라 예상했는지, 남자는 소리가 나지 않게 어떻게든 문을 열려고 용을 쓰면서 시간을 끌었다고 했다. 문을 열 수가 없다고 생각했는지 포기하고 가는 것처럼 순간 조용해져서, 친구들은 놀란 가슴을 진정시키고 다시 잠을 청하려고 누웠다. 그런데 남자가 쪽문에 붙은 불투명 유리 위로 시커멓게 생긴 뭔가를 비비적거리고 숨을 몰아쉬더니 끈적거리는 더러운 것을 쏟아 내고 가더란다.

밤새 무섭고 두려운 마음에 잠을 잘 수가 없었다는 친구의 말이 그제야 실감이 났다. 종일 졸린 눈을 하고 있는 친구들을 마음 같아서는 우리 집에라도 데리고 가고 싶었지만, 그럴 형편도 못 되고, 문단속을 잘하고 문 앞에 책장이라도 막아두고 자라고 신신당부를 했다.

별 이상한 사람들은 시절에 상관없이 늘 존재해 왔다. 누가 업어 가도 모를 정도로 친구들이 잠에 빠져 있었다면 어떤 일이 일어났을지 생각만 해도 너무 끔찍했다. 악몽 같았던 그 밤 이후로는 다행스럽게도 이상한 일들은 일어나지 않았고, 우리들은 중학교를 졸업하게 되었다. 서로 다른 학교로 진학을 했기 때문에 만날 수는 없었지만 친구들은 고등학교를 가자마자 자취방부터 옮겼다고 했다.

"참 잘했다…. 친구야~."

희망

희망이란

어디서든 뿌리를 내리고

열매를 맺는 것이다

사람의 생각에 따라 마음가짐은

옥토를 만드는 거름이 되기도 하고,

감로수가 되기도 한다.

등에 붙은
빨간 장갑

　잠을 자려고 드러누웠다가 아파서 불편하고, 서럽고, 억울한 마음에 다시 일어나 앉았다. 자꾸만 따끔거리는 등짝이 어떤지 눈으로 확인해 보고 싶었다. 오른쪽 날개뼈 위에 붙은 살가죽에 새빨간 장갑이 여러 장 겹쳐져서 붙어 있었다. 오빠의 매운 손자국이었다. 내가 천덕꾸러기여서 맞았을까 아무리 생각을 해 봐도 억울하기만 한 사정을 누구도 이해해 주지 않는 것이 서러웠다.

　아버지는 낚시를 광적으로 즐기는 분이셨다. 토요일 오후 학교 수업을 마치고 집으로 돌아오니 아버지의 낚시 가방은 이미 준비가 완료된 상태로 대기 중이었다. 씨알 좋은 놈들이 밤샘 파티를 한다는 무릉도원의 계곡 어디쯤을 파악해 두신 듯했다. 125cc 빨간 오토바이가 아버지의 발이었다.

　해거름녘에 낚싯대를 드리우기 위해서 아버지는 점심 식사를 끝내고 오토바이의 시동을 걸어 물고기들의 입질이 좋다는 계곡으로 출발하셨다. 별빛이 차오른 후 달빛이 넘어가는 아침이 되어야 아버지의 취미생활인 낚시가 끝이 나는 시간이다. 일요일 아침, 마당의 커다란 고무 통에서 묵직한 뭔가가 첨벙거리는 소리를 내고 있었고 아버지의 까칠한 수염은 밤샘의 흔적으로 남아 많이 피곤해 보이셨다. 아버지는 졸음이 가득 고인 눈으로 고무 통을 들여다보고 흐뭇한 미소를 짓고 계셨다.

"아버지, 잘 다녀오셨어요?"

"오냐."

"뭐 잡아 오셨어요?"

가까이 다가가서 들여다본 고무 통 안에는 어른 팔뚝만큼이나 큰 메기 두 마리가 넙죽한 입가로 수염을 늘어뜨리고 헤엄치고 있었다. 다른 통에는 아주 커다란 자라 한 마리가 등딱지 속으로 머리를 밀어 넣었다가 반쯤 내어 놓은 모습으로 콧구멍을 벌렁거리고 가만히 있었다. 자라는 무엇인가를 물면 끊어질 때까지 절대 놔 주지 않는 성질이 있다는 것을 들어서 알고 있기 때문에 가까이 가는 일은 없었다.

어른들 말에 의하면 쇠젓가락도 물면 끊어져 버린다고 하니 아이들의 손가락 마디 하나쯤이야 쥐도 새도 모르게 사라지게 할 것만 같았다. 아버지의 솜씨가 좋으신 건지, 그날의 운수가 대통이었는지, 아버지의 어망은 늘 커다란 물고기들이 가득했다. 주변 지인들이 몸보신한다고 비용을 지불하고서 선주문을 할 정도였으니 아버지의 취미이자 부업 같기도 했다.

메기와 자라를 한참 들여다보시던 아버지께서 혼잣말을 하셨다.

"아이고, 요놈들 참 실하기도 하네~. 팔기가 아까운 놈들일세~."

아버지의 기준으로 봤을 때는 오늘 잡은 메기와 자라는 최상품에 해당하는 물건이었던 것이다. 혹시라도 누가 볼세라 얼른 고무 통의 뚜껑을 닫아 두고 늦은 아침식사를 하셨다. 밤샘 낚시에 지친 아버지가 주무셔야 하기 때문에 집에서는 자유롭게 놀 수가 없었다. 그래서 친구네 집에 가서 놀다가 오후에 집으로 돌아왔다.

엄마가 곰솥에 무언가를 끓이고 계셨는데, 뽀얀 국물에 노오란 기름이 동동 떠다니고 있었다. 국자로 휘저어 보니 창자를 제거한 후에 칼집을 두어 번 맞은 메기 두 마리가 아주 푹 고아 있었다.

엄마는 커다란 뚝배기에 뽀얀 국물을 가득 담아 내고서 오빠를 불렀다. 식기 전에 얼른 먹으라고 따끈한 고봉밥까지 차려 내셨다. 구수한 냄새가 나고 진하게 국물이 우러난 메기탕을 나도 먹어 보고 싶었다.

"엄마, 저도 주세요."

"이건 오빠의 약이야~ 약~."

내가 보기엔 맛있는 메기탕이었는데, 오빠의 약이라고 먹지 못하게 하셨다. 아마도 평소에 코피가 잘 터지는 오빠를 위하여 몸보신

용으로 끓인 것 같은데, 좋은 건 함께 나누어 먹어야 옳은 거가 아닐까라는 생각이 들었다. 내가 빤히 쳐다보고 있어서 오빠가 메기탕을 편하게 먹을 수 없었는지 나를 보더니 설거지나 하라고 놀리듯 말을 했다.

메기탕을 못 먹어서 잔뜩 삐져 있던 내가 얌전히 설거지를 할 리가 있나…. 모난 성질만큼이나 툭 튀어나온 입이 불만을 말하고 있었고, 뭉그적거리는 폼이 설거지하기 싫다는 뜻이었건만, 오빠는 괜히 성질을 내기 시작했다.

"(경상도 억양으로)가시나~ 빨리 설거지 안 하나?"

나는 어쩔 수 없이 설거지통에 손을 넣었다. 끝까지 나긋한 여동생이 되기 싫었던 나는 평소의 두서너 배 정도가 되는 요란한 소리를 내며 설거지를 하기 시작했다. 밥을 먹던 오빠 귀에 크게 들리는 설거지 소리가 거슬렸는지 나를 바라보고 있었다. 설거지가 끝나가고 수저를 헹구고 있을 때였다. 조용히 설거지를 하라고 주의를 줬는데 못 들은 척하니까 오빠가 화가 많이 난 모양이었다.

메기탕도 못 먹고 설거지나 하고 있는 사람이 누군데…. 나라고 열을 안 받을까?

화나는 거로 치면 내가 더하면 더했지 덜한 상황이 아닌 거잖아…. 소리를 더 내어 가며 보란 듯이 설거지를 했다. 오빠가 밥숟가락을 내려놓더니 나에게 다가왔다.

마당에 있는 수도 가에서 설거지를 하고 있어서 나는 설거지통 앞에 쪼그리고 앉은 자세였다. 갑자기 눈앞에 별이 번쩍였다. 오빠의 손이 나의 등짝을 후려친 것이다. 흥~ 아버지한테 맞아도 내가 옳다고 생각하는 일에는 절대로 잘못했다는 말을 안 하는 똥고집을 가진 나인데, 내가 오빠가 무섭겠어…? 나는 더 힘하게 설거지를 했고 같은 자리를 정확하게 열다섯 번 연타로 맞았다.

더 맞다가 죽을 것 같았지만 잘못했다는 말은 하기 싫었다. 나도 속으로 부아가 치밀어 오르기 시작했다. 등짝을 맞으면서도 끝까지 씻어서 가지런히 놓았던 수저를 모두 집어 들었다. 그리고 마당을 향하여 온 힘을 쥐어짜듯이 던져 버렸고, 죄 없는 수저가 땅바닥에 나뒹굴었다. 속으로는 큰일을 저질렀구나 싶었고 그대로 있다가는 등짝이 남아 날 것 같지 않아서 대문을 박차고 밖으로 뛰어나가 버렸다.

석양이 지는 하늘로 어둠이 어둑어둑 찾아드는 시간이었다. 집에서 조금 걸어가면 강둑이 나오는데 강둑을 따라 한참을 걸었다. 캄캄한 밤하늘에 별이 밝아 오자 눈물이 왈칵 쏟아졌다. 갈 곳도 없는데 집으로는 더 들어가기 싫고, 서러워서 눈물이 멈추지를 않았다. 점점 어둠이 짙어가고 오가는 사람도 사라지니 흘러가는 강물 소리가 더 크게 들려왔고, 바람에 풀이 흔들리면 무섭다는 생각까지 들었다. 시간이 흐를수록 집으로 들어가기에 창피하다는 생각이 자꾸만 들었다.

"아이고~ 아이고~. 갈 곳도 없고 어쩌겠노~."

누가 들어 줄 리 만무한 혼잣말을 내뱉다가 어쩔 수 없이 집에 들어갔다. 차마 들어가지 못하고 대문간에서 한참을 서성이다가 조용히 집으로 들어갔는데, 엄마는 아무 일 없었다는 듯이 어서 밥 먹고 방에 들어가라고 했다. 내가 어렸을 때는 삐지면 밥을 굶는 것이 나의 자존심을 지키는 표현이라고 생각을 했었던 탓에, 꼬르륵 소리가 나는 위장을 외면한 채로 자존심을 지키고 방으로 들어갔다. 조심스럽게 이불 위에 몸을 눕히니 아파 죽을 성 싶다.

예전에는 잘못을 하면 부모님께 회초리를 맞는 경우도 있었고, 나이 많은 언니 오빠에게 혼나는 일들도 더러 있었다. 요즘 같으면 아동폭력이라는 이름으로 불리는 행동들이 그 시절 그때는 당연한 것처럼 일어나는 일이기도 했었다. 등에 붙었던 빨간 장갑으로 며칠간 고생을 했었지만, 그 이전이나 이후로 고집을 부려서 맞은 적은 없었다. 다만 아들과 딸에 대한 차별은 여전했었다. 오빠나 남동생을 위하여 달이는 약탕기 속 보약은 늘 냄새로만 맡을 수 있었고, 알약으로 된 종합비타민도 아들만을 위하여 뚜껑이 열릴 뿐이었다.

풋사과

농익은 날을 기다리는
풋것들의 세상이
아름다운 까닭은
꿈이 있기 때문이다.

3장

구두

어설픈
소매치기

늘 언니의 핸드백이 예쁘고 부러워서 갖고 싶었던 여고 시절이 지나가고, 갓 스무 살이 되자마자 마음속에 찜해 두었던 작고 귀여운 핸드백과 구두를 사게 되었다. 여고 시절에도 친구를 만나러 나갈 기회가 있을 때는 어른도 아닌 것이 어른인 척을 하고 싶어서 언니의 구두를 빌려 신고 핸드백을 빌려 가기도 했었는데, 그때는 그렇게 입으면 예쁘게 보인다고 착각을 하고 살았었다.

세월이 흘러가고 내가 진짜 어른이 되었을 때 어른인 척하는 여고생들의 모습을 보면 어이없는 웃음이 나올 뿐이었고, 나의 철없었던 여고 시절이 생각나서 창피한 느낌에 그 순간들을 지워 버리고 싶어진다. 아마도 여고시절을 지나온 여성들이라면 거의 비슷한 경험들이 있지 않을까라고 생각을 한다.

예나 지금이나 어른들이 하는 말이 한결같은 것은 그것이 가장 현실성 있는 사실이기 때문일 것이다. 나이 들어 보니 여고생은 여고

생답게 청순하게가 정답인 것 같다.

운동화만 신고 다니던 발에 구두는 여간 성가신 것이 아니었다. 발가락 끝이 뾰족한 구두의 앞코 좁은 곳에 모여 들어서 새끼발톱이 아팠고, 발뒤꿈치는 물집이 생기다 못해 터지고 너덜너덜해져서 걸을 때마다 고통이 따랐다.

치마를 입는다고 신었던 스타킹의 울이 나가면 창피하지 싶어서 조신하게 걸었던 걸음도 더 이상 유지를 할 수가 없게 되어 버렸다. 운동화 뒤축을 꺾어 신듯이 구두 뒤축을 꺾고 싶은 마음이 굴뚝같았지만, 새 신발이 상할까 봐 참아야 했다. 스타킹 안쪽의 발뒤꿈치에서는 벌건 진물이 배어 나오고 있어서 종종걸음으로 집을 향하여 빠르게 가는 방법이 최선이라는 생각이었다.

전철역을 빠져나와 지하상가를 지나서 계단을 오르는 방법이 가장 빠른 지름길이었기 때문에 평소에는 잘 가지 않는 계단 쪽으로 걸어갔다. 주말의 지하상가는 젊은 사람들로 가득했고, 평소에는 사람들의 통행이 별로 없었던 계단을 오르는 사람들이 많아서 별다른 걱정 없이 사람들 속에서 계단을 올라가기 시작했다.

계단을 오르려니 구두를 신었던 발이 더 불편하게 느껴져서 걸음걸이가 다리가 불편한 사람처럼도 보였을 것이다. 중간쯤 계단을 올라가고 있는데 누군가 핸드백을 자꾸 뒤쪽으로 당기는 느낌이 들기 시작했다. 나의 걸음이 불편하고 뒤뚱거려서 핸드백이 쏠리는 건가라고 생각을 하면서 앞쪽으로 당기고 나머지 계단을 다시 오르고 있었다. 두어 발자국 올랐을까 싶을 때 다시 핸드백을 뒤로 당기는 느낌이 들어서, '이게 왜 이러지?'라면서 앞쪽으로 순간적인 힘을 줘서 확 당겼더니, 웬 남자의 손이 핸드백 속에 걸린 채로 함께 딸려 왔다.

"엄마야~ 이게 뭐야?"

순간 당황한 나머지 나도 모르게 크게 소리를 질러 버렸다.

"야~ 이 ○○○아~ 뭘 봐~."

소매치기는 갑자기 쌍욕을 하면서 나를 빤히 쳐다보고 있었다. 너무 놀란 가슴에 아무 말도 하지 못하고 있었지만, 주변 사람들은 어떤 상황이 일어나고 있는 건지 눈치를 챌 수 있었던 상황이라서 소매치기도 다른 해코지를 할 수는 없었던 모양이다.

"야, 야~ 더러워서 안 가져간다."

소매치기당할 뻔했던 내가 큰소리를 쳐야 할 판이건만, 오히려 소매치기가 뭐 하나 보태 준 것도 없으면서 남의 물건이 더럽다느니 쓸데없는 소리를 지껄이고 있었다. 주변에서 계단을 오르던 여자들이 나보다 더 크게 비명을 지르는 바람에 소매치기는 급하게 계단을 내려가서 도망을 쳐 버렸다.

소매치기가 시야에서 사라졌지만, 심장은 심하게 두근거렸고 나는 뭔가에 홀린 사람처럼 정신을 온전히 차릴 수가 없었다. 그래서 집으로 돌아올 때까지 구두를 신어서 발이 아팠다는 사실조차도

잊어버릴 수 있었다. 소매치기 당하는 것을 눈치 채지 못하고 집에 돌아왔을 때 소매치기당한 것을 알게 되었다면 억울해서 어떻게 살았을까 싶었다. 딱 그만큼의 경험을 하게 해 준 소매치기가 어떤 면에서는 고마운 생각도 들게 한다. 아픈 발의 통증을 잊게 해 준 것도 있었고, 그 이후로 나의 삶에 소매치기가 끼어들 수 있는 여지를 만들지 않게끔 채비를 하게 해 준 못 된 놈이었기 때문이다.

치과에서 근무했던 시절이 있었는데, 환자들의 보철물을 만들기 위해서는 입안의 치아를 본뜨는 과정이 필요하고, 본뜬 틀을 이용하여 인공치를 제작하게 된다. 규모가 작은 치과에는 기공소가 별도로 있지 않기 때문에 인공치를 전문적으로 만드는 기공소를 이용하게 된다.

근무했던 치과에서 이용하던 기공소가 있었는데, 인공치를 만들기 위한 기본 틀을 수거해 갔다가 인공치가 만들어지면 배달을 해 주었다. 배송을 담당하던 분이 사십 대의 아주머니였는데, 배송 구역 내에 있는 버스 노선을 달달 외우고 다닐 정도로 오랜 경험이 있는 분이었다.

외관상으로는 배송 직원 같은 느낌은 전혀 없었고 귀티가 흐르는 중년의 부인 같은 푸근한 분위기였다. 인공치를 넣고 다녀야 하기 때문에 항상 가방을 필수적으로 들고 다녀야 했다. 옷차림이 귀부인 같은데 가방이 허접하면 스스로도 모양새가 없다는 생각이 들었는지, 옷차림에 맞게 아주 고급스러운 가방을 들고 있었다. 누가 봐도 부유층에 해당하는 사모님 같은 이미지였기 때문에 그 누구도 아주머니의 모습을 봐서는 일을 하는 중이라는 생각이 들지는 않았을 것이다.

예약되어 있는 환자의 보철물을 가져오기로 했던 날, 문을 열고 들어오는 아주머니를 보고 반갑게 인사를 하고 보철물을 받기 위해 기다리고 있었다. 아주머니가 접수대에 가방을 올려놓는데 뭔가 이상해 보였다. 가방 옆구리가 치과에서 사용하는 메스 같은 예리한 칼날이 지나간 것같이 벌어져 있었다. 소매치기가 가방을 찢고서 가방 안에 있는 물건을 슬쩍한 것으로 보였다.

놀란 아주머니가 재빠르게 가방을 열어 살펴보았는데, 수거용 본뜬 치아 몇 개가 사라져 버렸다고 했다. 치아를 본뜨면 위생적인 면을 생각해야 하기 때문에 전용 티슈에 몇 번씩 감싼 후 비닐에 넣어 보내게 되는데, 펼쳐 보기 전에는 모양새가 돈뭉치를 둘둘 말아 놓은 것 같은 느낌이 들 것 같기도 했다. 우리 치과에 예약된 환자용 치아는 그대로 있어서 그 와중에도 다행스럽다는 생각이 들었다.

수거용과 배송용을 금액적인 면으로 비교를 해 보자면, 수거용 치아는 치아를 본뜬 틀에 돌가루를 부어서 굳힌 것이라 훔쳐 가는 사람에게는 그 어떤 금전적인 용도가 되지 못하지만, 배송용 치아는

금을 녹여서 치아를 만든 것이기 때문에 마음만 먹으면 돈으로 바꿀 방법도 있기는 하다. 소매치기는 돈으로 바꿀 수도 없는 본뜬 치아, 즉 돌덩어리를 가져간 것이다.

환자 입장에서 생각을 하면 시간을 들이고 긴장을 하면서 받았던 소중한 치료 과정의 결과물을 소매치기당한 것이므로 안타까운데, 소매치기가 훔쳐 간 물건을 열어 보는 순간이 어땠을지를 상상하면 쌤통이다. 잠이 든 그 밤에 꿈속에서 딱딱딱 소리를 내며 덤벼드는 치아들의 공격을 받고 개과천선하였기를 바라는 마음이다.

잡풀 사이에 피어난 양귀비

양귀비

하늘 향하여 펼친 치맛자락

붉은 태양이 너의 낭군님이더냐?

처음부터
사기꾼 냄새가 나더라

끼익, 쿵, 철퍼덕…. 횡단보도를 건너던 나는 순간 내 속의 모든 장기들이 터지는 줄 알았다. 함께 길을 가던 언니의 놀란 비명소리가 들려오는 거로 봐서 나는 아직 살아 있구나라는 생각이 들었다. 언니와 손잡고 건너가던 횡단보도에서 도대체 무슨 일이 일어난 거지…? 옷 위로 배와 가슴을 더듬거려 보았다. 대충의 느낌으로는 어디 터진 곳 없이 제자리에 그대로 붙어 있는 듯했다.

무엇이 나에게 부딪혔는지 아무것도 생각이 나지 않았다. 없는 정신에도 언니는 부딪히지 않아서 다행이라는 생각이 들었다. 새로 사 입은 바지의 무릎 부분이 너덜너덜하게 찢어져 구멍이 뚫려 있어서 아깝다는 생각이 들었다.

입안에서는 거친 느낌의 부스러기들이 심기를 건드렸다. 부스러기들을 모아 뱉으니 침인지 피인지 구분도 안 되는 끈적하고 붉은 액체가 질질 흘러내렸다. 혀를 더듬거려 평소와 다른 느낌을 찾아

따라갔더니, 앞니가 톱자루에 붙은 톱날 같았다.

떨어져 나가 차 모서리에 부딪힌 오른쪽 볼에서 얼얼한 느낌이 들었고, 피가 흘러내려 얼굴이 검붉게 물들었다. 운전자가 차에서 내리면서 대뜸 내게 말을 한다. 갑자기 차도로 뛰어들면 어쩌자는 거냐고…. 내가 보행 신호를 안 보고 다녀서 일어난 사고라고 분해 죽을 것 같은 표정을 지었다.

미친놈~ 횡단보도를 함께 건너가던 사람들이 스무 명은 족히 넘겠구먼…. 사람들이 횡단보도를 침범한 운전자에게 한마디씩을 했다.

"정신을 팔고 운전해 놓고 어디서 딴소리냐?"

"사람 안 죽은 게 다행인 줄 알아라!"

"여기 목격자가 몇 명인데 어디서 거짓말을 하나?"

"다친 사람 어서 병원부터 데리고 가라!"

불리하기만 한 말들을 하는 목격자들의 진실들을 알아차렸는지, 운전자는 차 뒷문을 열고 언니와 나를 태우고 병원으로 향했다. 부러진 앞니도, 피가 맺혀 있는 얼굴도 걱정이 되기 시작했다. 구멍 난 바지의 무릎 쪽에서 다리를 타고 흐르는 액체가 느껴지기 시작했는데, 바지 속을 들여다보기는 겁이 났다.

쉴 새 없이 주르륵 흘러내리는 것들이 양말에 스며드는 것이 느껴졌다. 살짝 바짓단을 들어 보니 온통 끈적한 핏빛이었다. 이를 앙다물고 구멍 난 바지 속을 벌려 보았다. 이상하다. 무릎이 어디 갔을까?

아무리 피가 흐른다 해도 무릎은 있어야 했는데, 무릎 한가운데가 움푹 파여 뼈가 드러나 있었다. 움직일 때마다 드러난 뼈 사이에서 벌컥벌컥 뜨거운 피가 펌프질하듯 쏟아져 흘러내렸다.

병원 응급실에 도착해서 엑스레이를 찍고 모든 검사가 끝이 났다. 머리 쪽의 상처들은 겉으로만 나 있는 상태라서 생명을 위협하는 일은 없을 거라고 했다. 무릎을 찍은 엑스레이 필름을 보여 주던 의사가 아스팔트 조각이 뼈 안쪽에 박혀 있어서 제거 수술을 해야 한다고 했다. 상처 부위의 상태로 봐서는 전신 마취까지는 필요 없지만, 수술 시 고통이 심할 수 있다고 했다. 피부가 찢어진 부분은 마취가 되는데 뼈 부위는 마취가 되지 않기 때문에 아플 것이라고 했다.

그때 나의 생각은 딱딱한 뼈가 아프면 얼마나 아플까 싶었고, 찢어진 피부를 봉합할 때만 아프지 않았으면 하고 걱정을 했을 뿐이었다. 찢겨서 드러난 하얀 뼈 사이로 여전히 피는 뻐끔뻐끔 나오고 있는데, 간호사가 와서 식염수를 들이부으면서 구석구석 청소를 하듯 씻어 냈다. 아프다고 하니까 다시 상처 주위에 마취 주사를 놓은 후에 뼈에 박혀 있는 이물질을 제거하기 시작했다.

핀셋으로 상저 부위를 벌려 놓고서 뽑아 내는 행동을 계속 반복적으로 했는데, 이물질이 쉽게 빠지지는 않았다. 빠질 듯 당기다가 놓치는 순간에는 사람이 사는 세상에서 느낄 수 있는 최고의 고통이 이런 것이 아닐까라는 생각이 들 정도로 아팠다. 지금 생각해 보면 출산의 고통보다 상위에 있는 통증이었다고 생각한다. 뼈가 마취가 안 된다는 사실에 놀랐었고, 뼈에서 느끼는 고통이 상상을 초월하는 것이어서 놀랐던 순간이기도 했다. 모든 수술이 끝이 나고 형사들이 와서 사고 뒤처리를 한다고 조사서를 쓰고 있었다.

운전자가 전방 주시 상태로 운전을 하고 있었는데, 순간적으로 내가 갑자기 도로에 뛰어 들었다는 주장을 또 하기 시작했다. 나는 사람들이 건너기 시작할 때 건넜고, 제일 가장자리에 서 있던 사람이 나여서 부딪히게 된 거라고 말을 했다. 형사들은 정황상 나의 말이 더 신빙성이 있다고 판단을 하고 있었다.

뻔뻔하던 모습의 운전자는 갑자기 꼬리를 내리더니 가진 것도 없고, 본인 소유의 차도 아니었고, 보험처리도 할 수 없는 상황이라고, 치료비를 주는 조건으로 합의를 해 달라고 저자세로 나오기 시작했다. 아버지는 여기저기 돌아가는 상황들을 알아보시더니 지금의 치료비와 차후 후유증이 나타날 때 들어갈 수 있는 치료비를 받는다는 조건의 합의서를 작성했다고 하셨다.

시간이 흐른 후에 무릎에 큰 흉터를 남기고 완치가 되었지만 간혹 느껴지기도 하는 통증이 있었다. 그래서 병원에 가려고 운전자에게 전화를 하면 결번이라고 나와서, 추후의 치료비를 받아 낼 수는 없었다. 비굴할 정도로 구질구질한 저자세로 나오는 그는 마치 사기꾼이 사기를 치는 듯한 모습이었다. 합의금의 금액을 최소한에서 맞추고 싶었던 양아치 같은 느낌이었다.

교통사고의 기억이 사라질 만큼 시간이 흘러갔다. 직장 생활을 하고는 있었지만, 퇴근 후의 시간과 주말이 늘 아깝다는 생각이 들어서 뭔가 시간에 맞는 일을 더 하고 싶었다. 혹시나 하는 마음으로 동네에 배포되는 〈벼룩시장〉을 보게 되었는데, '부업'이라는 문구가 눈에 띄었다. 공예품을 하나 만들면 얼마를 준다고 적혀 있었고, 만들기 좋아하는 나에게 적절한 부업이 될 수도 있을 거라는 생각이 들었다. 언니에게 함께 가보자고 했고 위치를 확인하고 상담을 받으러 가 보았다.

똑똑똑….

"네, 들어오세요."

입구에는 〈○○ 공예 전문점〉이라고 적혀 있었고, 아래쪽으로 '부업 환영'이라고 작게 적혀 있었다. 잘 찾아왔구나 싶어서 문을 여는 순간, 실장이라고 앉아 있는 남자와 언니와 나는 눈이 동그래져서 어색하게 구부정한 인사를 나누게 되었다. 실장이라고 앉아 있던 남자는 교통사고를 냈던 운전자였다.

"이렇게 만나게 되네요."

사고 후유증은 없었냐고, 그때는 미안했었다고 겉치레 인사 같은 말을 몇 마디 하더니 어쩐 일로 왔냐고 물었다. 부업 좀 하려고 찾아왔다고 했더니 설명을 해 주었다. 공예품 하나를 완성해 오면 장당 얼마를 지급해 준다는 식의 일이었는데, 재료는 구입해야 한다는 조건이었다. 공예품을 만드는 방법을 배워 보니 적성에도 맞았고 만들기에는 전혀 문제가 없을 것 같았다.

재료비를 먼저 오만 원을 내면 일을 시작할 수 있다고 했다. 예전의 교통사고에서 좋지 못한 기억이 있어서 그랬는지, 순간적으로 '이거 사기꾼들 아니야?' 라는 생각이 들었다. 아무리 봐도 재료비가 그만큼 들어갈 것 같지도 않았다.얼추 보니 대략 만오천 원 정도면 구할 수도 있을 것 같은 물건들이었다. 부업은 해보고 싶었는데, 왠지 오만 원이라는 돈을 내기에 믿음이 가지 않았다.

부업하는 사람들이 대략 일주일에 얼마 정도를 벌어 가는지 물어보았다. 사람마다 다르겠지만 몇만 원씩은 번다는 답을 해 주길래, 일주일 동안 최대한 열심히 하면 오만 원도 가능하냐고 재차 물어보았다. 가능할 수도 있다고 말을 해서 그럼 재료비 오만 원을 부업해서 받을 돈으로 차감하면 안 되겠냐고 대놓고 물어 보았다. 내심 재료비 장사로 사기 친다는 느낌이 들어서였다.

실장은 재료도 가져가는데 그렇게까지는 곤란하다며, 얼마라도 주면 재료를 챙겨 주겠다고 했다. 만오천 원밖에 없다고 하니 나머지 삼만오천 원은 다음에 올 때 납부하고, 일단은 가지고 있는 만큼이라도 달라고 했다. 집에 와서 열심히 부업을 하기 시작했고 가르쳐 준 그대로 만들었다.

'이만하면 부업으로 제법 푼돈은 벌겠는데?' 라는 희망이 보였다. 덜 내고 왔던 재료비 삼만오천 원을 챙기고 기대에 부풀어서 만들어 놓은 작품을 가지고 갔다. 내가 보기에는 근사하고 완벽하게 만들어진 작품이었다. 그들의 예시 작품보다 내가 만든 것들이 훨씬 나아 보이기도 했다.

실장이라는 사람이 내가 만든 것을 보더니, 이렇게 만들면 작품비를 줄 수가 없다고 했다. 처음 설명할 때는 누구나 할 수 있는 작업이고 쉽고 간단하다고 하더니 뭔 말이래~. 알겠다고, 다시 잘 만들어 오겠다고 말하고는 나가려고 하니 지난번에 미납한 재료비를 달라고 했다.

"아 맞다…. 제가 깜빡했어요. 다음에 꼭 가져다 드릴게요."

한 번 사용해서 못 쓰게 되는 재료는 부업하는 사람의 몫이라는 말이 거슬렸다. 모든 작품은 만들어 오는 대로 부업비를 지급하겠다던 약속은 뭐였었나?

이 상태에서 나머지 재료비를 내어 놓는 것은 사기꾼의 먹이로 전락하는 것 같아서 싫었다. 그렇게 몇 번을 반복해서 작품을 만들어 갔었지만, 계속 재료만 들어갔지 작품비를 내어 줄 생각이 없는 사기꾼들이 맞았다. 뭔가 허탕 치는 기분이 들었고, 속았다는 생각이 들기 시작했다.

한 달이 넘는 시간 동안 재료는 다 사용했고, 결과물은 나오지 않았다. 나중에는 오기가 생겨서 미납된 재료비를 달라고 할 때마다 "부업으로 돈 벌어서 줄게"라며 뻔뻔하게 대처를 했다. 직장 동료들에게 이런 부업이 있어서 시작했는데, 돈을 한 번도 받아 본 적이 없다고 하니까 그런 사람들은 대부분 재료비만 떼어먹고 사는 도둑놈, 사기꾼들이라고 했다. 꿈에 부풀었던 나의 부업 일기는 사기꾼을 만난 이야기로 남았고 많은 교훈을 얻었다.

사기꾼의 눈물을 절대로 믿지 말자.

자나 깨나 사기꾼을 조심하자.

한번 사기꾼은 영원한 사기꾼이다.

원수를 외나무다리에서 만날 우연은 생각보다 많으니까 세상의 적이 되는 사람이 되지는 말자.

아주 오래전, 갓 스무 살이 되던 봄날의 추억을 들추어 보니 내게 이런 일도 있었다.

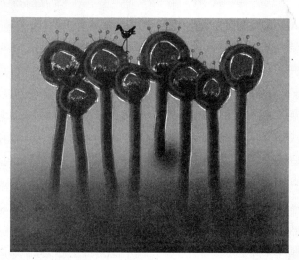

꿈이 솟다

해를 쫓아가자

고개를 숙이지 않는 이상

나는 열매를 채우고,

미래를 열어 두는 거다

넌 그렇게 될 줄
알고 있었어~

이십 대 초반, 교통사고로 하던 일을 잠시 접어 두고 병원 치료를 끝낸 후 새로운 회사에 입사하게 되었다. 팔월에 입사를 하고 삼 개월차 신입 딱지를 뗄 무렵, 팀의 막내였던 나의 아래로 신입 한 명이 들어왔다. 쉰 명쯤 되는 동료들이 조회시간에 모였고, 팀장의 소개로 새로 온 신입이 단상에 올라 인사를 했다. 스무 살의 그녀는 목소리가 수줍은 듯했으나 힘이 넘쳤고 하얀 이를 드러내고 환하게 웃는 모습이 꽤나 당차 보였다.

"안녕하세요. 채호수라고 합니다. 잘 부탁드립니다."

인사를 하는 그 짧은 시간 동안 호수의 눈빛과 나의 눈빛이 맞닿아 서로에게 꽂힌다는 느낌이 들었다. 새로 온 신입의 마음을 알 수는 없는 것이니까, 어쩌면 나 혼자만 그렇다고 느낀 것일 수도 있다. 나 역시 신입의 티를 완전히 벗어내지 못한 삼 개월 차 사원의 위치였기에 우리는 비슷한 일을 맡았고, 자연스레 가까운 자리에서 일을 하게 되었다.

호수의 첫인상을 나열해 보면 참 예뻤고, 똑똑하고, 바른 사람이었다. 내가 만약에 연예 기획사의 캐스팅 담당자였다면 당장 스카우트를 해 보고 싶다는 마음이 들 정도로, 텔레비전이나 잡지에서 많이 접했던 배우나 아이돌 가수 같은 느낌이었다.

우리는 간단하게 통성명을 하고 함께 일을 진행하기 시작했고, 삼 개월 전 내가 입사했을 때 당황스럽거나 불편했던 점들을 차근히 알려 주었다. 화장실의 위치를 알려 주고자 하니 당연히 함께 가야 했고, 식당의 위치를 알려 주려니 나란히 식사를 할 수밖에 없었다.

"'호수 씨'라고 부르는 것이 좋을까? '호수야'라고 부르는 것이 좋을까?"

"'호수야'라고 부르는 것이 더 다정한 느낌이 들어서 좋아요."

서로 붙어 다니는 시간이 많아지다 보니 자연스럽게 호칭이 정해졌다. 호수는 나를 언니라고 불러 주었고 나는 호수의 이름을 불러 주었다.

설핏설핏 호수의 말투에는 전라도 사투리가 섞여 있었고, 나는 누가 들어도 영락없는 경상도 사람의 말투였다. 호수의 고향은 배농사를 많이 짓고 있는 나주라고 했고, 그곳에서 부모님께서 배농사를 짓고 계신다고 했다. 배꽃이 피는 봄이 오면 집 앞의 풍경이 장관이라는 말을 하며 기회가 된다면 그 풍경을 꼭 보여 주고 싶다고 했다.

나도 시골 태생이라 꽃이 피고 지는 산천의 풍경을 너무나 좋아해서 언젠가는 꼭 보여 달라고 말을 했고, 미래에 우리가 함께 있다는 것이 당연한 것처럼 느껴졌다.

우리는 누가 떼어 놓으려고 해도 떨어지지 않을 만큼 급속도로 단짝이 되었고, 늘 어디를 가든 붙어 다녔다. 호수가 입사하고 며칠이 지난 어느 날, 입사하던 날의 이야기를 나누게 되었는데 수많은 팀원들 중 유독 내가 눈에 띄더란 말을 했다. 서로가 눈빛으로 먼저 통했다는 것이 맞는 듯했다.

호수의 사교성이 대단했던 것인지, 아니면 내가 알 수 없는 힘이 배경으로 작용을 한 것인지는 모르겠으나 호수가 회사의 임원들에게 다가가 인사를 나누는 모습이 생소하기도 했다. 일반 여사원들의 경우에는 임원들과 거의 할 이야기도 없었고, 가벼운 목례 정도로 예의를 갖출 뿐이었지 각별한 인사를 나누거나 할 필요도 없었다. 어느 정도의 시간이 경과한 후에는 호수와 임원들이 스스럼없을 정도로 보였다. 너무 자연스러웠기 때문에 원래부터 다 알고 지내던 사이인지, 친화력이 좋아서 연결이 된 인맥이었는지 궁금하기는 했지만 따로 물어본 적은 없었다.

우리는 회사에서 종일 붙어 다니는 것도 모자라 토요일 퇴근 후 밖에서도 만났고, 일요일에도 다시 만나서 밥 먹고, 차 마시고, 돌아다니면서 많은 이야기들을 나누었다. 원하는 대학에 가지 못해서 비관적인 생각을 했다는 호수는 세상이 싫어져서 도피하듯 고향을 떠나온 것이라고 속내를 털어놓았다. 흘러가듯 하는 이야기 속에는 법조계에 몸을 담고 있는 언니 오빠들이 있다는 이야기를 들은 것도 같고, 내심 느끼기에 집안 분위기 자체가 공부 외의 것은 생각해 본 적 없이 살아온 공부벌레의 일상이었다는 생각이 들었다.

한 번은 주말에 둘이서 재래시장 구경을 하러 갔다가 한참 정신이 팔려서 구경을 하고 있었는데, 호수가 나의 옆구리를 쿡쿡 찌르면서 씩 웃었다.

"언니~ 아까부터 쟤네들이 우리를 쫓아오고 있어."

순간 휙 돌아보았더니 군복 입은 군인 두 명이 움찔하더니 쭈뼛거리며 다가오고 있었다.

"시간 되시면 이야기 좀 할 수 있을까요?"

얼굴이 빨갛게 상기된 채 말을 걸어오는 두 명이 이야기를 나누고 싶은 상대는 말을 하지 않아도 뻔히 알고 있는 사실이었기에, 선택권은 호수에게 있었다. 그러나 호수는 나에 대한 배려의 차원에서 그들의 대시를 거절했거나, 그들이 마음에 들지 않았거나, 관심 밖이었거나 여러 가지의 이유로 거절을 했다.

호수와 함께 다니다 보면 이런 일들이 자주 있을 정도였다. 호수는 누가 보아도 호감형이었고 참 예뻐서 연예인 급 미모라고 하는 표현이 딱 맞았다.

몇 개월 동안 늘 붙어 다녔던 호수가 어느 날 퇴사를 해야겠다고 했다. 다시 고향으로 돌아간다는 말을 하니 말릴 수도 없었다. 서로 다시 연락하마 하고 헤어졌지만 사회에서 만나게 된 인연들은 헤어지면 영영 이별이 되고 말더라…. 우리는 생일이 같은 달, 하루 차이라서 매년 나의 생일이 다가오면 호수도 생일이겠다는 생각이 들곤 했다.

세월은 생각보다 빨리 흘러갔고, 어느새 나는 마흔다섯이라는 나이가 되어 있었다. 가끔씩 호수가 보고 싶은 날도 더러 있었다. 내가 생각하는 호수는 평범한 주부로만 살고 있을 사람 같지 않았다. 어쩌면 나름대로 유명한 사람이 되어 있지 않을까, 내가 그녀를 찾으려고 마음만 먹으면 찾을 수도 있지 않을까라는 생각이 들기도 했다. 하지만 아무런 단서도 없이 사람을 찾는다는 것은 모래밭에서 바늘 찾기보다 어려운 일이라서 방법을 찾아야 했다.

일단은 인터넷 검색창에 그녀의 이름을 넣어 보았다. 흔하지 않은 이름이라 찾을 수 있는 희망을 가지고 검색을 시작했고, 몇몇 동명이 보였지만 다른 사람들이었다. 인터넷의 검색창이라는 것은 끝나는 지점이 없지 않을까 싶을 정도로 정보는 또 새로운 정보를 데리고 와서 꼬리에 꼬리를 물고 이어졌다. 찾다 보니 같은 공부를 했던 사람들이 모이는 인터넷 카페 내의 대학원생들의 회비 납부 내역까지 검색의 뿌리가 뻗어 나갔고, 이 정도면 검색에 관한 열매가 하나 열릴 때도 되지 않았을까 싶었다.

순간 대학원이면 혹시 호수가 잠시 쉬고 있던 공부를 다시 시작했던 것은 아닐까라는 추측이 들었다. 혹시나 하는 마음에 해당하는 대학원의 홈페이지로 들어가 보았지만 호수에 대한 정보는 아무 곳에서도 찾을 수가 없었다. 다시 회비 납부 내역이 있는 인터넷 카페의 자료들을 좀 더 살펴보기로 했지만, 나는 정회원이 될 자격이 없으므로 상세 정보를 들여다볼 수는 없었고, 외부인이 보아도 무방할 자료들만 열람할 수 있을 뿐이었다.

지금 카페 내에서 찾고 있는 사람이 알고 지내던 그녀가 맞는지, 아니면 또 다른 동명이인인지 알 수는 없었지만, 마음이 자꾸 끌리는 것을 보면 그녀였으면 좋겠다는 바람이 강하기 때문이었을 것이다. 몇 차례의 검색을 더 거친 후에 보게 된 사진 속에서 그녀를 닮은 사람이 보이기는 했다. 하지만 흘러간 세월만큼의 변화도 있었을 것을 예상해 보니 닮았다는 느낌만으로 내가 알고 있는 호수가 맞는지 물어볼 방법은 없었다.

다시 사진 속 자료들을 근거로 검색을 해 보았고, 드디어 그녀의 이름과 전화번호가 보이는 창을 발견하였다. 예전 그 시절에 휴대전화라는 것이 존재했더라면 어떻게든 연락이 닿았을지도 모를 사람인데, 그 당시에는 그런 기기들이 없어서 개인별로 주고받을 수 있는 연락처라는 것이 없었으니까 무소식이 희소식이라고 둘러대고 살았던 것 같다.

하지만 요즘은 신통방통하기만 스마트폰이 있으니 전화번호만 있으면 사람을 확인해 보기에는 편리하고 좋은 세상이다. 기본적으로 '카톡'이라는 대화창을 통해서 소통하는 세상이고, 카톡의 정보를 조금만 살펴본다면 사진 한두 장쯤으로 사람을 파악하기도 쉬운 편이다. 검색한 전화번호로 카톡을 등록하면 정보가 보이겠거니 싶어서 전화번호를 저장하고 카톡으로 연결해 보았다.

새로운 카톡 친구로 그녀가 추가되었고 프로필 사진을 살펴보니 이십오 년이 흘러간 세월에도 하나도 변함 없는 채호수가 맞았다. 전화를 바로 거는 일은 실례가 될 수도 있었기에 혹시… 그때의 나를 기억하는지… 잊지는 않았는지…. 조심스레 카톡으로 노크를 해 보았다.

한참이 지나도록 읽지 않고 있어서 속으로 조바심이 나기도 했지만, 자꾸 물어 본다는 것도 실례 같다는 생각이 들었다. 사람의 기억은 모두가 다 다르기 때문에 그녀의 기억 속에서는 나라는 사람이 이미 사라져 버린 존재일지도 모른다는 생각에 더는 물어볼 수는 없었다. 시간이 지나고 카톡의 내용을 보게 된다면, 그리고 기억한다면 어떤 말이고 하겠지….

하루가 지난 다음 날이었다. 오전 근무를 마치고 점심 식사를 하러 가는데 휴대 전화가 울렸고, 화면에 채호수라고 저장해 놓은 번호가 보였다. 그렇게 익숙하게 지냈던 사이고 편했던 사이였는데도 이십오 년이라는 세월이 지나 다시 받게 되는 그녀의 전화에 심장이 두근거려서 심호흡을 크게 두 번 한 후에 전화를 받았다.

"언니…? 언니 맞으세요? 저를 어떻게 찾았어요?"

휴대 전화 속에서 들려오는 목소리는 스무 살의 호수 같은 느낌이었고, 순간 타임머신을 타고 시간을 역행하고서 예전의 그때로 돌아가 있는 것 같은 착각이 들었다. 반가운 마음이었으나 여전히 심장은 심하게 두근거리고 있었다. 어떤 말을 꺼내야 할지 몰라 잠시 침묵이 흘렀는데, 온갖 미묘한 감정들이 분출하고 있는 것 같았다. 기쁘기도 하고, 흘러간 세월이 야속하기도 하고, 빨리 만나보고 싶기도 하고…. 그 짧은 순간에 온갖 생각들이 스쳐 지나갔다.

"언니는 호수 네가 평범한 사람으로 살고 있지 않을 것을 알고 있었거든…. 그래서 너를 찾을 수 있었지."

"언니…. 가끔 언니가 보고 싶었어요. 그런데 연락처가 없어서 너무 안타까웠어요."

"그랬었구나…. 나를 잊지 않고 있었구나…. 그래서 우리가 다시 만나게 되었을 거야~"

점심시간이 짧아서 길게 통화를 할 수는 없었지만, 서로를 확인하기에는 충분한 시간이었다. 생각해 보면 내게 사람의 미래를 볼 수 있는 영험한 능력은 없지만, 믿을 만한 사람을 알아보는 영리함은 있었으리라….

그 이후에 우리는 종종 통화를 하고, 카톡으로 인사를 나누곤 했었다. 그녀가 어떤 일을 하고 있는지 파악이 되니까 인터넷상의 정보에서도 그녀의 이야기들은 쉽게 보였다. 어떤 날은 라디오에서 전문가로서 그녀의 목소리를 들을 수도 있었고, 각종 수많은 자료들 속에서 그녀의 눈부신 활약상이 보였다.

수많은 청중들 앞에서 강의를 하는 모습이 그녀에게 너무 잘 어울리게 보였고, 교수가 되었다는 소식에 내가 해 줄 수 있었던 말은 "넌 그렇게 될 줄 이미 내가 알고 있었어~"라는 말이었다.

지인들의 흘러간 세월의 발전이 내게 보였을 때, 그들만큼의 노력 없이 살아왔던 나의 평범한 시간을 반성해 보게 된다. 남아 있는 삶이 또 변화 없이 내 안에서만 머물러 있다면 나에게 내일은 없을 것이다. 다시 또 일어서서 내일의 나를 만나러 가 보자.

출발~.

무제

안녕

널 참 좋아했었어

가을이 저물고 첫눈발들이 코끝에 와 닿는 동절기

하얀 속살 드러내고 빙긋이 웃던 그 동그란 호빵처럼

따스한 널 참 좋아 했었어

서로에게 차가운 인연으로 기억되는 삶을 살지는 말자

그리움으로 찾고 싶은 인연이 되기를 소원한다.

대머리 생쥐에게
탈환 한 창고

빵집을 육 년간 운영하다가 그만두고 새로운 곳으로 이사를 했던 시기라, 뭔가를 새롭게 시작해야만 했다. 몸이 고달프기는 했지만, 육 년 동안 누구의 구속 없이 속 편한 나의 장사를 했던지라 다시 직장을 구하고 남 밑에 들어가서 시키는 일을 하자니 마음이 내키지 않았다.

조금 더 수월하게 살아보자고 육 년의 장사를 접었건만 나의 젊은 날의 하루하루는 위태롭기만 했었다. 빵집에 매달려서 밤낮 없이 일을 하고, 당장의 형편이 궁색해 보이게 살아도, 구두쇠 소리를 들어도 꿋꿋했던 이유는 잘 살아 내고자 하는 미래를 위한 종잣돈을 모으는 이유가 컸었다.

알곡 쌓아 두듯이 차곡차곡 쌓인 종잣돈으로 이전보다는 더 목이 좋은 빵집을 차리고 싶었었는데 잠시 쉬어가는 시간이 문제였다. "코스닥이 뭐예요?"라는 광고를 봐도 나하고는 상관없는 단어였기에 별로 관심을 두지 않았었는데, 남편이 무슨 바람이 불었는지 증권사에 계좌를 개설하더니 종잣돈을 곶감 빼먹듯 증권사 계좌로 채워 넣기 시작했다. 소가 뒷걸음질 치다가 쥐를 잡는다는 소리를 들어 봤던 것처럼, 주식 투자로 우연찮게 얻게 된 눈먼 돈 같은 첫 수익이 문제의 시작이었다.

'백만 원에 오십만 원의 수익이 붙었으니, 처음부터 천만 원으로 시작을 했으면 천오백만 원이 되었을 것 아닌가?'라는 단순한 생각에 사로잡히니 물욕이 생겨날 수밖에 없었을 것이다. 욕심에 천만 원을 밀어 넣더니 연타로 내려치는 하한가 몇 번에 피 같은 돈이 너덜너덜해져 있었다.

딱 *거기서* 멈춰야 했는데 내려갔으면 올라오기도 하겠거니라는 생각으로 야금야금 밀어 넣던 종잣돈은 어느새 바닥을 보이고 말았고, 일 년이 흘러가기도 전에 지난 육 년간의 피땀 어린 노력은 물거품이 되어 흔적 없이 사라지고 말았다. 마음이 공허하고 억울했다.

이럴 줄 알았으면 입고 싶은 옷이라도 사 입었을걸, 먹고 싶은 음식이라도 참지 말고 먹고 살았을걸⋯. 알뜰하게 살았던 지나간 모든 시간들이 바보 같은 삶으로 전락해 버리는 것 같았다.

당장의 *끼니*를 걱정하고 살아야 하는 형편에 놓이니, 두 아이의 엄마라는 자리가 내게 주저앉지 말고 일어서라고 채찍질을 가하는 것 같이 마음이 아프고 힘들었다. 네 살짜리 첫째 아들과 돌도 안 된

젖먹이 아이를 떼어 놓고 할 수 있는 일은 드물었다. 여차하면 애들은 엄마의 손길을 필요로 했고, 나는 엄마로 돌아와 있어야 했기 때문에 꾸준히 일을 하는 정규직을 구할 수는 없었다.

나는 첫째를 모유로 키워 봤기에 둘째도 이점이 많은 모유로 키우고 있어서 당장 없어서는 안 될 엄마이기도 했다. 하지만 아이들을 키우기 위해서는 돈을 벌어야 했는데, 사방팔방이 막혀 있는 이 삶을 과연 탈출할 수 있을까 하는 의문이 목을 조르고 있었다. 당장 몇 푼이라도 벌어야 했기에 잠깐씩이라도 일을 할 수 있는 곳이라면 감사히 받아 들여야 했다.

젖먹이 둘째 녀석을 배불리 젖을 먹이면 두어 시간의 틈을 이용할 수 있는 부업거리를 찾아보았는데, 하늘이 무너져도 솟아날 구멍은 있는 법인지 하는 만큼만 돈을 받을 수 있는 감자 껍질 다듬는 일을 구할 수 있었다. 두 아이를 친언니에게 잠시 맡겨 두고서 일을 시작할 수 있었다.

집과 멀지 않은 곳이어서 마음이 수월했고 원하는 시간만 하면 되는 일이라서 좋았다. 짧은 시간만 일을 할 수 있는 형편이었고, 시간 내의 모든 효율을 높여야 조금이라도 더 돈을 벌 수 있었기에 죽기 살기로 감자를 다듬었다. 하루 동안 감자의 껍질을 벗기고 다듬는 양이 내가 평생 먹을 감자의 양보다 더 많았을 것이다. 다행히 손이 빨랐고 요령도 생겨서 며칠 만에 '감자 귀신'이라는 별명도 붙었다.

남들 두 시간 걸리는 일을 한 시간이면 해치울 정도로 빨랐다.

하지만 아무리 빠르게 일을 마치고 와도 언니에게 맡겨 놓은 둘째는 배가 고파서 칭얼거리는 일이 많았다. 모유는 분유보다 소화 흡수가 빨라서 자주 먹여야 하는데, 그러지를 못하니 분유로 대체하기로 했는데도 둘째는 분유를 거부하고 엄마의 모유만 기다리고 있었다. 내가 엄마인지라 배고픈 아들을 보는 일은 쉽지가 않았다. 며칠 동안은 둘째가 너무 칭얼거리면 일하는 곳까지 언니가 아이를 데리고 와 구석에 가서 모유를 먹이고 다시 돌려보내기도 했다. 하지만 그렇게 해보니 왜 이렇게 살고 있는가 싶은 마음에 우울한 기분이 찾아 들었다.

애들이 어느 정도 자랄 때까지는 다시 빵집을 해야겠구나 싶었다. 사업 자금을 융통할 수 있었던 유일한 방법은 전세금을 빼는 방법밖에 없었고, 그렇게 하면 조금이라도 움직일 수 있는 여력이 생기겠다 싶었다. 먹고살려면 어쩔 수 없는 상황이 되고 보니 몸을 눕힐 수 있는 쪽방이라도 사람이 감사를 하게 되더라는 사실을 알게 되기도 했다.

아이들이 어려서 갈 곳도 없고 해서, 친정에서 창고로 사용하던 골방을 잠시 빌리기로 했다. 세월이 흐른 지금 돌아보면 그 시기가 인생 최악의 시기였고 또 잘 견뎌 낸 시간들이기도 하다.

가지고 있는 금액이 적었으니 보증금을 많이 걸 수가 없었고, 월세가 나가는 가게를 구하되 권리금이 없는 상가여야만 했다. 이 조건은 없는 형편에 처한 나의 조건이었지 건물주들의 조건에서는 너무나 먼 것들이었다. 첫째의 손을 잡고 둘째를 업고 동네를 돌아다니기 시작했는데, 며칠을 돌아다닌 끝에 망해서 급하게 나가버린 오락실 자리를 발견할 수 있었다. 가게 안에는 에어컨 하나만 남아 있었고 아무것도 없었다. 전 세입자는 에어컨 값만 중고 시세로 쳐 달라고 했다. 어차피 빵집에는 필요했던 물건이니 기분 좋은 거래는 성사가 되었고 얼렁뚱땅 가게를 구했다.

인테리어에 들어갈 비용을 최소한으로 줄여야 했기 때문에 빵을 진열하는 진열대는 판매 매장에서 적어 온 치수대로 목공소에 맡기니 물품의 반의 반값이면 해결이 되었다. 이런 식으로 견적을 내 가며 비용을 최소한으로 줄여 나갔다. 육 년 전에 빵집을 시작할 때 이천오백만 원의 물품비가 필요했었는데, 인생이 쫄딱 망한 후에 죽기 살기로 시작한 빵집에는 비용이 십분의 일도 들어가지가 않았다.

새로 구한 상가에는 작은 창고가 하나 딸려 있어서 빵 자료를 쌓아두는 창고로 활용하면 딱 좋을 듯싶었는데 구석구석 청소를 하던 중에 쥐구멍을 발견했다. 위생이라면 철두철미했던 내게 발견된 쥐구멍은 어떻게든 막아서 없애 버려야 하는 장애물이었다.

쥐가 있는 것 같은데, 문을 열고 들어가면 어디론가 사라지는 쥐를 잡기 위해서 철망으로 만들어진 쥐덫을 사 왔다. 소시지 몇 개로 쥐들을 위한 아주 푸짐한 최후의 만찬을 준비하고 쥐덫을 설치해 두었다. 빵집의 인테리어도 어느 정도 마무리되었고 다시 창고 청소를 하기 위하여 문을 열어 보았다.

'어머?'

'이게 뭐야?'

'웬 대머리 아저씨가?'

나는 살면서 쥐도 대머리 유전이 있다는 것을 처음 알게 되었다. 쥐덫에는 순차적으로 총 세 마리의 쥐가 잡혔는데 처음에 잡힌 제일 큰 쥐가 아빠 쥐가 아니었을까라는 생각을 했다. 제법 많이 머리가 벗어져 있었다. 배도 많이 나와 있었고, 딱 중년의 사람 아저씨를 보는듯한 느낌이었다. 두 번째, 세 번째 잡힌 쥐는 이제 갓 머리가 벗어지기 시작하고, 이전의 쥐보다는 어려 보이는 쥐였다.

엄마 쥐는 왜 안 잡힌 걸까라는 의문이 생겼다. 어쩌면 지독하게 말을 듣지 않는 남편 쥐의 머리털을 아내 쥐가 다 뽑아 버린 것은 아닐까라는 생각이 쥐들에게도 대머리 유전이 있을지도 모른다는 생각을 이기고 있었다.

조금 어린 쥐들도 불량스럽게도 보였고 남편과 아들 쥐에게 너무나 속을 썩던 엄마는 바람 좀 쐴 겸 해서 동네 마실을 나갔다가 목숨은 구했던 것은 아닐까? 엄마 쥐가 다시 돌아오려니 쥐구멍이 막혀 버려 돌아올 수가 없었던 거지….

아마도 엄마 쥐의 속은 새카맣게 타 버렸을 것이다. 자식은 아무리 철부지 말썽꾸러기라도 엄마에게는 소중한 보물이라는 것을 너무 잘 알고 있기에 엄마 쥐의 심정을 추측해 볼 수 있었다. 그렇게 쥐들을 잡아내고 청소를 한 후, 소독까지 마치고서 창고의 탈환을 성공적으로 마쳤다.

고난의 시간들을 나는 참 억척스럽게도 살아 냈다. 둘째 젖 먹여 가며 이른 새벽 문을 열었던 가게는 밤 열두 시가 되어야 문을 닫았고, 쪽방 같은 집으로 가면 완전 녹초가 되었지만 할 일은 또 남아 있었다. 아이들의 옷을 세탁해야 했고 다음날 먹을 반찬 준비를 해야 했다. 다시 그렇게 살라고 하면 또 살 수 있을까 싶지만 사람이 어려운 환경에 빠져들면 또 어떻게든 다 견뎌낼 힘도 생기더라….

죽기 살기로 시작한 빵집은 그렇게 오랜 기간 유지를 하지는 못했다. 딱 일 년 후, 어느 정도 자리를 잡았다고 생각할 즈음에 건물주가 갑자기 바뀌게 되었다. 안 될 놈은 뒤로 자빠져도 코가 깨진다더니…. 새로 오게 된 건물주는 보증금과 월세를 딱 두 배로 올렸다. 두 배의 월세를 내면서까지 장사를 할 이유가 없는 자리였지만, 그냥 빵집을 털고 나가면서 손해 보기는 싫었다. 나는 권리금 없이 들어왔지만 권리금이라도 챙겨야지 싶었다.

빵집을 넘기고 싶은 욕심에 인수할 사람을 찾는다는 글을 벼룩시장에 실어 봤지만, 두어 번 연락이 오더니 뜸해졌고 민속 주점을 하겠다는 사람이 난데없이 나타나서 가게를 인수하고 싶다고 했다. 같은 건물에 이미 호프집이 있었기 때문에 또 다른 주점이 들어온다는 건 상도덕에 어긋난다는 것을 알고 있었다. 민속 주점을 하고 싶었던 사람은 주종이 다른데 무슨 상관이냐며, 권리금을 넉넉하게 줄 테니 넘기라고 유혹을 했다.

내 코가 석자이고 보니 양심을 접어 두고 호프집 모르게 일단 가게를 넘기기로 했는데, 인수인계의 마지막 도장을 찍기 전에 호프집에게 들키고 말았다. "사람이 그러면 안 되는 거다, 양심이 있어야지"부터 시작하더니 온갖 쌍욕을 쏟아 내기 시작했다. 민속 주점을 계획하던 사람이 하고자 했던 욕심이 컸기 때문에 가림막 역할을 톡톡히 해주었다.

"당신네는 맥주 팔고, 나는 막걸리를 파는데 뭐가 문제냐…"

"당신네는 노가리 오징어 팔고, 나는 파전에 도토리묵 파는데 뭐가 겹친다는 거냐…"

빵을 팔던 나는 어떤 말도 뻥긋하지 못하는 한 마리 순한 양이 될 수밖에 없었고, 우여곡절 끝에 인수인계의 도장을 찍고 두둑한 권리금을 챙겼다. 민속 주점이 궁금해서 한 번씩 슬쩍 상가를 가 보면 나란히 두 집에서 불 밝히고 영업을 하고 있었다. 여름에는 호프집이 잘 되고 겨울에는 민속 주점이 잘 되는 분위기였다.

가을에 빵집을 넘겼으니, 가을에 오픈한 민속 주점은 그해 겨울

돈 좀 만져 봤을까나…?

　대머리 남편 쥐와 아들 쥐를 잃은 엄마 쥐는 동네방네 방황하며
다니지는 않았을까나…?

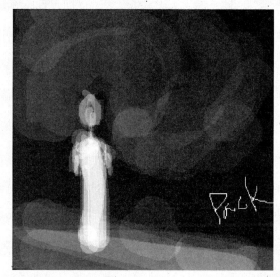

촛불

암흑 같은 인생을 지나갈 때는

촛불만큼의 빛만 보여도

살 것 같았다.

지나고 보면 견딜 만한 것들로 변해 있더라…

여행 일기
중에서

　　바닷가로 여행을 떠났던 날의 일기장을 열어보니 그날의 풍경들이 주마등처럼 스쳐 지나간다. 추억을 기록으로 남겨 두는 일은 지나가면 사라지는 인생의 일부를 글로 잡아 두는 것이다. 우리의 기억보다 더 선명한 자국으로 남아 있을 기록이 내어 주는 그리움도 즐겨 볼 만하다. 여행 중에 보았던 풍경을 그대로 적어 두었던 일기장의 하루를 다시 꺼내어 적어 본다.

　　갈매기는 새우깡을 물었고
　　뱃사공은 바다를 가르고
　　해당화는 파도 소리에 귀를 열었고,
　　따개비는 태양빛에 움츠리고
　　꼬마 게는 뻘 구멍으로 숨는다.
　　드리운 낚싯대는 허공의 바람을 낚았고

쪼그리고 앉은 먼 산에 나무가 푸르르고

갯바위에서 자빠진 젊은 처자는 애인에게 업혔고

강아지 한 마리 김밥에 코 들이대고 킁킁거리는데

무어에 토라졌는지 주인은 돌아 앉았네

시뻘건 태양이 토를 해서 구름이 노을빛인가

노을빛 속으로 날아오른 저 새가 비행기를 친구 삼네

산처럼 쌓인 모래 언덕에서 사내아이 둘 해가는 줄 모르고

이름 모를 녹슨 고철덩이는 하늘을 받치고 섰고

해안가에 즐비한 방파제는 파도에게 세를 받고 있다.

이정표를 따라 달리던 길, 방향을 잡은 차는 쉴 곳을 향하고

헝클어진 머리채를 자랑하듯 줄지어 선 나무 그 끝에

백년을 살았을 것 같은 눅눅한 민박의 골방이 나를 기다리고
있었다.

지친 두 다리 뻗고 누워 오늘 밤 반쪽이 된 달을 보다가

허기진 마음속으로 별 하나를 삼켜 본다.

솔잎이 바람에 살랑 흔들리는 하루가 저물어 간다.

잠이 온다.

다이어트가 필요한 모나리자

나도 그림을 좀 배워 봤더라면 어땠을까라는 생각이

들 때가 있는데 이미 수 없이 많이 배출된 화가들의 솜씨를 보면

차라리 배우지 않았기 때문에 이만큼의 취미 생활을 하고 있는 것

아닌가 다행스럽다. 하룻강아지 범 무서운 줄 모른다고,

그림을 모르기 때문에 그림을 그리는 내가

진정한 '되다 만 예술가'가 아니겠는가···.

은혜 갚은
바퀴벌레

밥 먹으러 오라는 친구의 전화를 받고 친구네 집으로 찾아갔다. 주말에 시골집을 다녀왔는데 어머니가 맛있는 반찬을 많이 챙겨주셨다고 한상 푸짐하게 차려 놓는다. 시골에 가야만 맛볼 수 있는 시골의 정취가 가득한 반찬들이었다. 고추부각, 무말랭이, 콩자반, 가지나물, 호박나물 등등 차려진 반찬들을 보니 감추어 두었던 식욕이 활활 불타오르기 시작했다.

얼마든지 먹어 주겠다는 각오에 어울리는 고무줄 바지는 늘어질 준비가 되어 있었고, 흘러내린 머리카락을 쓸어 올려 올림머리를 한 후에 식탁 앞에 앉았다. 시골 어머니들의 음식 솜씨는 어찌 그리도 좋은 건지 딸 들인 우리가 아무리 흉내를 내 본다 한들 따라잡을 수 없는 비법이 숨어 있었다.

감사한 마음으로 맛있게 식사를 마치고 후식으로 차 한 잔을 나누기 위하여 우리는 거실에 앉았다.

"으악~ 바퀴벌레다."

나는 바퀴벌레보다는 친구가 내지른 비명 소리에 더 놀라서 정신이 없었다. 마음이 급했던 친구는 살충제를 찾고 있었고, 바퀴벌레는 동네 마실 나온 듯이 온 방을 휩쓸고 다니는 중이었다. 이럴 때 사용하라고 있는 말이 개똥도 약에 쓰려면 없다는 말이겠거니…. 종종 출몰하는 바퀴벌레를 잡기 위하여 사 놓았다는 살충제는 어디로 숨었는지 보이지가 않았다.

위기에 처한 친구가 급한 마음에 무기로 선택한 것은 강력한 손소독제인 살균제, 세균들을 다 잡아 준다는 스프레이였다.

칙칙~.

바퀴벌레는 살충제를 맞았다고 생각을 했는지 손 소독제를 옴팍 뒤집어쓴 채로 잠시 갈 길을 잃고 비틀거렸다. 비틀비틀 몇 걸음을 걷나 싶더니 쓰러지며 "나 죽었소" 하는 시늉을 하다가 잠시 후에 고개를 빳빳이 쳐들었다.

"어라, 살충제가 아니잖아~. 아싸! 온몸의 간지럼증이 사라져서 개운한걸!"

바퀴벌레가 이렇게 말을 하고 있는 것처럼 보였고, 살균제 목욕을 시켜줘서 고맙다는 듯 친구를 보며 씩 웃었다.

"나 안 죽었지~."

얄미울 만큼 미운 바퀴벌레가 놀리는 것만 같았다. 마음이 더 다

급해진 친구는 화장대에 놓여 있던 스프레이형 물파스를 잡은 후에 소름 끼치도록 미운 바퀴벌레를 향하여 승리의 한방을 날렸다.

물파스의 효과가 강력했는지 바퀴벌레는 살고자 하는 욕구의 땀 박질로 재빨리 사라져 버렸다. 차라리 눈에 보이지나 말았으면 찝찝한 기분이 들지는 않을 텐데 눈에 보였던 바퀴벌레를 잡지 못했을 때 드는 기분이란 불안하기 그지없는 법이다. 잠을 자려고 불을 끄면 어디선가 기어 나올 것도 같고, 식탁 위나 그릇 위에도 기어 다닐 것 같은 상상이 저절로 들기도 한다. 이런 불안한 마음을 잠재우고 싶었던 친구가 말을 했다.

"물파스가 독해서 죽었을 거야…."

"글쎄…. 워낙에 끈질긴 놈들이라 영 불안하기는 하네…."

내가 생각하기에 이번 전쟁에서 친구가 패배자 같았다. 신경통으로 고생을 하던 바퀴벌레였다면 아마도 한숨 자고 일어나서 나의 친구에게 이렇게 말을 하겠지….

"지긋지긋한 신경통이 사라지는 은혜를 입었어요. 당신에게 충성을…."

은혜를 갚기 위한 바퀴벌레는 그 이후로도 종종 한밤중에 나타나 집을 지켜 준다는 구실로 친구의 주변을 맴돌았다나 어쨌다나….

살고 싶은 욕망

내가 겪어 봐서 아는데 죽고 싶다는 말은

출구를 찾고 싶다는 말이기도 하고

견뎌서 이겨 내고 싶다는 말이기도 하다.

번갯불에 콩 구워 먹듯
결혼을 했다

11월 3일, 14일, 20일, 27일은 우리 집 네 남매의 결혼기념일이다.

11월 3일.

10월 초···. 스물여덟 살이 되도록 여자친구 하나 없던 오빠가 걱정이 되었던 엄마가 직장 동료들을 통해서 맞선 자리를 마련하게 되었다. 스물두 살의 눈망울이 커다랗게 생긴 처녀에게 첫눈에 반해 버린 오빠는 난생처음 데이트라는 것을 해보게 되었고, 설레는 그 첫 느낌이 너무 좋았었는지 매일 그녀의 집 앞으로 찾아가더니 11월 3일 결혼식을 하게 되었다. 한 달 남짓···. 서로를 알기에는 낯선 기간이었음에도 불구하고 둘은 결혼을 하고 부부가 되어 아들 하나 딸 하나를 두고 알콩달콩 잘 살고 있다.

이 년 후, 11월 14일.

인천에 살고 있는 언니가 경상도에 있는 외삼촌 댁에 갔다가 외삼촌 친구분의 막냇동생이랑 함께 식사하는 자리가 마련되었고, 그것이 계기가 되어 어른들의 부추김에 못 이겨 몇 번의 만남을 이어 나갔다고 한다. 서로 호감이 있어 보이는 두 사람은 급할 것이 없었는데 한 달 남짓의 시간이 지나갔을 때 지켜 보던 어른들이 단합을 해서 결혼으로 이끌어 가기 시작했고 예식날이 정해졌다.

"안녕하세요. 제가 처제 되는 사람이에요."

"형부~ 언니랑 결혼하시는 거 축하드려요."

언니의 결혼식에서 형부의 얼굴을 처음 보았던 나는 누가 언니와 결혼할 사람인지 언니에게 물어 보아야 했다. 부모님에게도 첫째 사위가 될 새신랑의 얼굴은 익숙하지 않았기 때문에 가장 확실하게 알고 있을 언니가 필요했다.

"언니, 저 사람이랑 결혼하는 거야?"

"응, 저 사람이 형부 될 사람이 맞아…"

오빠와 마찬가지로 언니와 형부도 서로가 낯설었을 짧은 시간의 만남이었음에도 아들 하나 딸 하나를 두고 너무 재미있게 잘 살고 있다.

부모님은 이남 이녀를 두셨는데 오빠, 언니, 나 그리고 막내 남동생의 순이었다. 오빠가 결혼식 하던 날도 언니가 결혼식 하던 날의 풍경이랑 다를 것이 없었다. 집안에 새로운 가족이 들어오기는 했으나 남과 다를 바 없는 가족이었다.

결혼을 하기 전부터 왕래가 몇 차례라도 있었다면 그렇게까지 낯설지는 않았을 텐데, 맞선을 보고 본인들끼리도 다 알지 못한 상태에서 초스피드로 결혼식을 해 버리니 당사자들을 제외한 나머지 가족들에게는 새로 들어온 사람이 가족이라기보다는 남에 가까운 낯선 이였다.

말 그대로 모태솔로의 상태로 살다가 연애 경험 한번 없이 시집, 장가를 간 모습을 두고 순진하다고 해야 하는 건지, 하나같이 숙맥으로 보이기도 했다.

누군가가 중매쟁이로 나서지 않았다면 제 짝들을 만나기나 했을지 모를 일이다. 오빠와 언니가 이성의 누군가와 만나는 것을 결혼식장에서 처음 보게 된 나도 그런 오빠와 언니 탓이었는지 연애라는 것은 하면 안 되는 것인 줄 알고 살았다. 모두가 숙맥이어서 그랬을지도 모른다.

늘 북적이던 집안에서 첫째와 둘째가 빠져나가 버리니 집안이 텅 빈 것 같은 느낌이 들었다. 마음이 허하셨던 것이었는지 아버지는 술을 드시는 날에는 '뽕짝 메들리'라고 적혀있는 경음악을 크게 틀어 놓으시곤 했다.

우리 집 안방에는 어울리지도 않은 전축이 폼만 잡고 있었는데, 분명 음악 감상용으로 오빠가 미혼 시절에 들여놓은 것인데도 단 한 번도 음악을 듣는 것을 본 기억은 없다. 대신 아버지의 뽕짝 메들리가 흘러나오는 쓸데없이 덩치만 큰 음향 기기였을 뿐이었다.

술기운이 올라서 그러셨는지 온 집안이 쩌렁쩌렁 울리도록 아버지는 전축의 볼륨을 키우셨고, 발라드를 좋아하던 나의 취향과는 거리가 멀었던 음악 탓에 짜증이 슬슬 밀려 올라 오기 시작했다. 음악 소리 좀 줄이시라고 주변에 피해를 주는 상황이지 않냐고 아버지에게 쏘아붙였다. 아버지도 속에 화가 많으셨던 분이었기 때문에 우리는 서로 다독여 주는 부녀 사이가 되기에는 서로가 힘에 겨운 상태였다.

부모님 말이라면 아니라고 생각하는 것에도 늘 "네" 라고 답을 하던 언니 오빠에 비하면, 나는 반항기가 있는 편이어서 아니라고 생각하는 것에는 절대로 수긍을 하지 않았기 때문에 아버지 뜻대로 흘러가는 자식은 아니었다. 반항적 기질이 있기는 했으나 타인을 해할 만큼의 도덕성이 없던 편도 아니었기에 옆집 사람들에게 소음공해의 피해를 주면 안 된다는 취지로 음악의 볼륨을 줄이라고 했을 뿐이었다. 아버지는 그게 순간 못마땅하셨는지 뽕짝 메들리보다 더 큰 소리로 잔소리를 하기 시작했고 참아 내고 참아 내던 나의 감정이 뻥 하고 터져 버리고 말았다. 살아오면서 그 시간이 아버지에게 가장 모질게 행동한 시간이었다.

"생각한 것도 말하지 못하는 자식을 원했으면 아주 등신 머저리를 낳지 그러셨어요?"

한바탕의 몸싸움이 일어났고, 급하게 엄마가 말려서 방으로 들어가 문을 닫아 버렸다. 아무리 가족이라도 금이 간 부분을 바로 메꾸지 못하면 순간적으로 쫙 벌어져 깨지고 마는 상처가 생겨나는데, 그것들의 회복력은 엄청 더디다.

그 밤을 지새우며 몇 가지의 옷가지를 주섬주섬 챙긴 후에 마지막으로 삐삐를 챙기고 지갑에 남아 있는 돈을 확인해 보았다. 우리 젊은 시절에는 휴대 전화가 등장하기 이전에 잠깐 삐삐라는 것이 있었는데 요즘의 젊은이들은 그것이 무엇을 하는 물건이지 모를 것이다. 통화를 하고자 하는 사람을 호출하는 기기라고 생각하면 된다.

지갑을 살펴보니 당장의 생활비는 될 듯싶었고 문제가 없을 것 같아서 새벽 네 시에 어둠 속으로 나가 택시를 잡았다. 딱히 갈 곳이 없었던 나는 급한 대로 친구의 자취방으로 거처를 옮겼다. 불량 청소년의 가출은 아니었고 성인의 나이였으니까 출가의 개념이었다.

직장도 새로 옮기게 되어 부모님에게 셋째 딸의 행방은 그야말로 오리무중, 걱정거리로 자리 잡혔을 것이다. 삐삐에 우리 집 전화번호 알람이 쉴 새 없이 울릴 때마다 엄마의 불안했을 눈물이 자꾸 느껴졌다.

"엄마, 저 친구랑 같이 자취하고 있으니까 걱정 마세요."

"아이고, 얘야~ 아버지가 아무 말 안 하다 카더라. 그러니까 딴 생각

말고 어서 집으로 들어 오이라~."

엄마의 걱정하는 마음은 충분히 알겠는데도 집으로 돌아갈 생각은 없었다. 자취하는 친구에게는 갑작스럽게 얹혀살게 된 것이 미안하기도 해서 따로 방을 구해 본다고 말하며 며칠의 시간을 벌어 놓았다.

집을 떠나서 잠을 자 봤던 건 학창 시절 수학여행을 갔을 때가 전부였던 나는 낯선 환경에서 잠을 쉽게 이룰 수가 없었다. 깊은 잠에 들지 못하고 몇 번씩 잠에서 깨어나야만 했다. 며칠이 지나가던 어느 날, 새벽 시간에 문득 잠에서 깨어났는데 옆에 있어야 친구가 보이지 않았다. 바깥으로 나가 보니 마당에 있는 화단 난간에 앉아서 담배를 피우고 있었다. 내게 그 모습이 충격으로 느껴져서 심장이 벌렁거렸다.

친구의 착실한 행동에 대한 믿음 하나로 나의 몸 하나 잠시 쉬어 가자 했는데 친구가 순간적으로 너무 불량스럽게 보이기 시작했다. 그때는 나도 철이 없고 어려서 그랬는지 술 먹고, 담배 피우는 여자들이 굉장히 불량스러운 여자라는 인식이 강했었기 때문에 혼란스러웠다.

함께 살다 보면 나 역시 친구를 닮아가고 있지 않을까라는 걱정으로 며칠이 지나가고 있던 어느 날 삐삐가 울려서 보니 집 전화번호였다. 엄마는 내가 어떻게든 집으로 돌아오게 할 구실을 찾고 싶으셨는지 오빠네가 아들을 낳았다고 조카 보러 꼭 와야 한다고 하셨다. 담배 피우는 친구에게 실망을 한 것도 있고 해서 조카의 탄생을 앞세운 엄마의 유혹으로 다시 집으로 돌아오게 되었다. 가족이 다 그렇듯 또 아무 일 없었던 것처럼 일상은 이어졌다. 하지만 어색해진 아버지와 함께 지내는 분위기를 벗어나고 싶다는 생각은 사라지질 않았다. 생각이 복잡해지면 한 번씩 머리를 손질하기도 하는데 몇 년 동안 길어서 허리께에 닿던 긴 머리카락을 숏컷으로 싹둑 잘라 버렸다.

추석이 지나가고 얼마 지나지 않은 9월 말, 이종사촌 언니에게 전화가 왔는데 엄마가 받으셨다.

"이모야, 여기 참한 총각이 있는데 셋째랑 한번 연결해 볼까?"

남자친구 하나 없는 딸내미의 짝을 찾아 줘야 싶으셨는지 엄마는 언니의 말을 내게 전해 주었다.

현실 도피용으로 이참에 결혼이나 확 해버릴까라는 생각이 들었다. 이종사촌 언니가 경상도에 살고 있어서 소개받을 총각도 당연히 경상도 총각이었다. 기차를 타고 바람도 쐴 겸 해서 인천에서 경상도로 가서 맞선을 보게 되었는데 어색하기만 한 분위기가 싫어서 탈출하고 싶다는 생각밖에 들지 않았다. 다시 만날 생각도 없었던 총각은 다음날에 다시 나를 찾아왔고 첫눈에 사람을 다 알 수는 없는 것이니 세 번만 서로 더 만나 보기로 했다. 인연이 참 무서운 거지….

언니가 결혼한 후 일 년이 지난 11월 20일 11시 40분.

웨딩드레스를 입고 있는 거울 속의 내가 참 낯설었다. 열 손가락을 펼치고 이 남자와 데이트를 했던 횟수를 세어 보아도 손가락이 많이 남았다. 신부 화장을 하고 있는 나도 새신랑 얼굴이 헷갈릴 정도였으니 그야말로 번갯불에 콩 구워 먹듯 하게 된 결혼식이었다. 면사포를 머리에 올릴 때 들었던 생각은 결혼이라는 미래가 이렇게 빨리 오게 될 줄 알았더라면 긴 머리를 싹둑 자르지는 않았을 텐데라는 후회감이 밀려들었다. 면사포를 씌우기에 올림 머리를 할 수 없었던 숏컷은 아쉬움이 많았다.

시동생이 된다고 누군가가 다가와서 인사를 하는데 내게는 모두가 낯선 사람들인지라 누가 누군지를 몰라봤다. 시어른 되실 분도 두어 번 뵌 것이 다인지라 가슴에 꽃을 달고 계시지 않았다면 낯선 중년의 부부로만 보였을 정도였다. 내가 알아볼 수 있는 사람은 그나마도 신랑이 전부였다.

양복을 점잖게 차려입으신 나의 아버지는 둘째 사위를 식장에서 처음 만났기 때문에 중간에서 내가 서로를 소개해 주어야 할 입장이었다.

"아버지, 저 이 사람이랑 결혼해요."

"오~ 그래…. 자네가 사위 될 사람인가?"

"네, 장인 어르신…."

짧고 간결한 장인어른과 사위의 첫 인사였다.

조선시대도 아니었건만 아버지는 결혼식장에서 둘째 사위를 처음 만나셨다. 시부모님과 친정 부모님들은 결혼식장에서 한번 만나셨으니 길을 가다 마주친다 해도 서로 몰라보는 건 뻔한 일이었을 것이다. 신혼여행을 다녀와서 인사차 들린 시댁은 나에게 낯선 아저씨와 아주머니가 있는 공간 같았고 그분들을 아버님, 어머님이라고 불러야 했던 호칭이 어색하기만 했다. 그렇게 결혼했던 나도 오빠와 언니처럼 아들 둘을 낳고 살고 있다.

그리고 몇 년 후 11월 27일 부모님들의 병환으로 몇 번 결혼식이 미루어졌던 남동생이 결혼을 했고 남동생 역시 아들 둘을 낳고 행복하게 잘 살고 있다.

엊그제 같던 일들이 어느새 세월의 저편에서 희미해진 기억들 몇 개와 익숙해지기도 전에 수북이 쌓여 버린 수십 개의 나이로 남아 있다. 내게도 철없던 청춘은 있었건만 하루씩 닳아 없어지더니 이젠 머리카락조차도 꽃잎 떨어진 할미꽃의 수술 같다. 이렇게 조금씩 인생은 사라져 가는 건가 보다.

폭탄 머리를 한 그녀

곱슬머리 그녀의 머리카락은 언제나

폭탄이 곧 터질 것만 같은 모양새를 하고 있다.

어렸을 때는 새집을 얹고 다니는 것 같아서 싫기만 했던 곱슬머리도

나이가 들고 보니 나만의 개성으로 자리 잡은 것 같아서 좋아졌다.

책장수
or 인신매매범

1991년 1월….

　길눈 어두운 것은 나의 단점 중에 첫 번째로 꼽을 취약점이다. 그래서 늘 친언니가 어딜 가든 동행하는 경우가 많았다. 인천에 살고 있던 나는 서울역에서 도보 십 분 거리에 있는 회사를 다니게 되었는데, 딱 하루 전철을 타고 출근을 해 보니 사람들이 왜 '지옥철'이라고 부르는지 너무나 현실적으로 체감할 수 있었다. 첫 출근을 했던 날 아침, 출근과 동시에 퇴근하고 싶다고 느껴졌던 피로감은 공포의 수준이었다.

　살면서 경험해 보지 못했던 수많은 사람들과의 부대낌도 그러했고, 창문 하나 열리지 않는 막힌 공간에서 다 함께 숨을 몰아쉬는 것도 여간 불쾌한 일이 아니었다. 사람들의 호흡이 차가운 창으로 맺혀 물방울로 흐르는 것을 보니 누구 하나 호흡기 질환으로 한 번의 재채기를 한다면 전철 한 량에 담긴 모두가 다 같은 환자로 전락해 버리겠구나 싶었다.

그나마 다행인 건지 서울역에서는 내리는 사람들이 워낙 많았기에 사람들에게 가로막혀서 내리지 못할 일은 없겠구나 싶었다. 뭔가 대책을 세우지 않으면 며칠 지나지 않아 어렵게 구한 직장임에도 불구하고 체력적으로 나가떨어지지 않으면 다행일 거라는 생각이 들었다.

퇴근길도 출근길 못지않았지만, 그래도 출근의 긴장감은 사라진 시간이라 그나마 아침보다는 나았다. 모두가 출근을 해야 하는 가장 복잡한 시간대를 피해서 전철을 타면 사람들의 부대낌을 덜 느끼지 않을까라는 생각이 들어서 첫 차를 타보는 실험을 해보기로 했다. 새벽에 네 시 삼십 분에 일어나서 다섯 시 정도에 집을 나선다면 전철역에 도착해서 첫 차를 탈 수 있을 것 같았다. 지옥철을 다시 경험하고 싶지 않았던 다음날 바로 첫 차 타기에 도전을 해 보았다.

한여름 같으면 새벽 운동하러 나서는 사람들이라도 있을 텐데, 1월의 새벽은 너무 어둡고 춥고 한산해서 무서웠다. 학창 시절 이른 시간에 등교하던 친구가 인적 드문 길에서 낯선 사람에게 폭행을 당했던 일이 생각이 나기도 하고 뉴스에 나오던 각종 사건, 사고들이 스쳐 지나갔다. 다행스럽게도 우리 집은 대로변 가까이 위치해 있어서 집 앞의 짧은 골목만 벗어나면 그나마도 큰길에 맞닿아 버스를 기다리는 사람들도 몇몇 보였고, 오가는 택시도 많아서 전철역까지 가는 데 문제는 없었다. 이른 시간인데도 전철역에는 생각보다 사람들이 많이 있었고, 잠에서 덜 깬 피곤한 모습들로 보였다. 어떤 이의 볼에서는 선명한 베개 자국이 보이기도 했고, 간혹 집에서 못 다 한 화장을 하는 여자들도 보였다. 오늘은 서울역까지 앉아서 갈 수 있으려나 내심 기대를 하고 전철을 기다렸는데 첫 차가 올 시간이 가까워질수록 더 많은 사람들이 모여들기 시작했다.

나는 새벽 다섯 시 삼십 분이라는 시간은 세상 사람들이 잠을 자는 시간으로만 알고 살았다. 그러나 내가 직접 경험해 본 새벽의 시간은 한낮만큼이나 분주하게 돌아가면서 깨어 있는 시간이었다. 단지 어둠만이 덜 가셨을 뿐이었고 오히려 낮보다 더 삶에 치열하다는 느낌까지 들었다.

주름이 깊게 팬 어르신들로 보이는 분들의 대화를 들어보면 분명 어디 나들이를 가시는 모습은 아니었다. 식당으로 출근하시는 분, 청소 일을 하러 가시는 분, 새벽 시장을 가시는 분 등 육체 노동을 하러 가는 고단함이 묻어나는 이야기들로 새벽을 열고 있었다. 나의 부모님도 내가 알지 못했던 새벽부터 시작하는 고단함으로 자식들을 키워 내셨으리라는 생각이 드니까 어르신들 사이를 파고 들어 자리를 차지하고 앉는다는 것 자체가 마음이 편하지 못했다.

지금까지의 삶이 부모님 품 안에서 너무 편한 삶을 살았다는 것을 누가 가르쳐 주지 않아도 가슴속 깊이 느낄 수 있었다. 첫 차라서 자리가 있을 줄 알았다는 것은 나의 큰 착각이었다. 동인천에서부터 몇 정거장을 거쳐 도착한 전철 안의 모든 자리는 사람들에게 점령 당한 지 한참 전으로 보였다. 그래도 어제의 지옥철보다는 공간이 널찍해서 서 있기는 수월했다. 하지만 그것도 잠시, 신도림역은 참 복잡하고 무섭다는 생각이 들었다. 첫 차를 타기 위하여 일찍 일어나니 하루 온종일 몸은 나른하고 피곤했고, 일주일 정도 전철과 직장에 신경을 썼더니 주말이 돌아오자 사람의 진이 다 빠져서 장기간 출근은 무리가 오겠다는 생각이 절로 들기 시작했다.

어쩔 수 없이 서울역 근처에 살고 있는 이종사촌 언니에게 월세를 일부 내는 조건으로 얹혀살기로 하고 몇 가지 짐을 챙겨서 옮겼다. 이종사촌 언니의 소개로 들어갔던 회사였기 때문에 사촌 언니도 함께 근무를 하고 있어서 뭔가 더 든든하기도 했다. 언니처럼 근무 연차가 오래된 고참 네 분이 계셨고, 들어온 지 보름 정도 된 동갑내기 여자가 한 명 더 있었다.

그 시절에는 고참들의 커피를 끓이는 정도는 신입으로 들어온 막내가 담당하던 시절이기도 해서 나는 아침마다 출근과 동시에 커피를 끓여야만 했다. 믹스 커피가 그렇게 대중적이지 못한 시기여서 커피에 프리마 설탕을 기호대로 넣어서 내어 와야 하는 상황이었는데도, 누구 하나 커피를 어떻게 끓여야 한다고 알려 주는 이는 없었다. 나는 평소에 커피를 즐기지 않았던 사람이라 커피를 맛있게 타는 비율을 알지 못해서 난감했지만, 커피 병에 있는 설명대로 커피를 조제하듯이 끓였다. 내가 입사하기 전에는 동갑내기 그녀가 커피 담당을 했던 것으로 보이는데 어디 한 곳 말을 붙이고 싶게 생기지 않고 차갑게만 보였다.

여럿이서 먹는 커피 잔의 위생 상태가 불결해 보여서 물을 끓여서 뽀득뽀득 닦았더니 윤기가 돌았다. 따끈한 물에 깨끗하게 헹구어 커피를 타서 고참들에게 드렸더니 커피 맛이 다르다고 칭찬들을 하셨다. 꼬질꼬질 불결하고 차가운 커피 잔에 커피를 타는 것보다 따뜻하게 데운 잔에 커피를 타는 것이 더 향도 맛도 좋았던 모양이었다.

하지만 이런 칭찬이 참 뭣한 것이 어제까지 커피를 타 왔던 동갑내기 그녀의 심기를 건드린 모양이다. 그녀의 커피를 받아 들었던 고참들이 내게 보여 주었던 반응들을 동갑내기 그녀에게는 보여주지 않는지, 사사건건 투덜거리는 모양새로 나를 대했다. 고참들이 말하기를 동갑내기니까 서로 친구로 잘 지내 보라고 말은 하는데, 살갑게 다가가려고 해도 그녀는 틈을 내어 주지를 않았다. 바람으로 비유를 하자면 나는 봄바람 같았고 그녀는 돌풍 같은 느낌이었다. 뭔가 잔뜩 흐려서 펑 하고 터질 것 같은 불량함이 느껴졌었다.

며칠이 지나고 고참 언니 한 분이 탈의실에 걸어 둔 가방에서 돈이 없어졌다고 난리를 쳤다. 내가 오기 전에는 이런 일이 없었다는데 내가 오고 나서 벌어진 일이었다. 오해를 사기 딱 좋은 입장에 서고 보니 잘못한 것 없이도 뭔가 도둑질을 한 것 같은 기분이 들었다. 외부인이 절대 들어올 수 없는 구조였기 때문에 돈을 잃어버렸다는 사실이 언니의 착각이 아니라면 도둑은 안에 있는 것이 분명했다. 사촌 언니는 내가 동생이고 평소의 성격을 알기 때문에 절대 내가 한 짓은 아니라고 말을 했지만, 그들의 입장에서는 의심을 하지 않을 수는 없었을 것이다.

나도 참 답답했던 것이 버선목이라면 뒤집어서라도 보여라도 주었겠지…. 돈을 잃어버렸다는 언니가 다시 찾아본다면서 탈의실에 다녀왔을 때 나는 오해로부터 자유로워질 수 있었다. 탈의실에 갔던 언니가 사람들 옷 주머니를 다 뒤져 봤던 모양이다. 동갑내기 그녀의 주머니에서 꼬깃꼬깃하게 접어 넣은 만 원짜리 몇 장이 나왔다는 것이다.

동갑내기 그녀는 오늘 살 것이 있어서 아침부터 가져온 돈이라고 의심하지 말라며 큰소리를 내질렀다. 내가 느끼기에 그녀가 나와 동갑내기라고 하기에는 엄청나게 드센 사람 같았고, 반면 나의 모습은 뭔가 어린애 같다는 생각이 들었다.

모양이 같은 돈이니 훔친 게 아니라고 둘러댄다면 의심은 가겠지만 돈을 훔쳐 간 범인이라고 꼬집어서 말하기에도 무리가 있고, 혹시나 하는 마음 중에서는 진짜 가져간 것이 아닐 수도 있다는 추측도 가능하기에 섣불리 도둑으로 몰아붙이기에는 뭔가 확실한 증거가 필요했다.

하지만 삶에는 언제나 반전이 있는 법….

돈을 잃어버린 고참 언니가 지갑에 돈을 챙겨 넣으면서 봤는데 수표도 아닌데 돈 가장자리에 누가 이서裏書를 해 놓은 흔적이 있었다고 한다. 그 흔적을 찾아봤더니 잃어버린 돈이라는 것이 확실하다고 했다. 동갑내기 그녀는 자기는 아니라고 억울하다고 울고불고 난리를 치더니 문을 열고 나가 사라져 버렸다. 하마터면 내가 억울하게 오해를 사고 나를 소개해 준 사촌 언니에게 미안한 상황이 될 뻔도 했지만, 오해는 풀리고 나는 차분하게 일 잘하는 신입으로 자리를 잡아가고 있었다.

토요일 오후 여섯 시까지 일을 하면 주말은 부모님이 계싯는 인천 집으로 가서 생활하다가 다시 월요일 하루만 첫차로 출근을 하는 상태로 정착이 되어 갈 무렵이었다. 토요일 늦은 근무를 마치고 빽빽한 전철을 타고 돌아오는 내가 친 언니에게 엄청 안쓰럽게 보였는지 매주 토요일이면 서울역까지 마중을 나와서 나의 손을 잡아 주었다. 나보다 두 살 많은 친언니는 토요일 오전 근무를 마치면 오후에는 일이 없었기 때문에 니를 위해서 시간을 비워 두는 것이었다. 주말 지옥철이라도 언니가 함께 있으면 왠지 마음이 든든하고 좋았다. 언니가 나를 데리러 올 때는 항상 신문지를 둘둘 말아서 챙겨 오는 습관이 있었다. 신문지의 용도는 치한 퇴치용 무기였다.

토요일 복잡한 전철 안, 상하로 하얀 신사복을 입고 백구두를 신고 흘러내릴 것처럼 보이는 긴 머리카락 한쪽을 숱 없는 정수리에 포마드로 정성스럽게 붙인 남자가 자꾸만 신경에 거슬렸다. 사람들이 많아서 입구 쪽에 나란히 서 있던 우리 쪽으로 슬금슬금 다가온 그 남자는 너무나 니글니글한 분위기였다.

이럴 때 언니의 신문지 몽둥이는 참 요긴하게 쓰인다. 언니는 일부러 신문지 몽둥이를 옆에 끼고서 뒤쪽으로 한 명 넓이만큼 벌어지게끔 공간을 확보해 둔다. 접근금지 구역인 것이다. 뭔가 불편해하는 우리들의 모습을 옆에 있던 중년의 아주머니께서 눈치를 채신 것 같았다. 언니와 나를 보시더니 "사람 붐빌 때는 아가씨들이 제일 힘들지~"라고 하시며 아주머니의 앞쪽 자리를 내어 주셨다.

두어 정거장쯤 지날 때였는데 화려하게 차려입은 사십 대 정도의 여자 세 명이 다음 역에서 내릴 것 같이 출입문 입구를 점령하고서 수다를 떨고 있었고 모두 치마를 입은 멋쟁이들이었다. 백구두의 신사, 아니, 아니, 니글거리는 변태 같은 느낌을 주는 그 남자가 여자들 뒤에 서 있는 걸 보니 남자의 목적지도 다음 역인가 싶었다. 전철역에 이상한 변태들이 돌아다닌다는 소리는 많이 들어 봤어도 실제로 겪어 본 적도 없고 변태짓을 하는 것을 본 적도 없었던 터라 어떤 행동들이 변태짓인지 잘 모를 때였다. 아무 생각 없이 서 있다가 난생처음으로 못 볼 것을 보게 되었다. 수다 삼매경에 빠져서 뒤쪽 상황은 어찌 되는지 관심 밖이었던 여자 셋의 치마가 출입구 문이 열리자 바람에 팔랑거렸다.

'허걱~ 저건 뭐지?…'

'백구두의 남자는 도대체 여자들의 치마에다 무슨 짓을 하는 거야?'

그 짧은 순간에 남자의 바지 지퍼는 열려 있었고 뭔가 퍼뜩 나왔다가 들어가는 것이 분명하게 보였다.

이런 상황 속의 백구두 남자가 변태란 말이지?

얼추 육칠십 대 같아 보이더니만 나이를 어디로 먹었다는 말인가?

언니와 내가 입구 쪽에 계속 서 있었다면 우리의 신문지 몽둥이가 변태남의 더러운 몽둥이를 이기고도 남지 않았을까…? 유비무환 정신이 강했던 언니는 그 장면을 목격한 이후로는 더 강하고 튼튼한 신문지 몽둥이를 만들어서 매주 토요일 언제나 나를 든든하게 지켜주었다.

그렇게 겨울이 다 지나가고 봄이 온 어느 날이었다. 그날도 언니는 토요일 근무를 마치고 귀찮을 만도 한데 나를 데리러 왔고 우리는 집으로 함께 돌아오는 길이었다. 언니도 그렇고 나도 그렇고 모태솔로의 시기인지라 이십 대 초반의 젊은이라고 하기엔 멋을 부릴 줄 몰랐다. 한마디로 외형이 순박하고 촌스러웠다는 거다.

복잡한 전철역에서 내려서 한숨 돌리려는 순간 낯선 남자 하나가

다가왔다. 길을 물어보려는 것인가 싶어 잠시 멈춰서 들어 보니, 물어 보라는 길은 안 물어 보고 대뜸 책을 사라고 그런다. 안 산다고 그러니까 90% 할인에 들어가는데 요리책도 있고 이거저거 다양하게 종류별로 다 있으니 한번 보기라도 하란다.

언니와 내가 워낙 요리에 관심이 많다 보니 요리책이라는 말에 솔깃해서 한번 보기나 할까 싶었다. 책이 어디 있냐고 물었더니 모퉁이 돌아가면 볼 수 있다고 했다. 그때는 길바닥에 책을 쫙 깔아 놓고 팔던 사람들의 모습들을 종종 봤었기 때문에 그렇게 파는 책인가 보다 하고 모퉁이를 돌아갔더니 책은 없었다.

책을 길에 둘 수 없어서 승합차 안에 실어 두었다고 차 안에서 보면 된다고 차를 타라고 했다. 속으로 '이건 뭐냐, 낌새가 딱 인신매매 같은 느낌인데?'라는 생각이 들었다. 아마도 언니도 같은 마음이었을 것이다. 이 자리를 빨리 벗어나야겠다 싶어서 책은 필요 없고 바빠서 빨리 가야겠다고 했더니 왜 사람을 못 믿냐고 도리어 큰 소리를 내면서 승합차 문을 열더니 억지로 밀어 넣었다.

승합차 안에는 책이 몇 권 있기는 했으나 책장수가 아닌 느낌적인 느낌이 들었다. 어쩌면 책장수가 맞는지도 모른다. 상담 조금 하다가 사람을 홀려서 전집을 팔아 먹는 노련한 장사꾼들도 있었으니까 말이다. 책장수나 인신매매 둘 중 누구라고 해도 내게 필요하지 않은 사람들이었다. 책도 사기 싫었고 인신매매는 상상도 못 해 본 일이었으니까 그냥 차에서 빨리 내려야겠다는 생각밖에 들지 않았다. 그렇다고 길게 방법을 모색할 시간적 여유도 없었다. 그냥 곧 토해버릴 사람처럼 구역질을 해대기 시작했다.

'그래…. 너희들이 우리가 조금 순박하고 촌스럽게 생겼다고 생각해서 엿 먹이려고 한 것 같은데 사람 함부로 얕잡아 보지 마라~ 촌스럽게 생겼다고 만만할 줄 알았냐?'

"우웩~ 어머, 어떡해요!"

토하는 시늉을 해 가며 '생쇼'가 어떤 것인지 리얼하게 시전을 해주었다.

"시골에서 버스 타고 방금 왔는데, 멀미가 심해서 다 토해버릴 것 같아요. 우웩~ 우웩~."

일부러 토사곽란이 걸린 여자마냥 침을 질질 흘렸다. 필요했다면 뱃속에 있는 똥물까지 토할 기세로 쇼를 했더니 이놈이 기겁을 하면서 문을 열어젖히고 빨리 내리라고 하였다. 끝까지 속이지 않으면 잡힐까 봐 멀쩡한 뱃속 똥까지 팔았다.

"하마터면 똥도 지릴 뻔했네~. 차에서 똥 쌀까 봐 걱정했어요."

언니는 나의 등을 두드리면서 아마도 속으로 이랬을 거다.

'옳거니~ 내 동생 잘한다. 여우주연상이 따로 없네~.'

화장실 갔다가 다시 올 테니 그대로 있으라고 했는데 그 남자, 우리를 기다렸을까나?

만약에 그놈이 진짜 인신매매범이었다면 나는 뱃속의 멀쩡한 똥이라도 쥐어짜서 차 안에 똥칠을 했을 것이다. 기회는 만들면 만들어지는 것이기도 하니, 어떤 경우에도 포기를 앞세우지는 말아야 한다. 똥에게도 기회가 주어지면 이렇게 사람을 살리려고 한몫을 하는데 사람으로 태어나서 사람이 하는 일 무엇을 하지 못할까…. 가장 자신 있는 일을 찾아서 하루하루 열심히 살아 보아야겠다.

수줍은 그녀의 도발

바람이 나무를 한 바퀴 감고 도니
계절이 또 한 번 바뀌고 맙니다.
알록달록 단풍의 기억으로
겨울잠을 청할 나무의 꿈속은
파릇하게 생기가 돌 봄날이겠지요.
우리는 하얀 겨울을
신나도록 보낼 계획표를 세워 봅시다.

너도
당해 봐

　　빌라와 빌라 사이 골목을 들어서야 있는 우리 집은 아홉 가구가 나란히 살고 있는 아담한 빌라였다. 신장병으로 투석을 하러 다니던 사람, 공무원, 동물 병원 수의사, 두 딸을 키우는 평범한 회사원, 폐지를 줍던 노부부도 살고 있었고 유난히 도도한 척, 혼자만 잘난 척하는 여자도 살고 있었다.

　　1980년대의 빌라는 지금처럼 가스나 기름 보일러가 아닌 연탄으로 난방을 하는 경우가 많았기 때문에 겨울이면 한가득 든든하게 연탄을 쌓아 놓을 수 있는 지하 창고가 있었다. 우리 건물의 것은 아니지만 마당 넓은 옆집의 담을 넘어 우리 빌라까지 가지를 뻗고 들어와서 작은 운치를 더해 주던 옆집의 대봉 감나무도 있었다.

　　마당 넓은 집 사람들은 해외에서 주로 생활을 하던 사람이어서 일년의 대부분은 빈집으로 두었다가 아주 가끔 한 번씩 불이 켜지곤 했었는데 가을이면 대봉 감나무의 대봉이 익어서 홍시가 다 되어도 아무도 관심을 두는 이가 없었다.

우리 집이 2층이었는데 연탄보일러가 있는 뒷베란다의 창을 열면 대봉 감나무의 가지가 우리 집 창에 닿을 만큼 가지를 뻗고 있었다. 어느 해 가을에는 대봉이 너무나도 먹음직스럽게 익어서 따 먹어야 할 시기인데 집주인들은 또 해외를 나간 것인지 집은 비어 있었다. 가을 하늘은 공활한데 홍시만 붉게 익어서 베란다 창을 열 때면 자꾸만 따서 먹어 달라고 유혹을 하는 것 같았다.

시골에서 자랄 때는 옆집의 감나무에 홍시가 있으면 서리라고 할 것도 없이 허락 없이 따 먹어도 그냥 모두들 그러려니 할 정도로 흔했던 과일이어서 도둑질이라는 성립이 되지도 않았지만, 도시에서 옆집의 감나무에서 감을 따는 것은 도둑질이었다. 하지만 나는 도둑질이라고 표현을 하지 않고 서리의 추억이라고 해야겠다. 작년 가을에도 홍시는 익어서 떨어지고, 얼어서 터지고, 새들이 쪼아 먹는 용도로만 있던 것을 봤던 터라 올해는 기어이 하나를 따 먹어 봐야겠다고 동태를 살펴보던 중이었다. 어느 가을밤에 베란다 문을 열고 손만 뻗으면 되는 거리의 옆집 감나무와 처음으로 악수를 해 본 일이 있었다.

빌라는 건물과 건물 사이가 다닥다닥 붙어 있어서 앞 건물의 안방에 놓인 텔레비전에 어떤 드라마가 전파를 타고 있는지도 알 수 있을 정도였다. 그렇다고 서로 가깝게 지내거나 하지는 않았다. 건물과 건물 사이는 가까웠지만 시골의 돌담하고는 차원이 다른 도시의 차가운 공기가 흘렀다.

경상도의 생활을 정리하고 부모님을 따라 이사를 한 곳은 이웃이 단절된 채로 살아가는 도시여서, 사람이 사는 동네지만 생전 처음 느껴보는 쌀쌀함이 사람들 사이를 파고 들 틈을 주지 않았다. 몇 년을 살았던 빌라였지만 말을 터놓고 지낸 이웃은 거의 없었고 각자의 삶에 바빠서 이웃이라는 단어는 생략해 버리고 사는 사람들 같았다.

어느 일요일 아침 빌라 입구 쪽이 소란스러웠다. 굳이 나가지 않아도 되는 일이었지만, 무슨 소린가 싶은 궁금증에 휴일이고 시간도 느긋하다 보니 나가 보게 되었다. 폐지를 줍는 노부부의 리어카가 출구를 잃고서 입구에서 나가지 못하고 있었다. 경상도에서 살 때는 주차 문제로 싸움이 나는 것을 본 적이 없었는데 도시로 와서 살아 보니 하루가 멀다 하고 언성이 높아지는 대부분의 일에는 주차 문제가 걸려 있는 경우가 많았다.

노부부의 하루는 꽤 이른 시간에 시작이 되는 편이었고, 바쁘게 서둘러야 남들보다 빨리 폐지를 모아서 얼마간의 용돈을 쥘 수 있었기에 더 일찍, 더 열심히 움직일 수밖에 없었으리라. 빌라의 출입구라는 것을 아는 동네 사람들의 차가 출입구 끝을 막는 경우는 거의 없었는데 낯선 차가 입구를 막고 있었으니 노부부의 출근길이 막힌 셈이었다. 전화번호가 없어서 차주를 부를 수도 없었고 노부부는 언제 올지도 모르는 차주를 기다리고 있어야 했다.

한참을 기다려도 차주가 오지 않자 차를 빼라고 일요일 아침이 떠나가도록 소리를 질러 보았지만 무용지물이었다. 늦은 아침을 먹고 나가보니 열 시가 넘은 시간까지 차는 그대로 있었다. 아마도 밤새워 술 먹은 차주가 어디에서 제대로 뻗어서 자는구나 싶었다. 폐지 줍는 일을 망친 노부부의 시름은 태풍 급의 분노로 바뀌어 있었고, 노부부의 분노를 잠재우기에 이미 너무 많은 시간이 흘렀다. 사람 하나 겨우 불편하게 나갈 수 있게 막아 놓은 차는 아홉 가구가 내뱉는 욕을 고스란히 받아야 했다. 가장 애간장이 녹았을 노부부의 복수가 어떤 방식으로 시작될지 내심 응원하는 마음이 되기도 했다.

노부부는 어디선가 아주 긴 쇠사슬을 구해 왔고, 자동차 휠에 칭칭 감아서 리어카에 고정을 시킨 후 보란 듯이 두툼한 자물쇠를 채웠다. 제아무리 운전을 잘하는 놈이 와도 차를 빼 가기는 글렀다. 모든 상황을 지켜보던 나로서는 유쾌 통쾌 시원했다. 속으로 보이지 않는 손뼉을 치며 들리지 않는 환호성을 내질렀다.

노부부는 강인한 듯했지만 반면 여리기도 해서 상처를 많이 받는 분들이기도 했다. 주차한 차주가 연락도 없이 막아 놓은 것처럼 똑같이 답답한 심정을 돌려주고 싶은 마음이 들었을 것이다. 차주가 나타나서 큰 소리를 치거나 행패를 부리면 노부부는 감당할 수 없을

지도 몰라서 아예 외출을 해 버리신 것 같았다.

열두시가 지날 즈음에 드디어 차주는 나타났고 자동차의 발이 굵은 쇠사슬에 묶여 버린 사실을 알게 되었다. 모든 일이 어떻게 흘러갈지 궁금했던 나는 들락날락 시간을 내 가며 구경할 정도로 흥미로운 일요일을 보내고 있었다. 이번에는 차주의 얼굴이 미치고 환장한 놈의 표정을 지으며 붉으락푸르락해졌다.

'그러게 이놈아…. 남의 건물 입구를 봉쇄하는 놈이 잘못인 거지….'

경찰을 불러도 소용 없는 일이었다.

'어쩔 것이여…. 자물쇠 열쇠가 없는데….'

어쩌면 경찰관들의 속마음도 버릇 없고 싹수 노란 차주에게 이런 말을 하고 싶었을지도 모른다.

'너도 그대로 당해 봐!'

애꿎은 자기 차의 바퀴만 발로 차고 있는 꼬락서니는 그 누가 봐도 쌤통이었다. 노부부는 어디서 늦은 점심을 드시고 오시는 모양이었다. 절대로 서두르는 법이 없었다. 탱자탱자 놀고 있는 한량 같은 표정으로 뒷짐을 지고서 약을 올리고 있었다. 차주는 뭐 하는 짓이냐고 큰 소리를 내면서 빨리 풀어달라고 소리를 질렀다. 누가 봐도 싸가지 밥 말아 먹은 놈이었다. 반응이 씨알도 먹히지 않을 것 같은 노부부를 보더니 차츰 꼬리를 내리기 시작했다.

"어르신, 잘못했습니다. 어떻게 해 드릴까요?"

손이 발이 되도록 빌기 시작했다. 노부부는 그제야 사람이 잘못을 했으면 처음부터 "잘못했습니다" 하고 빌어야지 싹수없이 그러면 못 쓰는 거라고 훈수를 두시더니 자물통을 풀어 주었다. 별 볼일 없는 일요일 하루, 그 어떤 영화보다 재미있는 구경거리와 통쾌한 결말이 상쾌했다. 몇 년을 살았던 빌라를 팔고 이사를 했는데 잠깐 사이 집값이 두 배로 뛰었다는 소식이 들려와서 때늦은 후회를 했던 시간들도 어느새 옛날 옛적의 이야기가 되어 전설만 같다.

살아보니 세월은 늘 그렇게 빠르게 흘러갔고 참고 살다 보면 좋은 날도 오게 되더라….

더 좋은 날이 오고 있을 테니 세상의 모든 이들이 희망을 가지고 살아갔으면 좋겠다.

꿈을 꾸는 여자

바람이 창문 사이를 비집고 들어와

향하던 빨래를 말린다.

책을 펼친 나의 오후는

창을 뚫고 들어오는 햇살에게

점령당하고 만다.

먹튀는
못 된 짓이야

음식점에서 처음부터 돈을 지불할 생각이 없는데도 음식을 주문해서 먹고, 계산도 하지 않고 뻔뻔하게 튀어 버리는 양심 없는 사람들의 이야기들이 심심찮게 뉴스에 나오고 있는 요즘이다. 불경기에 두드려 맞아서 상처가 난 사람들에게 소금을 때려붓고 있는 상식을 벗어난 사람들이 한둘이 아니라는 사실이 놀랍기만 하다.

그렇지 않아도 어떻게든 살아 보겠다는 일념으로 삶의 무게에 허덕이는 자영업자들인데 '먹튀' 사건을 한번 겪고 나면 오가는 모든 손님들을 의심하지 않을 수 없는 심리 상태가 된다. 시간이 흐를수록 잊히는 것이 아니고 제대로 대처를 하지 못했다는 자신을 책망하게 되고 분한 마음에 없었던 화병까지도 생길 듯하다. 나도 비슷한 경우를 겪은 적이 있어서 무전취식하는 밥벌레들의 CCTV를 볼 때마다 분함이 느껴진다.

도대체 머릿속이 뭐로 차 있어야 양심을 버리고 그렇게도 뻔뻔하고 당당하게 행동을 할 수 있는 건지 궁금하다. 중학교 시절 교실이 조금만 소란스러우면 "머릿속에 똥만 찼냐, 이 똥통들아, 공부를해…"라고 외치던 선생님이 생각이 난다. 똥통을 머리에 장착한 사람들이 있다면 아마도 세상의 양심과 거리가 먼 행동을 하는 이들이 아닐까…? 머릿속에 생각하는 뇌가 아닌 똥이 가득할 테니 말이다.

오래전 이십 대 중반, 나는 빵집을 꾸려 나가던 빵집의 주인이었다. 이른 새벽부터 늦은 밤까지 동네 사람들의 간식을 책임지는 막중한 역할을 하던 중요한 사람이었던 것이다. 하하하.

메뉴를 개발하고 만들고 포장하고 진열을 하고 있는 겉모습만 보면 빵집의 하루는 참으로 멋진 직업처럼도 보이는데 빵집 주인이라는 자리는 생각보다 고단한 삶의 자리였다. 그 누가 들여다보아도 깔끔한 먹거리를 만들고자 최선을 다했던 시간들이라 하루의 고단함들은 늘 보람으로 남겨져 있기도 했었다. 빵집은 아파트 상가에 입점해 있었고, 주변으로 남학생들만 다니는 중고등학교가 있어서 주 고객층은 식성 좋은 남자 중고생들이거나 아파트 주민들이 대부분이었다.

빵집을 하는 입장으로서는 남학생들의 식성을 사랑할 수밖에 없었던 이유를 공적으로 대라고 하면 성장기의 아이들에게 깨끗한 간식을 제공하여 배고픔을 사라지게 한다는 것이었고, 사적으로 대라고 하면 식성의 끝판왕인 학생들이 든든한 고객이라는 점이었다.

동네 빵집이라서 덤으로 내어 주는 빵도 많았고, 상냥함도 단골을 만들어 내는 요인 중의 한 가지라고 생각했기 때문에 늘 친절함으로 무장을 하고 살았던 시간들이기도 하다.

모든 손님에게 상냥하게 대하자는 마음으로 늘 최선을 다하고 살았던 때 타지 않았던 풋풋한 이십 대이기도 했었다. 어느 날 깔끔하게 차려입은 중년의 남자 손님이 들어와서 빵 바구니를 가득 채우고 있었는데, 한 번에 사 가는 양치고는 많아 보여서 사람 많은 곳에 기부를 하는 건가라는 생각이 들 정도였다. 손님도 많은 빵의 양에 머쓱했는지 집에 빵 좋아하는 사람이 많아서 빵이 많이 필요하다고 다정한 아빠의 미소를 머금은 채 말을 했다.

빵을 많이 구매하는 고객이라면 내게는 최고의 고객이었기에 그 표정이 그렇게 온화하게 보일 수가 없었다. 내가 빵집 주인이라서 좋은 점은 칭찬하고 싶은 고객들에게는 빵을 덤으로 더 줄 수 있는 선택권이 내게 있었다는 것이었다. 몇 개의 덤을 더 넣어 주면서 빵 좋아하시는 분이시니 더 넣어 드렸다면서 기꺼이 감사 표현을 했다.

"고객님, 빵값은 오만 원입니다."

중년의 손님은 고맙게도 케이크까지 주문을 했고 아주 느긋한 말투로 초의 개수까지 정해서 넣어 달라고 했다. 내심 오늘은 장사가 잘 되는 운수 대통의 날이구나 싶었다. 빵을 다 챙겨 들었던 고객이 또박또박 말을 하기 시작했다.

"사장님, 케이크는 아파트 1202호로 배달해 주시고요."

"오늘이 처제 생일이라 거기에 가족들이 다 모여 있어요."

"빵값은 1202호에 가셔서 받으시면 돼요."

"영수증만 써 가시면 거기서 알아서 내어 줄 거예요."

"케이크는 배달시키고 빵은 먹을 만큼 챙겨 가라고 그러더라고요."

"저는 바쁜 일이 있어서 빵만 먼저 챙겨 갈 거니까 케이크 잘 부탁드립니다."

그 몹쓸 놈은 아주 예의도 깍듯했고 말도 많았다. 손님에서 호칭이 몹쓸 놈으로 달라진 이유가 있었다. 오래전 기억 속으로 찾아가서 끄집어 내 보는 이야기인데도 다시 생각을 하니 글이 곱게 쓰이지만은 않는다. 이렇게라도 표현을 해 주어야 분이 조금은 사그라지는 느낌이다.

몹쓸 놈을 기분 좋게 배웅을 하고 주문한 케이크를 들고서 배달을 갔다. 1202호는 아파트 제일 안쪽 꼭대기 층이었다. 아파트 단지 내에서 배달을 하자면 제일 시간이 많이 걸리는 코스이기도 했다.

딩동 딩동~.

"누구세요?"

"케이크 배달 왔습니다."

생일 파티를 한다던 1202호의 문이 열렸는데 분위기가 절간같이 조용했다. 뭔가 느낌이 싸하게 전해오는 것 같았다.

"무슨 케이크요?"

"형부 되시는 분이 여기로 배달을 해 달라고 그러시던걸요?"

"뭔가 착각하신 것 같아요…."

1202호 여자도 나도 어리둥절한 상태로 속았구나 싶은 생각이 들었다.

'뭐지…? 뭐가 잘못된 거지?'

빵집으로 돌아오는 내내 뭔가에 홀린 것 같은 기분이 들어 정신을 제대로 차릴 수가 없었다. 생각할수록 분해서 친절하게만 응대했던 나 자신이 한심하게 느껴졌다.

사기꾼은 속으로 사기에 걸려든 빵집 주인의 미련함이 얼마나 스릴 넘치고 재미있었을까라는 생각이 드니까 속에서 부아가 치밀어 올라서 참을 수가 없을 것 같았다. 하루 온종일 기분을 나락으로 떨어뜨려 버린 몹쓸 놈을 찾아내 욕이라도 퍼붓고 싶었다. 너무 분해서 눈물이 날 지경이었지만, 달리 해결책은 없었고 툴툴 털어 버리는 것이 현명한 선택이었음에도 마음처럼 쉽게 털어 내어지지 않았다.

세상 살다 별일 다 겪는구나, 다행이다, 이제 앞으로 이런 사기를 당할 일은 없겠다고 생각을 하며 인생을 배운 수강료를 지불했다고 마음을 달래 두었다.

삼십 년이 지나가 버린 일인데 아직도 마음속에 그때의 앙금이 그대로 남아 있는 것을 보면 억울함은 절대 사라지는 것이 아닌 것 같다.

그런데 또 웃긴 건 몹쓸 놈이 다녀간 후, 며칠이 지나간 어느 날이었다. 몹쓸 놈이랑 비슷한 연배의 남자 손님이 들어와서 미소 띤 얼굴로 인사를 하며 말을 했다.

"저 부탁드릴 일이 있는데 부탁드려도 될까요?"

워낙 조심스럽게도 물어보았지만, 일전에 사기꾼이 세상을 배우게 해 준 경험 덕분에 나도 모르게 날이 선 채로 답을 하게 되었다. 사람이 한번 속으면 의심을 하게 되고, 선량한 대다수의 사람들을 믿지 못하게 되는 고질병이 생기게 되는데, 중년의 고객이 조심스럽게 꺼내는 말인데도 불구하고 나는 이미 경계의 자세가 되어 있었다.

"제가 바빠서 배달은 못 나갑니다. 그것 말고 도와 드릴 일이 뭐가 있을까요?"

중년의 고객은 지갑에서 오만 원을 꺼내더니 내게 건네 주었다. 먼저 계산을 하고 갈 테니 아이들이 오면 빵을 돈만큼만 골라 가게 해달라는 부탁을 했다.

'으응, 이건 또 무슨 상황이지?'

무슨 꿍꿍이가 숨어 있을 것만 같아서 모든 것이 다 의심스러웠다. 하지만 돈을 먼저 받았으니까 손해 보는 일은 아니다 싶었고, 차후에 빵을 내어 주면 되는 상황이라 사기 같지도 않아서 그렇게 하겠다고 돈을 받고 손님을 보냈다.

일주일이 다 지나가도 빵을 찾으러 온다는 아이들은 오지 않았고 선금으로 받아 놓은 돈만 덩그러니 금고를 차지하고 있었다. 온전한 나의 돈이 아니니 빨리 해결해야 할 것만 같은 숙제 같았다. 하지만 세월이 지나가고 폐업을 할 때까지 온다던 아이들은 오지 않았고, 결과적으로 보면 사기꾼이 등쳐 먹은 오만 원을 낯선 다른 손님에게 받은 웃지 못할 상황이 되어 버린 것이다.

혹시 사기꾼이 가져간 빵을 먹게 된 가족이 빵집을 속이고 받아 온 빵이라고 자랑삼아 하는 이야기를 듣고서 양심적으로 그리 살면 안 된다는 생각에 빵값을 갚으러 온 것은 아니었을까?

먹거리 자영업을 하는 사람들은 모두가 겪어 봤을 것이다. 진상 고객들은 언제나 존재했고, 사기꾼들도 생각보다 많이 넘쳐나는 세상이라서 정신을 바짝 차리지 않으면 눈 뜨고 코 베이는 일이 수시로 일어나는 일임을 항상 염두에 두고 영업을 해야 한다.

요즘 심심찮게 나오는 뉴스의 무전취식하는 이들에게 곱지 않은 말이 나오는 까닭은 내게 남아 있는 사기꾼, 그 몹쓸 놈의 흔적 때문이었으리라… 못된 쌍놈 같으니라고….

사기꾼 이야기를 적다 보니 한 가지 더 생각나는 일이 있어 적어 보려고 한다. 누구라도 이 글을 읽었을 때 이러한 사기의 유형도 있구나 하고 배우게 되는 점도 있으리라고 본다. 보이스 피싱도 당해 보지 않은 사람 입장에서는 당하는 사람들이 바보처럼도 보이지만, 실제로 당해 보면 당하는지 모르고 당하게 되는 것이 전형적인 사기의 형태인 것이다.

치과에서 근무할 때 일어났던 일이다. 항상 원장님보다 직원들이 먼저 출근을 해서 진료 준비를 하는데, 동네에서 쌀집을 운영하는 사장님이 진료 시간이 되지 않았는데 급하게 들어오시는 것이 보였다.

몸이 불편해서 오시는 분들이 대부분이다보니 병원의 특성상 "어서 오세요, 안녕하세요"라는 인사를 하지 않았다. 그저 밤새 '치통이 심하셨나?' 이런 생각을 하면서 어디가 불편하시냐고 물어 보았다. 쌀집 사장님은 뭔가 엄청 당황스럽고 다급한 듯한 표정을 지으면서 여기 원장님 아버님 댁이 어디냐고 질문을 했다.

속으로 뭔 뜬금없는 질문이지 싶어서 원장님에 관한 사적인 이야기는 해드릴 수가 없다고 하니까 "큰일 났네, 큰일 났어, 아무래도 속은 것 같다"고 연신 한숨을 내쉬기 시작했다. 자초지종을 들어 보니 꼭두새벽부터 허름하게 차려입은 영감님이 와서 치과 원장님 이름을 말하더니 자기가 원장님의 아버지라는 말을 했다고 한다.

치과의 대부분은 원장님 이름을 넣고 치과 의원이라고 간판을 달기 때문에 동네의 모든 사람들은 치과 원장님의 이름을 당연한 것처럼 알고 있었을 것이다. 영감님의 차림새를 보고 치과 원장님의 아버지인데도 차림이 수수하고 검소하신 분이라고 쌀집 사장님은 생각이 들었다고 했다.

근처에 있는 아파트 동호수를 대면서 거기에 살고 있는데 쌀 한 가마니를 문 앞으로 배달해 주면 원장이 출근해서 결제를 해 줄 거라는 말을 믿고서 쌀을 배달해 주고 왔는데, 갑자기 아차 하는 생각이 스치면서 당했구나 싶었다고 한다. 다시 급하게 배달해 준 곳으로 갔더니 문 앞에 두라고 했던 쌀은 이미 사라지고 없었다고 한다. 아파트 초인종을 눌러 보아도 집주인들은 모르는 일이라고 하자 당황스럽고 급한 마음에 치과로 오게 된 것 같았다.

모르는 사람이 들어도 이건 100% 사기꾼의 꾐에 넘어 간 모양새로 보였다. 쌀집 사장님은 전화번호를 남기면서 원장님이 출근하면 한 번이라도 물어 봐 줄 수 없겠냐는 부탁을 했다. 원장님이 출근 하자마자 물어 보았지만 당연히 원장님은 모르는 일이었을 뿐이었다.

어떤 영업을 하고 있더라도 "이따가 지불할게요"라는 외상의 형태로는 거래를 하지 말아야 한다. 이 뻔한 사실을 알고 있음에도 자영업자들이 속을 수밖에 없는 상황은 거절하기 힘든 금액으로 유혹을 하기 때문이다. 한 번이라도 당해 본 사람이라면 절대로 흔들리지 않는 불혹의 시스템이 가동하게 되는데, 전혀 경험을 해 보지 못한 이들은 당하기 쉬운 형태의 사기 행각이다.

사기에 걸려들지 않기 위해서는 항상 그들이 포기할 수 없을 만큼의 예약금을 받아 두어야 피해가 발생하더라도 최소한으로 줄일 수가 있다. 또 예약금을 걸어 두는 사람치고 사기꾼은 없으므로 서로를 위한 최선의 방법이기도 하다. 역으로 예약금만 취하고 도망가는 업주에 해당하는 사기꾼도 있으므로, 세상을 살아가는 우리들은 눈을 크게 뜨고 세상을 어느 정도 의심하는 시선으로 바라볼 줄 아는 현명함도 지니고 있어야 한다.

좋은 것이 좋다는 생각으로 모든 것을 믿게 되면 생각지도 못한 상황에 뒤통수를 맞게 된다는 사실을 잊지 말아야겠다. 서로 믿음으로 살아야 한다는 말은 이미 옛말일 뿐이다.

해를 낚아 봐~

하여라

뜻대로 하여라

그것이 얼토당토아니한 일일지라도

너의 생각 너의 고집이

시키는 일이라면 하려무나

세상은 참으로 넓단다

악한 것 아니라면 하여라

4장

작업화

나의
출산기

1996년 11월….

11월은 수능시험이 있는 달이라서 제과점의 하루는 어떻게 가는지 모르게 분주했다. 해마다 그랬듯 수능일의 한파는 11월을 한겨울 속으로 빨리 끌어당기는 듯했다.

'11월 13일 수능까지는 아기가 태어나지 않겠지…? 첫째는 예정일보다 늦다던데….'

이런저런 걱정이 많은 나는 제과점을 운영하면서 첫 출산을 앞두고 있었던 임산부였다. 만삭의 배는 당장이라도 아이가 빠져나올 것 같은 모습이었는데 제과점을 찾는 손님들 대부분이 출산의 경험이 있는 주부들이다 보니 아기는 언제 낳으려고 빵만 팔고 있느냐는 농담을 건네기도 했다.

고등학교에서 멀지 않은 곳에 있었던 제과점이었던 탓에, 11월이 되면 수능까지 찹쌀떡을 만들어 팔아야 해서 꽤나 바쁜 날이었다. 더 맛있는 찹쌀떡을 만들기 위해 미리 사 두었던 찹쌀을 씻고 불려서 빻아오는 일은 항상 나의 담당이었다. 제과점의 일은 항상 바쁘게 돌아가고 있었고 제빵사였던 남편이 하는 일은 빵을 굽는 일이었기에 잠시도 자리를 비울 수는 없었다. 그렇기 때문에 막달의 임산부라고 해서 찹쌀을 빻으러 방앗간을 가야 하는 일을 남편이 도와주는 경우는 없었다.

다행히 길 건너편 가까운 곳에 방앗간이 있어서 찹쌀을 빻아 오는 일은 수월한 편이었다. 빵을 굽는 일은 잠시라도 자리를 비우게 되면 잠깐의 시간 차이라도 빵이 타기 때문에 도와 주려야 줄 수가 없었든 상황이 이해가 되기도 했었지만, 불린 찹쌀의 묵직한 무게를 혼자 감당하려고 하면 약간의 서럽다는 생각이 들기도 했었다.

11월 출산 막달에 들어서니 가만히 서 있으면 발끝이 보이지 않을 만큼 배가 불렀다. 큰 소쿠리를 가득 채운 불린 쌀의 무게는 꽤 묵직했다. 그것을 들기 위해서는 배에다 걸쳐야 하는 상황이었지만 배가 부르니 앞쪽으로 들 수는 없었고, 방앗간을 갈 수 있었던 방법은 머리에 이고 가는 방법밖에는 없었다.

지금 같으면 끌고 다니는 시장바구니라도 사용했을 텐데 그때는 그런 용도로 사용할 수 있는 것이 없었기 때문에 소쿠리를 들고 탁자 위로 1차 올린 후에 앉은 자세로 2차 머리에 올리고 방앗간에 가서 쌀을 빻아 왔었다. 누가 나의 모습을 봤었다면 참 웃기는 모습으로 보이기도 했을 것 같다.

그렇게 힘을 주다가 애가 나오지 않은 게 다행일 정도로 제과점의 일은 바빴고, 80㎏ 찹쌀 한 가마니를 그렇게 빻아다가 찹쌀떡으로 만들어 팔았다. 서로 철이 없는 부부이기도 했었고 각자 주어지는 일이 버거워 상대가 힘들 거라는 생각을 하지 못하고 살았던 시절이기도 하다.

쌀을 빻아 오는 사람보다 떡을 만드는 사람이 더 힘들기는 하겠지라고 생각을 하기도 했지만, 포장과 판매, 허드렛일은 일이 아니라고 생각하는 남편의 태도는 늘 내게 서운함을 안겨 주었다. 빵을 만드는 일이 제과점에서는 가장 큰 비중을 차지하는 중요한 일이기는 하지만 그 외의 일들도 빵을 만드는 일 못지않게 중요한 일들이었다. 네가 한 일이 뭐가 있냐고 내가 하는 모든 일을 폄하해 버리는 남편에게 임산부라고 해서 힘들다는 말을 한다고 이해해 줄 것 같지가 않았다.

찹쌀떡은 여섯 개 짜리와 열 개 짜리 박스로 포장을 해서 팔았는데, 미조립 박스를 일일이 접어서 포장용 박스로 만들어야 했다. 배가 불러서 상당히 접기 힘들었지만 매출을 올릴 생각에 누구의 도움 없이 혼자서도 거뜬히 처리를 했다. 수능이 끝나고 한시름 놓을 때까지 진통은 찾아오지 않았고, 출산 예정일을 하루 남겨 놓은 날이 되었다. 어른들의 말을 들어 보면 첫 아이의 경우에는 예정일보다 대부분 며칠씩 늦게 태어나는 거라고 했기 때문에 예정일이라고 해서 제과점 일을 하지 않은 것은 아니었다. 평소와 다름없이 오픈을 하고 밤 열두 시가 지나서 문을 닫았다.

날짜 상으로는 11월 24일이 예정일이었기 때문에 곧 아기를 만나게 되겠다는 설렘과 두려움이 평소와 달리 크게 느껴지기도 했었다. 종일 아무런 진통도, 전조증상도 없었는데 제과점 문을 닫고 씻을 준비를 하고 있던 도중 배가 뭉치기 시작하는 느낌이 들었다.

'어… 이 느낌은 뭐지…. 어… 진통이 오는 건가?'

드라마에서 보면 첫아이를 가진 임산부에게 진통이 오기 시작하면 남편이 더 불안해서 안절부절못하는 것이 일반적인 모습이라고 생각을 했는데, 진통이 오는 것 같다는 나의 말을 귓등으로 들었는지 남편의 반응은 별 관심이 없는 것 같았다.

진통은 밤이 깊어갈 수록 조금씩 심해졌고, 불안한 마음에 남편에게 말을 했지만 남편은 세상모르게 잠을 자기만 했다. 나도 잠을 청해 보려고 했지만 잠들만 하면 뭉쳐서 아픈 배 때문에 잠을 잘 수가 없었다. 새벽 두 시… 네 시…. 진통이 느껴질 때마다 배를 부여잡고 아침이 오기만을 기다렸다. 주워 들은 말은 많아서 "첫 아이는 늦게 나온다더라…" 이러한 말들을 위로 삼으며 참고 있었다.

'조금 더 아프면 깨워볼까…?'

'아… 이러다가 애가 나오는 거 아닐까?'

평소 같으면 다섯 시에 일어나 빵 반죽을 시작하던 남편이었기에 다섯 시에 일어나면 산부인과에 가자고 하려 했더니, 진통이 온다는 말을 듣기는 했는지 빵 반죽을 시작하지 않고 계속 잠만 자고 일어날 생각이 없는 사람처럼 보였다. 같이 아이를 만들고 낳는 과정인데 아쉬워할 사람은 나뿐이었고 서러웠지만, 또 세 시간을 참았다. 여덟 시가 되자 더는 불안해서 안 되겠다 싶어서 남편에게 부탁을 했다.

"나 산부인과에 좀 데려다 줘…."

나 때문에 잠을 제대로 못 잤다고 투덜거리던 남편이 마지못해 운전을 하고 병원으로 나를 데려다 주었다. 내가 운전이 가능했더라면 혼자서 그냥 가는 편이 나았겠다는 생각이 들기도 했다.

일요일이라 산부인과 외래 진료는 없었지만 출산은 가능했던 병원이라 안내를 받고 산모 대기실로 들어갈 수 있었는데, 그곳 바닥에는 따뜻한 전기 담요 같은 것이 있었고 간호사가 내게 힘들면 누워 있으라고 했다. 두어 시간 정도는 참을 만한 진통이 오가기를 반복하고 있었고 잠을 설쳤다는 남편이 전기 담요에 눕더니 스르르 잠에 빠져들었다.

바깥은 춥지, 밥은 굶었지, 나 때문에 밤새 잠은 못 잤다지…. 얼마나 피곤했을 거야…. 그러니 따끈한 곳에 기대 누워 잠이 들 수밖에…. 내가 더는 말을 안 할게…. 저절로 포기가 되더라….

진통이 심해질 때쯤 간호사가 들어왔다.

"지금 뭐 하시는 거예요…? 산모님 눕게 일어나세요!"

간호사가 남편을 깨우자 남편은 일어나 앉았고 그 자리에 내가 누울 수 있었다.

아이를 낳는 일이 그렇게 고통스러울지는 몰랐다. 세상의 모든 딸들이 출산의 과정을 겪으면서 엄마를 한 번 더 생각하게 된다더니 이러한 고통을 감내하시고 나를 낳아 주신 거였다고 생각이 드니 엄마가 너무너무 위대하게 느껴졌다. 진통을 참다가 나는 창피한 줄도 모르고 황소같이 울부짖는 소리를 내면서 대기실을 엉금엉금 기어 다녔다. 누워도 아프고, 앉아도 아프고, 진통으로부터 벗어날 방법이 없어 보였고 제왕절개를 해 달라는 말이 절로 나오기 시작했다.

간호사는 나에게 다른 산모들도 진통이 최고조에 오르면 제왕절개를 해달라고 하는데, 다들 참고 낳는다고, 곧 태어날 아기를 생각하면서 참으라고 했다. 간호사의 말대로 참고 힘을 줬더니 아기는 태어났고 진통은 감쪽같이 사라져 버렸다. 아기를 낳고 후처리를 하고 있던 간호사에게 물어 보았다.

"혹시 아기 낳아 보셨어요?"

간호사는 아직 미혼이라고 했다.

"다음에 결혼하고 아기 낳을 거면 처음부터 제왕절개하세요."

"이건 너무 고통스러운 일이에요."

간호사가 자기도 안단다. 진통의 순간들을 너무나 많이 봐 왔고 잘 알기 때문에 절대로 자연 분만은 하지 않을 거라고 했다.

첫애를 낳는 동안 지쳐서 했던 말이었지만 지나고 생각을 해 보니 참 쓸데없는 말을 했었다. 신체 조건이 허락만 한다면 자연분만이 최고라는 것을 모르고 했던 말이었다.

밤 열두 시부터 시작된 진통은 오후 두 시 사십 분이 되어서야 끝이 났다. 11월 말, 난방도 되지 않았던 수술실의 냉기로 온몸이 굳는 느낌이 들었다. 차가운 식염수를 들이부을 때는 미칠 것만 같았다. 새 건물을 지어서 이전을 앞두고 있었던 병원이라 모든 것이 어수선했다. 내심 새 건물에서 아기를 낳겠구나 싶었는데 헌 건물에서 아기를 낳게 된 것이었다. 그래서 병원 상태가 엉망이었고, 일요일이라 당직 간호사도 한 명뿐이어서 불어 터져 버린 미역국 한 그릇과 식은 밥 한 덩어리를 먹으라고 주어서 이래저래 더 서러웠던 날이었다.

그렇게 첫아이를 낳고 썰렁한 병원 전기 담요 같은 시트 위에서 하룻밤을 보냈다. 다음날 아침에 어제는 미안했다는 말과 함께 금방 끓인 미역국에 따끈한 밥 한 공기를 내어 주면서 먹으라고 했다.

"언제 퇴원이 가능할까요?"

퇴원은 당장이라도 가능한데 보통은 사흘 정도는 있다가 나간다고 하였다. 짠순이였던 나는 입원비가 아깝다는 생각이 들었다. 참 바보 같았다.

퇴원이 가능하다는 말에 출산하러 간지 스물네 시간 만에 집으로 돌아왔다. 삼십만 원은 족히 넘었어야 할 병원비가 구만 몇천 원 나왔더라….

잠자고 있는 아기가 너무 사랑스럽고 신비롭게 느껴졌다. 어떻게 내게서 이렇게 에쁜 아기가 태어났을까 모든 것이 감사했다.

다음날부터 다시 변함없는 일상은 시작되었고, 출산 전까지 없었던 일이 추가가 되었다. 아이의 기저귀를 빨아야 했고, 모유를 물려야 했고, 매일 목욕을 시키고, 빵 포장을 하고 판매를 해야만 했다.

겨울이라 두툼한 옷을 입어서 출산을 했음에도 여전히 임산부로 보였는지 손님들이 와서 애는 언제 낳을 거냐고 물어 보길래 어제 낳아서 방안에 눕혀 놨다니까 다들 놀란다.

아기 엄마가 찬바람에 큰일 나려고 벌써부터 일을 하는 거냐고 남편도 해주지 않던 걱정들을 해 주었다. 움직여 보니 멀쩡했고 움직일 만도 해서 움직였던 건데, 지금 생각해 보면 나이도 어렸던 초보 엄마였는데 어떻게 그렇게 살았나 싶은 생각이 든다.

11월 말에 아기를 낳았으니 금방 한겨울로 접어들었고 아기의 옷은 손빨래를 해야 하는 거라는 생각으로 세탁기에 넣지 않고 직접 빨았다. 기저귀를 빨고 있었는데 갑자기 나의 몸 어느 한 부분도 빼

놓지 않고 송곳 같은 얼음이 파고드는 고통과 시린 증상이 찾아왔다. 순간 얼음처럼 굳어 버리는 손으로 나는 아무것도 할 수가 없을 지경이었다.

'아… 이것이 엄마들이 말하는 산후풍이란 거구나….'

면 기저귀로 아이를 키우겠다는 소박했던 꿈은 오래가지 못했고 일회용 기저귀로 갈아탔지만, 지금의 내가 그때의 나를 만난다면 잘했다고 너무 잘했다고 토닥여 주고 싶다. 뼈에 바람이 들면 시리다는 그 산후풍…. 엄마라는 책임감으로 면 기저귀를 고집했었는데 몸을 상하게 해서 엄마의 자리를 지키지 못할 바에 일회용 기저귀를 사용하고 끝까지 책임지는 엄마가 되자고 마음을 바꿔 먹었다.

첫째 아들이 어느새 아기를 낳던 나보다 더 나이를 먹었다. 철이 없었던 여자와 남자가 만나서 철없이 아이를 키우고 여전히 철없이 늙어 가고 있다. 나는 아직은 아들에게 버팀목이 되어 주어야 하는 엄마다. 내가 버팀목으로 쓰러지지 말아야 하는 가장 큰 이유는 엄마이기 때문이다.

2000년 9월….

9월 9일, 토요일 아침부터 시작된 가진통으로 찾았던 산부인과에서는 본격적인 진통이 시작하거나 혹시라도 양수가 터지면 그때 다시 오라고 했다. 다만 11일과 12일은 추석 연휴로 인해 진료를 하지 않으니 해당일에 진통이 심해지면 종합병원으로 가라는 말을 했다.

토요일부터 시작한 가진통은 추석 당일인 12일까지 간헐적으로 약하게 왔다 갔다 하고 있었다. 제발 종합병원만 가지 않게 하루만 더 버티자 아가야….

인생 최악의 상태를 달리고 있던 집의 재정 상태로는 한푼이라도 아껴야 했기 때문에 비용이 더 들어갈 수밖에 없는 종합병원으로는 가는 일이 없었으면 싶었다. 아기가 눈치 챘을까? 엄마의 마음을 알 았는지 뱃속의 둘째는 추석에도 얌전했다. 추석이 지나고 진료를 시작한다는 13일 새벽부터 가진통이 본 진통으로 넘어가기 시작하고 있었고 덩달아 마음이 바빠지기 시작했다.

13일까지 연휴라서 출근을 하지 않고 잠을 자고 있는 남편에게 말을 했다.

"나 진통이 시작되는 거 같은데…."

남편은 귀찮은 듯 돌아눕더니 다시 잠을 청하고 코를 골고 있었다.

"아기 낳으러 가야 할 것 같아…."

나의 말이 들리지 않았던 것일까, 듣고 싶지 않았던 것일까?

응답하지 않는 남편에게 더는 말하기 싫었다. 첫째를 낳을 때 이미 겪어 봤던 남편에게 기대감을 가질 수록 실망만 커진다는 것을 알기 때문에 포기가 빠른 것 같았다.

아직 어렸던 첫째 아들을 진통이 오는 배를 부여잡고 데리고 움직일 수는 없었기에 챙길 엄두가 나질 않는 상황이었다. 다시 강하게 진통이 찾아오자 마음이 더 촉박해졌다. 평소에 남편에게 부탁하는 일은 없는 여자였지만, 어쩔 수 없이 남편에게 아이가 일어나면 울지 않게 잘 돌보고 있으라는 말을 남기고 불을 켜지도 않은 현관 앞에 앉아서 신발을 신었다.

집에서 산부인과까지는 걸어서 이십 분 정도 소요되는 거리였고 중간에 친정집이 있는 곳까지 십오 분 정도 걸리는 거리였다. 진통이 한번 오고 가면 다음 진통이 오기 전까지 친정까지만 가자, 그리고 다음은 친정에서 해결하자고 마음속으로 계산을 마쳤다.

'근데 중간에 진통이 오면 어떡하지…'

그래도 가야만 했다. 하나, 두울, 셋~. 단 일 초도 지체할 여유가 없었다. 몇 분 간격으로 찾아오는 진통으로 앞과 뒤를 재고 말고 할 정신이 없었다. 일곱 시 사십 분, 후우~ 후우~. 현관 앞에서 쪼그리고 앉아서 한 번의 진통이 지나가기를 기다렸다가 진통이 사라질 때쯤 재빠르게 문을 열고 나갔는데 추적추적 가을비가 내리고 있었다.

가을비 내리던 아침의 기온은 뚝 떨어져서 춥게 느껴졌고, 펄럭이는 임부복 사이로 바람이 차갑게 파고들었다. 만삭의 배를 덮은 임부복이 바람에 날리지 않게 한 손으로 잡고 나머지 손으로 우산을 펼쳐 들었다. 횡단보도를 지나고 골목길을 뛰다시피 해 도착한 친정집 대문 앞에서 문을 열어 달라고 엄마를 찾았다.

"엄마, 제가 지금 막바지 진통이 오고 있는 것 같아요."

"아이고, 이게 무슨 일이냐…. 너 혼자 온 거냐…."

"첫째가 자고 있어서 애 아빠는 애 보라고 하고 왔어요."

급하게 달려 온 나를 보신 엄마는 진통이 온 것을 직감적으로 아셨고, 남동생에게 서둘러 차를 빼라고 하셨다. 남동생의 차를 타고 엄마와 함께 산부인과로 달려갔다.

병원에 도착하니 여덟 시 이십 분이었다. 의사는 나의 상태를 보더니 당장 관장을 지시했는데, 관장은 진통보다 더 참기 어려운 과정이었다. 십오 분 간 참으라는 간호사의 날카로운 말이 무서웠다. 진통은 오고 있지, 관장약은 힘 넘치는 효과로 창자의 모든 것을 밀어 내려고 뱃속은 요동치고 있지, 애 낳으려다가 똥을 먼저 낳을 판이었다. 그렇게 급한 와중에도 똥을 먼저 낳고 분명 창피 당한 사람이 있었을 거라는 생각이 스쳐 지나갔다.

어찌어찌 십 분을 참고 더는 안 되겠기에 화장실로 달려가서 급박한 상황을 해결했더니 간호사는 난리가 났다.

"아니…. 산모니임~ 그러시면 안되죠오~."

"애보다 똥이 먼저 나오려고 해서 안 되겠더라고요."

나는 어떻게든 변명을 해 보려 했지만 짜증을 내는 간호사는 다시 관장을 해야 한다고 했다. 십 분을 참았으니 나름대로 다 빠져나온 것 같은 느낌이라고 사정을 해서 관장은 면할 수 있었다. 그 당시에는 엄청 다급했는데, 그 상황을 글로 쓰고 보니 코미디의 한 장면 같기도 하다.

관장을 마친 시간을 보니 여덟 시 오십 분이었고 분만실로 들어가니 대기 중인 산모가 한 명 더 있었는데, 첫째 출산을 기다리는 중이라고 했다.

오호라… 내가 경험해 봐서 아는데, 첫째는 진짜 하늘이 노래져야 나오더라고…. 세상 엄마들이 모두 겪는 고통이라고 생각하고 참아 내는 방법밖에 없었노라… 힘도 되지 않을 경험담을 이야기해 주었다.

간호사들이 출산을 돕는다고 그녀의 배 위로 올라타는 장면을 보았을 때 산모는 죽는다고, 살려달라고 소리를 질렀고, 그때 밖에서 듣고 계시던 엄마의 목소리가 선명하게 들려왔다.

"저 소리가 우리 딸이 내는 소리요?"

대기실에서 들려오는 산모들의 비명소리는 바깥에서 기다리고 계시던 엄마들에게는 산통과 비슷한 고통을 느끼게도 하는 것 같았다. 이미 겪어 보신 다 아는 일이었으니까….

첫째를 낳아 봤다는 경험이 주는 안도감이었을까…? 나는 왠지 모르게 느긋했다.

첫째를 낳았을 때 얼마큼의 진통이 와야 아기가 얼굴을 보여 주더라는 느낌을 아니까 고통을 참아 낼 마음의 준비를 단단히 하고 기다렸고, 아직 한참은 더 있어야 아기를 낳을 수 있을 거라 생각을 했다.

아홉 시 십 분, 참아 내기 힘든 진통이 한 번 느껴졌지만 첫 출산의 경험에 의하면 이런 진통이 와도 몇 시간의 시간이 더 필요하다는 것을 알고 있기 때문에 마음은 오히려 차분해졌다.

태동을 들어 보고 능숙하게 내진을 하던 간호사가 의사에게 뭐라고 말을 건네더니, 나에게 다가와서 빨리 분만대로 올라가라고 했다.

'벌써 애가 나온다고…?'

분만대로 올라가려 하니, 앞서 출산을 했던 산모의 흔적이 그대로 묻어 있는 것이 보였다. 간호사는 나에게 어서 신발을 벗고 올라가라고 했지만 이대로는 못 올라간다고, 빨리 알코올 솜을 가지고 와서 분만대를 닦아 달라고 했다. 내가 아무리 급해도 다른 산모가 아이를 낳고 피를 흘려 놓은 자리에서 아이를 낳고 싶지는 않았다. 그렇게 급한 순간에도 위생 상태가 맘에 들지 않아서 따져 묻고 싶었다.

알코올 솜으로 흔적을 지우고 바로 분만대에 올라가서 누웠다. 두 번째 죽을 것 같은 진통이 시작되었을 뿐인데, 의사가 오더니 힘을 주라고 했다.

더 더 더…. 조금 더…. 순풍~.

아홉 시 십칠 분, 확실히 둘째는 형이 터놓은 길로 나온다고 쉽게 태어났다. 콧날이 오똑하고 보조개가 쏘옥 들어간 귀여운 아들의 모습이 사랑스러웠다.

"둘째야 안녕…. 엄마한테 오느라고 고생했어~. 사랑해…."

두 번의 출산을 겪으면서 제일 부러웠던 건 드라마 속 출산을 앞둔 남편의 긴장하는 모습이었다. 그 흔하고 평범한 일들이 내게는 왜 그렇게 어려웠던 것인가….

이런 글을 쓴다고 알아줄 나의 편은 없지만, 출산은 여자 혼자만의 일이 아닌 부부가 함께 하는 일이라는 사실을 아빠가 될 모든 남자들이 알아 주었으면 좋겠다.

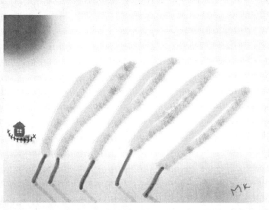

초록나무의 희망

생명

그걸로 무얼 하려 하니?

아서라, 말아라

상처를 도려 낸다고 도려 내진다니?

살아서 시간을 보내 봐

뒤죽박죽된 운명이라고 스스로 포기하지 말자

언젠가는 똑같이 눈 감을 테고

눈 감으면 자유롭지 않겠니?

자유가 온전히 내 것일 때

그때는 새롭다는 것 다 해 보자꾸나

그것이 사랑이든 이별이든

혹은 다시 같은 삶일지라도

옥상 물탱크실의
노숙자

다섯 동의 빌라가 같은 이름으로 불리는 끄트머리에 우리 집이 있다. 지하에는 뭔가 비밀스러운 이야기가 숨겨져 있을 것 같은 개인 소유의 창고가 있는 이상한 형태의 빌라였다.

쫄딱 망한 인생, 큰 아이의 손을 잡고, 젖먹이 아이를 업고 오갈 곳 없는 형편에 복이라면 복이었겠지, 하늘이 무너져도 솟아날 구멍은 있다는 말이 딱 맞았다. 방 세 칸짜리 빌라를 경매로 낙찰받았다. 임장이라고 와 봐야 창문을 다 열어 놓고 보일러만 연신 돌아가는 베란다만 보일 뿐, 문을 열어 주지 않으니 내부를 볼 수가 없었다.

나는 여자가 아닌 엄마였기에 두 아들이 다리 뻗고 잘 수 있는 공간만이 욕심이 났고, 그것만으로도 감사했다. 방이 두 칸인지, 세 칸인지, 일단은 낙찰을 받았다는 것이 다행스러웠다. 잔금을 지불하고 명의 변경이 되었음에도 세입자를 내보내는 일은 쉬운 일이 아니었다.

없는 형편을 내가 겪어 보니 전세금을 날리고 쫓겨나는 세입자의 억울함을 공감을 하게 된다는 것도 슬픈 일이었다. 하지만 사람은 이기적인 동물이다. 특히 내 속으로 낳은 자식의 삶에 위태로움이 찾아들면 더 이기적으로 변할 수밖에 없다.

세입자들의 억울함을 들어줄 사람은 내가 아니었다. 그들을 힘들게 한 사람들은 집의 전 주인이었고 선순위인지 후순위인지도 모르고 방을 구했을 세입자의 몫이었다. 그들의 억울함과 무관한 나는 경매를 낙찰받은 현재의 집주인일 뿐이라는 마음으로 세입자를 단호하게 대했다.

아이들과 길바닥에서 잠을 청하게 될 수도 있었기에 어쩔 수가 없었지만, 세입자도 완강하게 버텼다. 내가 집주인이었지만 강제로 세입자의 짐을 빼내는 건 불법이었다. 집행관들의 법적 행동은 합법적이라고 들었다. 다만 비용이 들어갈 뿐이었고 알아 보니 얼추 백만 원의 비용이 든다고 하였다.

내 입장에서는 잔고를 탈탈 털고도 모자라 대출까지 받은 집이라 여유자금 같은 건 없었다. 그래도 치러야 할 비용이라면 현명하게 써 보기로 하고 세입자를 만났다. 법적으로 쫓겨나는 방법과 백만 원의 이사 비용을 받고 나가는 두 가지 방법 중 하나를 택하라고 선택권을 주었다.

이사 비용을 지불할 의무 같은 건 내게 없었지만 내가 도와 줄 수 있는 최선의 방법이라는 점도 강조를 했다. 집행관 비용을 지불하고서 합법적으로 명도明渡가 된다고 해도 어차피 치러야 할 비용이었다. 그 이전에 세입자가 알아서 나가 준다면 그 비용을 세입자의 이사 비용으로 준다는 배려였다.

나의 조건은 마찰 없이 집을 비워 달라는 거였다. 내 입장으로서는 세입자가 알아서 비워 주는 것이 제일 좋은 방법이지만, 어디서 들은 말은 있었는지 도통 나갈 생각이 없는 사람처럼 보였다. 알아서 나가지 않으면 법으로 해결하겠다는 말만 해 두고, 현실은 나도 이사가 급한 사람이었지만 조급한 티는 티끌만큼도 내지 않았다.

세입자는 이사 비용이라도 받는 것이 옳다고 생각했는지 짐을 뺀다는 약속을 했고 나도 이사를 나가는 것을 확인 후에 이사 비용을 주겠다고 했다. 세입자에게 공과금이 밀린 것이 없냐고 물어 보았더니 고지서가 나온 것까지는 다 냈다고 했다. 고지서 이후 며칠 간의 사용분에 대해서는 기꺼이 내가 내고 살자는 생각을 했다. 며칠 후 이사를 나간 세입자에게서 전화가 왔다.

이사 비용을 달라고 해서 사십만 원을 넣은 봉투를 건넸는데, 세입자가 금액을 확인하더니 약속이랑 다르지 않냐고 거품을 물고서 따져 물어왔다. 나는 세입자가 창문을 열어 젖히고 보일러를 쉴 틈 없이 돌려 대던 양심 없는 짓을 허투루 보지 않았고, 밀린 공과금이 없다고 하는 말도 믿지 않았다. 한전과 도시가스, 그리고 수도 사용료를 미리 체크해 보았고 밀려 있는 요금이 석 달치 육십만 원이라는 사실을 알게 되었다.

곧 가스도, 전기도, 수도도 끊어진다는 말도 들었다. 미리 확인하지 않았더라면 당장 집에서 살아야 하는 내가 억울하게 지불해야 할 금액이었는데 철저하게 확인하기를 잘했다 싶었다. 백만 원의 이사 비용 중 세입자가 사용한 공과금 육십만 원을 빼고 준 것이니 나는 말한 대로 약속을 지켰던 것이다. 아마도 세입자들이 경매로 집이 넘어 간 사실을 알고 난 이후에 자기들의 억울함을 낙찰자에게 엿 먹으라는 듯 돌려 주고 싶었던 마음이었을 것이다. 하지만 죄 없는 사람에게 화풀이를 하는 꼴이었다. 과다 사용 후 누적된 공과금으로 자기 발등을 자기가 찍었으니 내게 아프다는 말을 할 수는 없었을 것이다.

그렇게 나는 빌라에 들어갈 수 있었고, 집은 작았지만 감사했다. 새하얗게 삶은 빨래를 옥상에 널었다가 거두어 오는 일은 평화로운 선물 같았다. 옥상의 문 옆에 있는 사다리를 올라가면 물탱크실이 있는데 어느 날부터인가 빨래를 거두어 내려오는데 섬뜩한 느낌이 들기 시작했다. 마음 같아서는 물탱크실의 문을 열어 보고 싶었지만 왠지 모를 음산한 기운이 무서웠다.

햇빛에 빨래 말리는 일을 즐기던 나는 옥상으로 가는 대신 베란다를 이용하기 시작했고, 몇 해의 시간이 흘러갔다. 오랜만에 집안의 시든 화분을 옥상에 가져다 놓고 오는데, 예전의 음산한 기운이 그대로 느껴져 기분이 좋지 않았다. 내가 민감한 것이겠지라고 생각을 했지만 이상하게 옥상은 가고 싶지 않은 장소가 되고 말았다.

또 시간은 흘렀고, 어느 날 퇴근을 하고 집으로 돌아오니 출입구에 사람들이 모여 있었고, 엄청난 양의 쓰레기들이 나와 있었다. 누가 이사를 갔구나 싶었는데, 나를 본 5층 아주머니께서 놀란 가슴을 진정시키며 이야기를 꺼내 놓기 시작했다. 물탱크실에서 연기가 새어 나오고 있어서 문을 열어 보았다고 했다.

"낯선 남자 하나가 이불에 누워 담배를 피우고 있더라고…"

남자는 언제부터 물탱크실을 터전으로 살아왔는지, 살림살이를 갖추고 마치 제 집인 양 살고 있더라고 했다. 내가 이 집에 들어올 때는 세입자에게 이사 비용을 지불하고서 내보냈지만, 강제로 내쫓아도 할 말 없는 노숙자는 못 나간다고 뻗어 눕더란다. 5층은 물탱크실 바로 옆이라 모르고는 살았어도 알게 된 이상은 더 빨리 쫓아내고 싶었으리라… 경찰을 부르고, 경찰 몇몇이 달려들고서야 겨우 노숙자를 나가게 할 수 있었다고 한다.

그리고 치운 쓰레기들이 산더미였노라고 무슨 영화 속 이야기마냥 들려 주었다. 현실에서도 이런 일이 일어나는구나 싶어서 한동안은 문단속을 더 꼼꼼하게 하게 되기도 하더라… 지금은 옥상 물탱크실에 자물쇠를 채워 두어서 아무도 들어가지 못하게 단속을 해 두었지만, 그 일이 있고 나서는 옥상은 더 멀리하는 장소가 되었다.

나는 흔히들 말하는 신기 있는 여자는 아니지만, 옥상 물탱크실 쪽에서 느껴졌던 음산한 기운의 실체를 듣고 보니 스스로 촉은 살아 있던 여자였구나 싶었다.

어디 보자…. 내년에는 이사 갈 길운이 들려나?

이사를 가고 싶은 간절함으로 나의 영험한 촉을 곤두세워 본다.

우리 순수함을 잊지 말아요

그랬으면 참 좋겠다.
우리 모두 순수함을 잊지 말았으면…

되다 만 예술
or 대담한 예술

무식하면 용감하다는 말이 있는데, 내가 예술을 사랑한다는 말을 할 수 있는 것도 예술을 잘 모르기 때문에 외칠 수 있는 말이기도 하다. 글쓰기를 좋아하지만 글 읽기에는 인색하고, 그림 그리기를 사랑하지만 화가들의 작품을 알아 가는 일에는 관심을 기울이지 않는 모순된 사람이다.

우물 안 세상 같은 나만의 공간에서 나만을 위하여 펼쳐내는 글과 그림이라면 딱 맞는 표현 일 것도 같다. 예술도 사치가 되는 사람, 사랑도 사치가 되는 사람…. 스스로를 평가했을 때 내게 매겨지는 점수는 늘 타인 기준의 것들과 비교해서 보면, 모두 사치라고 하는 커트라인에 걸려서 미달로 머무는 삶이었다. "먹고살기 바빠서요"라는 핑계는 너무도 뻔뻔하게 둘러 댈 수 있었던 방패 같은 말이었다.

먹고살기 바빠서 먹고사는 일에만 신경을 썼는데도 먹고사는 일조차 쉽지는 않았고, 어쩌다가 푸념 섞어 적어 놓는 삶의 하소연은 삶에 찌들어 노상 힘들어 죽겠다는 글뿐인 인생으로 살고 있었다. 뭔가 색다른 변화를 주고 싶었던 마음을 어떻게 다스려 보아야 할지 스스로를 돌아보게 만들었다.

힘들어 죽겠다는 글들을 살려 보고 싶다는 생각이 들었던 어느 날에는 글쓰기 대회에 도전장을 내밀어 보고 싶다는 생각이 들었고, 근사하고 멋진 작품이 아니더라도 나의 공간을 꾸밀 수 있는 그림이 필요한 날에는 스스로 그려 보기도 했다. 꿈틀꿈틀, 죽지 않았음을 실감하고 움직이기 시작하니 가고자 했던 길이 보이기 시작했고, '여성 백일장'이라는 타이틀이 붙어 있는 글쓰기 대회를 찾을 수 있었고, 참가 신청서를 내게 되었다. 일 년에 한 번씩 개최되었던 백일장이었는데 대회의 나이가 스무 살이 되도록 모르고 있었다는 사실이 스스로를 반성하게 만들었다.

평소에 일기 정도를 써 오던 수준밖에 되지 않은 글이기 때문에 순위권에 들어간다는 것은 불가능한 일이었고, 백일장이 다가온다고 해도 부담감 같은 것은 아예 없었다. 순위권 수상을 기대했던 사람들이라면 스스로의 마음을 안정감 있게 다스려서 가장 엄선된 단어와 문맥으로 최상의 글을 쓰기 위한 노력도 하겠지…. 그런 사람들에 비하면 나는 백일장 규모도 잘 몰랐고, 어떤 사람들이 참가하는지도 관심이 없었다. 처음으로 글쓰기로 도전해 보는 대회에 참가하기 위한 용기와 실천, 그것을 느끼고 싶었을 뿐이었다.

여성들만 참가하는 대회여서 그랬는지 참가한 사람들을 보니 나처럼 단독으로 온 사람은 드물었고, 글쓰기 문학 동호회 같은 단체에서 무리로 참가하는 사람들이 많아 보였다. 한 무리씩 조를 이룬 듯한 모습들로, 그들 사이로는 들어갈 수 있는 틈이 없었고, 그들 역시도 낯선 이를 넣어 줄 생각은 없었던 사람들이어서 팀별로 나뉘어 글쓰기 대회가 진행되었다.

가을 단풍이 곱던 날이라 나들이라도 나온 사람들처럼 그들은 간단한 음식과 차를 준비해서 마시기도 했으며, 단란한 가족 같은 분위기로 웃고 떠들기도 하였다. 모두 팀을 이루어 있는데 나만 혼자 외딴 섬에 떨어진 것마냥 있다는 것이 스스로 초라하게 느껴지기도 했었지만, 글을 쓰기에는 편하고 좋았다. 글쓰기 대회였으니 나의 모습이 차라리 정석에 가까운 것이라고 스스로 위안하면서 쓰던 글을 끝맺고 제출을 했다.

며칠이 지나자 휴대 전화로 문자 하나가 와서 확인을 했더니 시 부문에서 가작으로 당선이 되었다고, 시상식에 참가하라는 내용이 적혀 있었다. 순간적으로 생각지도 못했던 일이라 기쁜 듯하다가, 장원도 아니고, 차상도 차하도 아닌 가작이라서 실망을 하고 있는 나의 모습에 참 어이없다는 생각이 들었다.

가작 아래로 입선도 네 명이 더 있었으니 그래도 중간의 성적은 거둔 편이라고 해도 되는 것인데, 참가할 때 수상을 기대하지 않겠다던 마음이 탈락했을 때 자신에게 스스로 실망하지 않으려고 쳐 놓은 방어기제 같은 것이 아니었을까라는 생각을 해 보았다. 대회라고 하면 싸움이라고 표현을 해도 무방하지 않겠는가…. 서로 겨루어 이기려고 하는 심리는 사람이라면 누구에게나 있는 것임을 깨닫게 되는 시간이기도 했다. 단 한 번만 참가해 보겠다던 마음이 어느새 욕심으로 바뀌고 가작에 만족하지 못한 마음은 장원에 도전해 보고 싶어졌다.

많은 사람이 참가했으니 솔직히 가작만 해도 잘 한 것인데, 일 년을 기다려서 다시 도전했다가 장원은커녕 입선에도 들지 못하고 떨어질 확률이 훨씬 높다는 것이 뻔히 보이는 도전을 하고 있는 것이다. 실망을 얼마나 하려고 그러는 것인지. 그래도 하고 싶은 것은 해 봐야 하는 성격이라 나의 마음을 말릴 수도 없었다.

일 년을 기다리고 다시 도전했던 백일장에서 장원은 하지 못했다. 장원을 시켜 준다고 해도, 수상자가 단상에 올라가서 낭송을 해야 하는데 낭송을 할 만큼 숫기도 갖추지 못했기 때문에 속으로 '장원을 해도 문제겠구나…' 라며 참으로 쓸데없는 걱정까지 하는 못난이가 바로 나였다.

나는 장원 바로 아래 차상을 받는 수상자로 호명이 되었고 빛나는 상패 하나를 받을 수 있었다. 스스로의 위안을 삼는 말도 했다.

'휴우…. 장원이 아니길 다행이었네… 발표는 제일 무서워….'

자꾸 도전하다가 장원이라도 하게 될까 봐서 더 이상의 도전은 하지 않았다. 말이라도 이렇게 뻔뻔하게 해야 하지 않을까…? 떨어져서 실망하기 싫어 도전을 하지 못했다고 하면 패배자 같은 느낌이 드니까 나는 뻔뻔한 여자로 살기로 했다.

어느 날, 벽에 붙일 그림이 한 장 필요했는데 집에는 물감이랑 붓이 없었다. 그림 한 장을 위하여 모든 도구를 사야 한다는 것이 마땅치 않아서 잘 하지도 못하는 컴퓨터로 그림을 그려서 출력해 보기로 했다.

컴퓨터를 이용해서 그림을 그려 보겠다는 것은 이렇게 하면 가능하지 않을까 하는 추측성 발상이어서, 그것이 될지 안 될지는 모르는 상태였다. 컴퓨터를 이용해 그림을 그려 본 적이 없었기 때문에 그림을 그릴 수 있는 전문적인 도구는 없었다. 내가 가진 것은 컴퓨터용 일반 마우스가 전부였다. 가장 기본적인 프로그램에 속해 있는 '그림판'이라는 도구를 열고서 마우스로 선 하나를 그어 보았다. 당연히 원하는 대로 그려질 리가 없었다. 마우스라는 것이 연필과 생김새도 다르고, 섬세한 선을 필요로 했던 그림을 그리는 용도로는 적당하지 않았다.

그나마 마음에 드는 부분 하나를 꼽자면 무한대로 사용할 수 있는 팔레트의 색상들이었다. 단순한 선을 색대로 다 그려 보았다. 삐뚤빼뚤한 동그라미도 그려 보았고, 세모도 그려 보았다. 마치 유치원생들이 점선의 그림을 따라서 그려 보듯이 서툴기만 한 선을 자꾸 그려 보았다.

찌그러지기는 했지만 그리다 보니 꽃도 그려지고, 비행기도 그려지고, 강아지도 그려지는 것이었다. 물론 누군가가 보면 웃음이 날 수밖에 없는 그림들이었지만 빠져들게 하는 묘한 매력이 있었다. 하루가 일주일이 되고, 일주일이 한 달이 되고, 마우스를 가지고 노는 시간이 쌓여갈수록 그림의 완성도도 점점 괜찮아지고 있다고 느껴졌다.

어차피 나는 그림을 배워 본 적이 없었던 사람이라서, 형식에 어긋나는 그림이라고 할지라도 문제가 될 것은 없었다. 그래서 마음 편하게 혼자만의 캔버스 위에서 맘껏 놀 수 있었던 것이다.

그림판을 이용하다가 '포토샵'이라는 프로그램을 설치할 수 있었는데, 전문가들이 포토샵을 이용하는 방법을 나는 전혀 알 수가 없어서 포토샵도 그림판처럼 가지고 놀기 시작해 보게 되었다. 그림판보다는 포토샵에서 마우스로 색감을 표현하는 일이 훨씬 수월한 느낌이었다. 그림을 계속 그리다 보니 어느 정도의 요령도 생겨나게 되었고, 단순한 생각으로 그림을 그리는 과정을 한 장씩 이어 붙이면 동영상 작업도 할 수 있을 것 같았다. 생각대로 해 보니 그런대로 봐 줄 만한 작업물이 나와서 재미 삼아 동영상을 올리는 포털 사이트에 올려 보게 되었다.

하루가 지났을 뿐인데 수백 개의 댓글이 달려 있었고, 살펴보다 보니 TV 작가라고 하는 사람의 댓글도 보였다. 일반인들 중에 별난 재주가 있는 사람들이 나오는 유명한 프로그램이 있는데 혹시 출연할 의사가 없는지 물어 보는 내용이었다. 누가 장난 댓글을 달아 놓았구나 싶어서 나도 장난으로 댓글에 답을 해 주었다. '그대가 작가라면 나는 탤런트를 할래요.'

장난스레 달아놓은 답글 아래 다시 작가의 답글이 있었다. 믿지 못하시는 건 충분히 이해를 하는데, 진짜 작가가 맞고, 방송국에 전화를 해서 확인을 해 보라고 하였다. 방송국 전화번호를 검색한 후에 작가실로 전화를 했더니 댓글을 달아 놓았던 작가가 진짜 전화를 받는 것이었다. 신기해서 이야기를 몇 마디 나누다 보니 어느새 출연하겠다고 승낙을 하게 되었고, 며칠 내로 촬영을 하러 오기로 했다.

워낙 급박하게 일정이 잡혔고, 내게 주어진 시간이 이틀밖에 없어서 지저분해 보이는 주방의 벽지만 아쉬운 대로 도배를 하고 촬영을 하게 되었다. 내가 생각하는 촬영은 작가랑 카메라맨 두 명 정도만 오는 것이겠지 싶었는데 촬영용 거대한 차량이 오고 스텝들도 생각했던 것보다 많이 와서 진짜 깜짝 놀랐었다. 촬영팀들은 우리 집이 편했는지 오자마자 화장실에서 큰일을 보는 사람도 있었고, 침실에 걸터 앉는 사람도 있었고, 방바닥에 누워 쉬는 사람도 있었다.

한참 촬영을 하다가 식사를 어떻게 하실 건지 물어 보니 바깥에 나가서 알아서 사 먹고 온다고 하길래, 내가 잔치국수를 만들어 주 겠다고 하니 다들 좋다고 했다. 한 그릇씩만 먹을 줄 알았는데 죄다 두 그릇씩을 맛있게 먹었다. 너무 맛있게 잘 먹었다고 살면서 먹어 봤던 국수 중에서 최고였다고 칭찬을 해 주어서 기분은 좋았다. 사 실 내가 잔치국수 하나는 자신이 있게 만들기 때문에 대접을 한 것 이기도 했다.

잠깐이면 끝날 줄 알았던 촬영은 이른 아침부터 밤까지 계속되었 고, 그것도 모자라 다음날에 또 온다고 같은 머리 스타일, 복장 그대 로 촬영해야 한다고 했다. 정신없이 이틀 간 길게 촬영을 하고 가더 니, 방송으로 나오는 장면은 육 분이 채 되지 못했다. 도대체 얼마나 많은 분량을 잘라내고 편집을 하는 건가 싶어서 다음부터 TV 시청 을 할 때는 느낌이 다 달라 보일 정도였다.

별종으로 공중파 방송을 타고 나니 신문사에서도 기사를 올리겠 다고 연락이 오고, 어머니의 초상화를 그려 달라고 지방에서도 연락 이 오고, 유명한 광고 회사에서도 연락이 와서 함께 작업을 하기도 했었다. 텔레비전 출연료를 받아서 큰아이의 책상을 바꿔 주었고, 광고 회사에서 받은 광고비로 냉장고를 바꿀 수 있었다.

처음에 마우스로 그림을 그릴 때 선 하나 조차도 제대로 긋지 못 할 때를 생각하면 나는 분명 '되다 만 예술가'라는 닉네임조차도

과분한 사람이었는데, 어느새 사람들이 되다 만 예술가가 아니고 '대담한 예술가'가 아니냐고 말을 하기 시작했다.

어떤 의미로 보면 예술 아닌 것을 예술이라고 우기는 대담함이 있다고 할 수도 있겠다. 되다 만 예술가는 대담하지 않아서 대담한 예술가였음을….

자동차

그림을 그리는 전문가들이 얼마든지 많은 세상이지만

가끔은 되다 만 예술로 예술이 되는 세상이 되기도 한다.

냉장고가 고장이 났던 순간 냉장고를 사기 위해서 더 절실하게

그릴 수밖에 없었던 내막을 아는 사람은 없었다.

절실함은 모자라는 무언가를 만들어 내기에

가장 적합한 에너지가 아닐까라는 생각이 들기도 한다.

나는 그림을 그리는 작가는 아니지만 그림으로 인한 수입이 생겼고

냉장고를 바꿀 수 있게 되었다.

할부로 운전 면허증을
딴 여자

2022년에 쓰는 2008년의 이야기.

사촌이 땅을 사면 배가 아픈 건지는 모르겠으나 절친이 운전면허증을 취득했다는 소리에는 부러운 마음과 질투로 배가 살살 아파지더라…. 그런데 부러움도 그때뿐이었고, 현실을 생각해봤을 때 당장 필요한 면허증도 아니었기 때문에 굳이 빠듯한 살림을 축내가면서까지 취득할 생각은 없었다.

길눈 어두운 내가 운전을 하게 될 일은 살아 있는 동안에는 일어나게 될 일 같지가 않았다. 내가 길눈이 얼마나 어두운가 하면, 초등학교 다닐 때 동네 친구 집에 놀러 갔었는데 들어갈 때 두어 번 꺾어들어간 골목길을 돌아 나오면서 "여기는 어디고 나는 누구냐?" 하는 치매 걸린 노인이 된 것마냥 동네가 낯설게 느껴진 적이 있었다.

그 넓지도 않은 동네에서 길을 잃고 헤매다가 덜컥 겁이 난 마음에 울음보는 터졌고, 눈물이 고인 두 눈으로는 찾고자 하는 길은 더 보이지 않아 당황했던 기억이 선명하다. 누구 하나 도와주는 이는 없고 큰 소리로 울지도 못해 훌쩍거리고 헤매던 중에 학교의 후문이 보여서 집을 찾아왔던 섬뜩한 경험이었다. 섬뜩하다는 표현을 할 만큼 내게는 다시는 느끼고 싶지 않은 낯선 그 느낌이 너무 싫었다.

그 일이 계기가 된 것인지, 아니면 그 이전부터 길을 찾는 영역의 부위가 애당초 불량이었는지, 길 찾기 능력은 트라우마로 남아 거의 낙제점 수준이었다. 성인이 된 이후에도 결함이 있는 사람이 아닌가 할 정도로 혼자 어딘가를 찾아갈 일을 절대로 만들지 않았다.

친구들과 타지를 다녀올 일이 생겨도 항상 내가 익숙하게 알고 있는 장소까지의 귀환이 조건으로 붙을 정도였다. 이런 내가 운전면허증을 취득해야 할 이유는 더욱 없었던 것이었다.

우리 집에서 오 분 거리에 친정 언니가 살고 있었다. 자매들이 대부분 그렇듯 우리도 서로의 집을 수시로 오가며 서로의 살림을 훤하게 알고 있었다. 돌아가신 언니네 시아버님께서 생전에 요즘 여자들은 운전을 할 줄 알아야 한다고, 딸도 그렇고 며느리들도 모두 운전면허증을 따라는 말씀을 유언처럼 하셨다고 한다. 딸들도 며느리도 하나 둘 면허증을 취득했고, 막내며느리인 언니 혼자만 유언을 거역하고 있는 상태가 되어 버린 것이었다. 형부의 꼬드김이 시작되었고, 겁이 많은 언니는 망설이던 끝에 운전면허증에 도전을 하기로 했다. 언니는 학원을 혼자 가려니 겁이 난다고 내게 함께 따라가 달라는 말을 했고 나는 그리해 주겠다고 했다.

언니가 운전면허증을 따러 간다니까 뭔가 슬쩍 배가 꿈틀거리고 아파지려는 시늉 비슷한 것을 하려고 그러네….

사촌도 아닌 친언니가 내게 없는 무엇인가를 가지려고 들어도 시샘을 느끼는 나는 욕심쟁이였나 보다. 동네에서 가장 가까운 운전면허 학원으로 갔다. 언니가 접수를 하다가 나를 쳐다보면서 함께 다니면서 나란히 면허증을 취득해 보는 건 어떠냐고 물어 온다. 당시에는 면허증을 취득하기까지 들어가는 비용이 백만 원 정도 필요했었다.

멋모르던 주식으로 홀랑 말아 먹은 살림은 좀체 살아날 가망이 없을 때였고, 아이들은 어렸고 내가 나가서 벌어들이는 금액이라고 해 봐야 백만 원 남짓의 금액이었다. 결혼식이나 칠순잔치 같은 집안 행사를 기록하는 비디오 촬영기사를 하고 있을 때였는데, 벌어먹고 살아야 하니까 내성적인 내가 하객들 사이사이를 쫓아다니고 하객들을 붙잡고 인터뷰 진행도 하게 되기는 하더라….

함께 일하던 사진사가 있었는데, 왜 무거운 촬영 장비가 있는데 차를 가지고 다니지 않냐고 물어 본 적이 있었다. 나는 아무렇지 않게 행여 누가 차를 준다 해도 면허증이 없어서 못 타고 다닌다니까 내게 6급이라고 하던 말이 기억이 났다.

나는 그때까지만 해도 장애등급이 5급까지 있다는 것을 몰랐었는데 비장애인이면서 운전면허증이 없는 사람을 두고 기동력이 떨어진다고 해서 6급이라고 놀리는 말이었다. 내가 운전면허증이 없다는 사실이 너무 쇼킹한 일이라면서 함께 일하는 동료들에게 신기하다 듯이 소문을 내고 있던 그가 이상한 것인지, 운전면허증이 없는 내가 이상한 것인지, 분간이 가질 않았다. 어쩌면 그 즈음에 〈TV 특종 놀라운 세상〉에도 출연할 일이 있었고, 신문에도 두어 번 기사가 실리던 것을 봤던 상태라 그의 눈에는 내가 엄청 활발하고 똑똑한 사람으로 보이기도 했던 모양이다. 알고 보면 나는 허당일 뿐인 사람이었는데….

이런저런 생각이 스치자 언니가 도전할 때 나도 함께 도전을 해보자 싶었다. 문제는 접수를 하려니 돈이 있어야지…. 언니가 빌려 준다고 했지만, 체질적으로 나는 돈을 빌리는 일을 너무 싫어했던 사람이었다. 접수 담당자에게 당당하게 물었다.

"카드 할부 되나요…?"

담당자가 눈이 동그래져서 다시 카드 할부 되냐고 말씀하시는 거냐고 물어 보았다.

"몇 개월로 해 드릴까요?"

"십 개월이요."

담당자의 눈이 더 동그래지더라…. 살면서 그런 경우는 처음이었겠지….

믿을지 모르겠지만 살면서 나도 할부의 경험은 처음이었다. 지금 생각해 보면 살아오면서 빚이라는 것을 져 본 적이 없었으니 착실하게는 살았던 편이었다.

월 십만 원쯤이라면 내가 벌어 충당할 수 있을 것 같아서, 나의 힘으로 운전면허증을 취득하고 싶었을 뿐이었다. 문제는 시험에 한 번씩 떨어질 때마다 재수강을 해야 했고 이십오만 원의 수강료가 추가로 들어가게 된다는 것이었다. 나는 운전을 못해도 떨어지면 안 되는 사람이었다. 반드시 한 번에 붙어야만 했다. 십 개월 할부로 면허증에 도전한 여자인데, 그렇게도 당당하게 "십 개월이요" 라고 외쳤으니 십 개월로 끝내야만 했다.

장내 코스를 도는 1차 시험날, 제발 27번 트럭만 걸리지 마라 하고 있는데 내 순서로 27번 트럭이 딱 하고 걸려 버렸다. 운전 연습할 때 다른 트럭들은 문제가 없었는데, 27번 트럭으로 연습할 때마다 오르막 구간에서 시동이 꺼지고 미끄러져서 사람 진땀나게 하더니 하필이면 27번이 걸렸다. 시험이 시작도 하기 전에 날아가는 추가 비용이 머릿속을 뱅글뱅글 맴돌기 시작했다.

후~. 심호흡을 하고 트럭에 앉아서 수신호 통과 출발, 좌우측 방향지시등, 비상등, 기찻길, 건널목 다 문제가 없었다. 문제의 오르막 구간이었는데 웬일이래⋯. 시험 보는 날이라고 차 수리를 해 놓은 것인지, 너무나도 가뿐하게 오르막길을 오르고 내려왔다. 식은땀을

삐질삐질 흘리면서 모든 구간을 지나서 들어왔다.

2차 주행 시험이 남았는데 길눈 어두운 내가 A코스와 B코스로 나뉜 시험범위의 코스를 통과할 수 있을지가 문제였다. 반절의 다행이라고 해야 할지, A코스는 우리 동네를 도는 시험이라 훤히 아는 도로여서 수월한데 B코스는 가 보지도 않은 남의 동네라서 몇 번을 연습한다고 돌아도 샛길로 빠지게 생겼다. 나 같은 사람이 여럿 있었는지 길에서 벗어나서 코스를 이탈하고 불합격하는 사람이 많은 장소라고, 특별히 주의해야 할 곳을 강사가 알려 주었다.

알려주면 뭐 하냐고…. 연습 때마다 가지 말아야 할 그쪽으로 빠지는 것을…. 코스를 짤 때 일부러 그렇게 헷갈리게 만든 건가라는 생각이 들기도 했다.

추첨통 안에 손을 넣고 시험 보게 될 코스를 뽑았다. 너무 다행스럽게도 우리 동네 도로인 A코스가 딸려 나왔다. 일단 한시름 놓고 언니 손에 딸려 나올 공을 주시하고 있었는데, 언니도 A코스가 붙어 있는 공을 뽑았다. 한 사람이 시험을 보면 감독관이 점수 체크를 하고, 다음 순서로 시험을 보는 사람이 트럭 뒷자리에 타고서 감독관이 체크를 잘 하는지, 불법적인 모종의 거래는 없는지 살펴보게 되는 운영 방식인 것 같았다.

신기하게도 그 많은 사람들 중에 언니와 내가 앞뒤로 시험 보는 순서 짝꿍이 되었다. 언니가 선이었고 내가 후였는데 너무 긴장을 했던 탓인지 출발과 동시에 브레이크에서 발이 미끄러진 언니는 빼도 박도 못하는 실수를 하고 말았다. 감독관이 시험 본다 생각하고 코스를 다 돌게는 해 줬지만 실격 처리를 할 수밖에 없었다. 항상 나보다 더 똑똑하고, 현명했고, 차분했던 언니의 실수는 내게 치명적인 떨림을 안겨 주면서 다가왔다. 어찌나 떨리던지 다 그만두고서 집으로 가고 싶을 정도였다. 심호흡을 크게 두 번을 하고 안전벨트를 착용했다. 뒤에서 언니가 내 동생은 잘할 수 있다면서 응원을 해 주고 있었다. 감독관은 "서로 아는 사이에요?" 라고 물었다. 언니 동생이라니까 "어떻게 이렇게 됐지?" 하며 신기하다고 했다.

뭐…. 짜고 친 고스톱은 아니니 문제는 없는 거지만…. 너무 긴장을 한 탓에 실수기 잦았다. 감독관의 한마디…. "한 번만 더 실수하면 실격입니다"가 정신을 번쩍 들게 했고, 긴장으로 잊었던 재수강 비용을 생각나게 해 주었다. 나는 무사히 출발점으로 돌아와서 시험을 마쳤고 감독관은 언니에게 물었다.

"이 분의 시험 합격에 이의가 있습니까?"

불미스러운 일을 원천봉쇄하는 차원에서 동승한 응시자에게 그렇게 물어 보는 모양이었다. 우리 언니니까 뭐라고 그러겠어….

"베스트 드라이버네요. 무조건 합격이요!"

감독관이 씩 웃으면서 내게 해 주었던 말….

"이미경 씨, 이렇게 터프하게 운전하시면 나가자 마자 사고 납니다. 조심하세요! 아슬아슬하게 합격입니다."

　감독관은 예언자였다. 뭐…. 굳이 다음 일을 적어 내리지는 않겠다.

　재수강 신청을 한 후 합격을 해 버린 언니는 탑차까지 몰고 다니는 베스트 드라이버가 되었고, 나의 면허증은 쓸모도 없는 장롱 지킴이가 되었다.

강아지풀

부처님 제 신발 좀
찾아 주세요

      나는 종교가 없는 사람이라서 종교적 행사에 대해서도 아는 것이 전혀 없다. 성탄절에 사탕을 나누어 준다는 친구의 말을 듣고 철없을 나이에 교회는 가 볼 기회가 있었고, 절에 간 것은 여행이 목적이 된 시각적 수양이었지, 부처님 은덕에 대한 공양의 목적은 아니었다.

      독실한 믿음으로 종교를 가진 이들이 부러운 마음도 들기는 했으나 나는 믿음이 생기지 않으니 평생 내가 나를 믿고 살아갈 방법뿐이라고 생각을 한다. 그래서 좌우명도 "내 인생의 버팀목은 바로 나"라고 정해둔 지 오래되었다. 어른이 되고서 현실의 삶이 너무 버겁다고 느끼던 어느 날, 주변에 살고 있던 지인의 손에 이끌려가게 된 교회에서 새신자 수업을 받게 될 기회가 있었다.

      수업 회차가 거듭될수록 나는 더 빠져들지를 못하고 왜라는 의문들만 생겨나게 되었는지 모르겠다. 진실로 믿음을 가지는 그들처럼 의심 없는 순수함의 믿음, 그런 것이 생겨나면 안 되나? 나는 왜 모든 수업의 자료들이 허무맹랑한 비현실적인 이야기로만 느껴졌는지 모르겠다.

정확히 말하면 종교보다는 사람들에게 더 많은 실망을 느꼈던 순간들이었던 것으로 기억을 한다. 새신자 수업을 받던 이들 중에 미술 학원을 운영하는 원장님이 있었는데 나보다 한두 살 위의 여자였다. 그녀는 다른 A신자에 의해서 새신자 수업을 받게 되었고, 내 손을 잡고 이끌어 준 사람은 같은 교회의 B신자였다.

기존의 두 신자와는 상관없이 우리는 새신자 수업에서 만난 사람들이니 종교 외의 공통점은 아예 없었던 사람이었다고 봐도 무방할 사이였지만, 미술 학원을 운영하는 예술적 기질과 되다 만 나의 예술적 기질이 통하는 부분이 많아서 친구 아닌 친구가 될 수 있었다. 수업 시간에 짝꿍의 자리에 앉아서 수업을 듣다 보니 친해졌고, 그녀의 미술 학원에 함께 가자는 말에 차를 마시러 가게 되었다.

그녀가 학원으로 들어가니 아이들이 "원장님 오셨다" 하면서 몰려들어 반기는 것을 보면 성격적으로 모난 사람은 아니구나 싶기도 했다. 새신자 수업에서보다 우리는 바깥에서 함께한 시간으로 친분이 훨씬 더 많이 상승되는 것 같은 기분이 들었다.

며칠 후 다시 새신자 수업에서 만나니 원장님이 더 반갑게 느껴졌고, 우리는 더 친한 관계로 발전할 수 있었다. 그런데 문제는 그녀를 새신자 수업으로 이끌었던 A신자와 나를 이끌었던 B신자 사이에 뭔가 미묘하게 흐르는 신경전이 느껴졌다.

두 신자와 나의 친분도를 점수로 표시하라고 한다면 내게 두 사람은 거의 비슷한 점수대의 사람들일 정도로 아는 것이 없는 사람이었다. 확실한 것은 잘 모르겠지만, 새신자 수업이 끝나고 교회에 성도로 등록하게끔 하면 무슨 점수가 주어지는 건지, 아님 명예가 높아지는 건지, 왜 엄한 사람을 억울하게까지 만들면서 그러는지 이해가되지 않았다.

따로 A신자를 만난 적도 없었고, 미술 학원 간 김에 가까이에 있던 A신자의 매장에 미술 학원 원장과 함께 들러 차 한 잔을 나누었을 뿐이었다. 딱히 아는 사이도 아니었기에 달리 이야기를 나눌 것도 없었고, 나는 평소에 말을 많이 하지 않는 스타일이었기에 그들의 대화를 듣고만 있었던 편이었다.

우리 집 가까이에 살던 B신자를 마주치면 친분은 그리 없어도 서로 웃어 주고 짧은 인사 정도는 나누던 사이였는데 어느 날부터인지 마주치면 무슨 얼음을 사이에 둔 것마냥 찬바람이 쌩쌩 불기 시작했다. 사람을 면전에 두고 생 깐다는 표현이 이런 거구나 싶었다. 처음에는 왜 그러는지 알 수가 없었다.

며칠이 지난 어느 날 뜬금없이 B신자가 나더러 그러는 거 아니라고, 사람이 그러면 못 쓰는 거라고 해서 도대체 무슨 말을 하는 건지 모르겠다고 했더니 왜 사람이 없는 데서 사람 험담을 하는 거냐고 따져 물어 왔다. 그런 적이 없다고 답을 해도, 사람 그리 안 봤는데 형편없는 사람이라고 나를 아주 몹쓸 사람 취급을 하기 시작했다. 믿음을 가진 신자가 되어야 할 판에 배신자가 된 것만 같았다.

사람 사이에 오해가 생길 때는 오해가 어디서 생기기 시작했는지 모르고 풀려고 들면 항상 더 꼬여 버리기 때문에 일단은 이유를 알아야 했다. 다시 새신자 수업에 가서 대충의 이유를 들어 보니 A신자라는 사람이 수업 듣는 이들을 어떻게든 자기편으로 만들고자 다른 신자들이 데리고 온 신입생들을 팔아서 이간질을 하고, 사람 사이를 벌려 놓았다는 말이 돌고 있었다. 미술 학원 그녀를 이끌었던 A신자는 나를 이끌었던 B신자에게 내가 B신자를 엄청 험담하더라면서 없던 말을 일러바친 것이다. 나뿐만 아니라 다른 이들도 모두 엄한 오해를 받고서 A신자에게 따져 물었지만 그런 적 없다고 오리발만 내밀고 있으니, 오해는 쉽게 풀리지 않을 것만 같았다.

B신자의 부탁으로 마지못해 나갔던 교회 새신자 수업이었건만 하지도 않은 일들로 오해를 받으니 짜증이 말도 못 하게 났다. 그런 게 아니라고 풀려고 해도 말을 듣지도 않으려니 나도 더 이상은 B신자를 모른 척하고 싶었다. 자주 마주치는 곳에 살다 보니 마음은 불편했지만, 나는 억울한 감정이고 B신자의 입장으로는 괘씸하다는 감정이었겠지….

몇 번 나가던 새신자 수업도 나가고 싶지도 않았다. 종교를 가진 사람들이 밴댕이 속보다 더 좁은 속을 지녔다는 사실에 이미 충분히 실망했기 때문에 종교를 의지하기보다 배척하는 편이 더 빨랐다. A 신자의 행동이 쌓이고 발각이 되다 보니 결국은 교회 측에서 쫓아내기까지 했다는 소식이 들려왔고, 다른 교회에서도 같은 일들로 분란을 일으켜서 수차례 쫓겨난 전적이 있다고 밝혀졌다.

B신자의 나에 대한 오해는 풀렸는지 어쨌는지 알 길이 없었다. 그 이후로도 B신자는 나를 모른 척했고 나는 더 아는 척할 이유가 없는 사람이었으니까…. 사람이 모든 오해의 경로를 알게 되었으면 사과 한마디 정도는 해야 사람의 도리가 아닌가 싶었다.

그렇게 종교를 가져 보려는 첫 번째 나의 시도는 누구의 뜻인지는 모르겠으나 수포로 돌아가 버렸고 아예 종교에 대한 관심조차도 더는 생기지 않았다.

몇 년의 시간이 흘러갔고 한겨울이었다. 친정 언니는 나와 다르게 불교를 종교로 가지고 있었기에, 종종 절에 다녀오는 것으로 알고 있었다. 절에 한 번씩 가서 가족이 평온하기를 기도드리고 오면 마음이 한결 수월해진다고 했다. 그날은 절에 가면 절밥을 먹는 날이라고 내게 함께 가자고 했다. 언니도 지인과 함께 지인의 영업용 트럭을 타고 간다고, 자리가 남으니 함께 가도 좋다고 했다.

지인은 평소에 남편이 영업용으로 사용한다는 트럭을 몰고서 와서 언니와 나를 싣고서 절로 향했다. 눈이 오면 운전을 하지 못한다고, 다녀오는 동안 설마 눈이 내리지는 않겠지라며 트럭을 몰고 온 것이었다. 하늘은 회색빛이었으나 당장 눈이 내릴 것 같지는 않아서 출발은 했지만, 혹시나 하는 불안한 마음이 들기도 했다. 멀리서 보니 산 중턱에 절이 있는 것이 보였고 비탈길이기는 하나 눈이 내리지 않으면 괜찮다고 절 입구까지 갔다.

　언니는 자연스럽게 입구에서 초와 쌀을 사서 시주를 드리고 대웅전으로 향했다. 나는 여행지에서 만난 절을 보는 것처럼 별다른 느낌이 들지 않았는데, 대웅전에 신발을 벗고 들어간 본 적은 없었기에 함께 들어가도 되는 건가라는 궁금증이 생겼다. 언니가 괜찮다기에 들어가서 방석을 받아서 깔고 앉았다. 스님이 뭐라뭐라 할 때마다 절을 하던데 나는 어떻게 하는 건지를 몰라서, 그냥 앉아 있기 민망하니까 따라서 몇 번을 해 보았다. 스님이 목탁을 두드리자 처음에는 염불을 하시는 건가 했다. 가만히 들어 보니 시주 올린 사람들집 주소랑 가족들 이름을 불러 주는 것이 들렸고, 한참을 듣다 보니언니와 형부 조카들 이름도 들려왔다. 그들에게는 경건한 기도의 순서였겠지만 내게는 처음 접하는 풍경이 신기하기도 하고 이해가 되지 않기도 했다.

　지겹다고 생각할 만큼 듣다 보니 모든 순서가 끝이 난 모양이었다. 밥을 먹으러 가려고 문을 열었더니 그 사이 온 세상이 하얀 눈 속에 파묻혀서 산속의 풍경은 기가 막히게 멋지게 변해 있었다. 하지만 풍경이 멋진 만큼 집에 돌아가야 할 눈 쌓인 언덕길이 걱정이 되었다. 일단은 밥을 먹고 천천히 내려가 보기로 하고서 신발을 찾았다.

어라? 내 신발이 왜 안 보이지? 대웅전에 있던 사람들이 모두 나가기를 기다렸는데 남은 신발은 하나도 없었다. 뭔가 이건 계산이 틀리잖아? 나의 두 발이 대웅전에 머물고 있다면, 나의 신발도 당연히 있어야 하는 거 아닌가? 그 많은 사람들 중에 하필이면 왜 나의 신발이 없는 것인지….

당황스러웠다. 대웅전에서 밥을 먹으러 가는 장소까지는 조금 이동해야 했는데 눈 쌓인 마당을 맨발로 나갈 수도 없는 일이고 언니는 식당칸으로 가서 신발을 찾아봤는데, 신발이 너무 많아서 어떤 신발이 내 것인지 분간이 가지를 않는다고 했다.

할 수 없이 언니 등에 업혀서 밥 먹는 곳으로 갔고 난 생 처음 절밥이란 것을 먹어 봤다. 느낌에는 제삿밥을 나물이랑 비벼 먹는 것 같았다. 내 생각에, 다른 사람들보다 빨리 먹고 나가야 누군가 잘못 신고 간 나의 신발을 찾을 수 있을 것 같았다. 밥을 먹는 내내 속으로 '부처님, 저 오늘 처음 절에 왔습니다. 제발 제 신발 찾게 해 주세요' 라고 기도를 드렸다. 절밥은 생각보다 담백하고 맛있었다. 밥을 챙겨 먹고 사람들이 나가기 전에 서둘러서 신발을 찾아보았다. 수많은 신발들 속에서 나의 신발이 "나 여기 있어"라고 손을 흔들고 있었다. 부처님이 간절한 기도를 들어 주신 것일까? 다행히 신발을 찾아 신고서 다시 트럭을 탔는데 하얀 풍경이 전혀 아름답게 보이지 않고 걱정스럽기만 했다.

언니의 지인은 눈이 오는 날에는 운전을 한 번도 해 보지 않았다고, 자신이 없다고 했지만 다른 그 누구도 우리를 산속에서 집으로 데려다 줄 사람이 없었기에 달리 선택권이 없었다. 안전벨트를 매고 손잡이를 잡은 손에 괜스레 힘이 들어갔다. 살금살금 내리막길을 내려가기 시작했다.

어, 어, 어~. 출발과 동시에 트럭은 가고자 하는 방향과 정반대 방향으로 쏠려서 미끄러지기 시작했다. 왼쪽이 도로인데, 계곡이 있는 오른쪽으로 쭉쭉 미끄러지기 시작했다. 순간 소리를 지르지 않을 수가 없었고, 이렇게 죽는구나 싶은 생각이 스쳤다.

가까스로 미끄러지는 방향을 돌려 멈추었다. 당장 내리고 싶었지만 진땀을 뻘뻘 흘리는 지인의 놀랐을 가슴을 생각하니 아무 말도 할 수가 없있다. 따라왔으니 믿고 따를 수밖에…. 어차피 운명은 하늘의 것이고 정해진 대로 가는 거니 어쩌겠어…. 산에서 평지까지 내려오는 동안 너무 긴장을 했던 탓에 먹었던 밥이 체할 것만 같았다. 절밥 한번 먹어 보겠다고 종교도 없는 내가 따라가서 부처님이 노하셨을까나?

첫 번째도 그러했고, 두 번째도 그러했고, 종교를 가져 보겠다는 마음이 더 도망을 가면 갔지 간절해지지가 않았다. 신조차 거부한 사람이 나였단 말인가? 내 마음속에는 무엇이 들어 있는지 나도 나의 마음을 잘 모르겠다. 어쨌거나 잃어버린 신발을 찾아 달라는 기도를 들어 주신 부처님께는 감사드릴 일이었고, 무사히 산 아래까지 내려와 집으로 돌아올 수 있는 것도 감사드릴 일이었다.

그 이후로 나는 교회도 절도 가지 않는다. 내 인생의 버팀목은 오로지 나뿐이라는 믿음 아래 내가 부러지지 않고 견뎌 내는 세월이기를 바라고 살아갈 뿐이다. 부러지면 그마저도 나의 몫이니 이미 세상을 달관한 지 오래된 나는 억척스러운 아줌마였던 것이다.

희망

희망은 살아 있는 씨앗이다
죽지 않은 것은 미래가 있고,
충분히 가치가 있는 것이다.

자전거
도둑

첫째는 아들이라서 귀하게 입히고 먹였으며, 둘째는 첫째랑 다섯 살 터울의 공주 같은 딸이라서 오냐오냐 예쁘게 키웠으며, 엄마가 바라는 대로라면 이제 아들 하나만 더 태어나면 되는 것이었다. 아들 둘에 딸 하나를 키우는 것이 이상적이라고 생각하셨던 엄마에게 셋째가 찾아왔고, 불러오는 배 모양새를 보아하니 경험상 아들일 것 같은 느낌이라 이미 엄마의 자녀 계획은 뜻대로 되어가고 있었다.

새마을운동이 한창 붐이 일어나고 있던 시절이라 시골의 구석구석까지 마을을 단장하고 집을 수리하는 일들로 바쁜 혹한의 계절 1월, 농한기라고는 하나 마을의 젊은이들은 모두가 바쁜 시기였다.

시골의 겨울은 「개미와 베짱이」에 나오는 개미처럼 농번기에 쌓아 놓은 알곡을 빼먹는 계절이었고 살림을 축적할 수 있는 일거리가 달리 없었다. 아버지는 손재주가 좋으셨던 분으로 농사철에는 좋은 신품종 종자들의 정보를 입수해서 남들 보다 발빠르게 농사를 지으시는가 하면 농사가 끝난 겨울에는 집앞 개울에서 모래를 퍼다가 시멘트와 섞어 블록을 만들어서 부업 삼아 팔기도 하셨다. 허물어지던 돌담을 없앤 자리에 새로운 담을 쌓기 위한 용도로 팔려 나갔기 때문에 늘 손이 바빴다.

혼자 하기에는 일의 능률이 떨어져서, 셋째를 가진 엄마도 만삭의 배로 얼음장 같은 개울물에서 모래를 퍼 나르는 작업을 쉴 수는 없었다고 한다. 내가 태어나던 날에도 엄마는 물속에서 모래 퍼 올리는 작업을 하다가 진통이 와서 낳으러 집으로 가셨다고 하니 예전 엄마들의 삶은 극한의 삶이지 않았나 싶다.

아들을 기다리던 엄마가 고생 끝에 낳은 아기가 나였는데 뭔가 하나 달고 나올 거라는 추측을 깨 버리고 엄마가 졸지에 아들 하나에 딸 둘의 부모가 되게끔 인생 계획을 바꿔 버렸던 날이 나의 생일이다.

아마도 엄마 뱃속에서 너무 신나게 놀았던 나머지 달고 나올 뭔가를 뱃속에 떨어뜨려 놓고 나오게 되었던 건 아닐까…. 축복이 아닌 실망감을 안겨 드리면서 태어난 비운의 공주가 되어 버린 것이었다. 이미 공주 역할을 하던 예쁜 언니가 있었기에 나에게 공주라는 타이틀은 먹히지도 않았던 쓸모없는 것이었다.

그나마 다행이었던 건 내가 너무 순둥이어서 젖만 먹인 후에 눕혀 놓으면 혼자 잘 놀고 있어서 엄마는 출산을 하고서도 찬물에 발을 담그고 하던 작업을 멈추지는 않았다고 했다.

내가 만약에 아들이었다면 그 겨울에는 출산을 핑계로 조금은 더 쉴 수도 있지 않았을까 하는 안타까운 생각도 들지만, 난들 딸이고 싶어서 딸로 태어난 것도 아니었다. 그저 딸이기 때문에 미운 오리 새끼가 되지 않도록 노력하며 살아야 했을 뿐이었다.

입장이 그런 처지이다 보니 무엇이든 첫째 둘째의 몫은 있었지만 셋째인 나에게 돌아갈 몫은 없었다. 두 해가 지나가고 넷째가 태어 났는데, 내가 떨어뜨리고 두고 온 고추를 달고서 태어났다. 십 년 만 에 다시 본 아들이라서 부모님의 소감이 남다르셨는지 애지중지 정 성으로 키우셨다. 흔한 눈깔사탕도 막내 것이었고 귀한 세발자전거 도 장날을 기다려서 사 오셨다. 부모님의 막내 사랑이 넘치는 이유 로 막내의 주머니 속은 항상 나의 빈 주머니보다 호사스러웠다.

"눈깔사탕 하나 주면 안 잡아먹지~"

불쌍한 셋째 누나의 구걸 따위는 막내에게 통할 리가 없었다. 그 렇다고 달콤한 눈깔사탕을 포기하고 마는 내가 아니었으니, 어떻게 라도 꼬셔서 먹는 데까지 성공을 했다.

어렸던 마음에 나도 세발자전거가 타고 싶었는데, 막내는 자기 것 이라고 손도 대지 못하게 해서 탈 수가 없었다. 하지만 자전거도 타 면서 사탕까지 먹을 수 있는 꾀를 부리면 다 해결이 되었다.

"사탕 하나만 주면 누나가 자전거 태워 줄게~."

체인이 없는 세발자전거를 타기 위해서는 뒤에서 밀어 주어야 쉽게 탈 수가 있었기 때문이다.

"사탕 하나만 주면 자전거 밀어 줄게~."

그렇게 우리 집 막내의 눈깔사탕은 나의 노동력에 지불 되는 수단적 역할을 하고 있었다.

초등학교를 들어가기 전부터 타게 된 자전거 경력을 따져 보면, 아주 오랜 기간 나의 삶은 자전거와 함께였다. 통통한 동생을 태워 주겠다는 구실로 타기 시작했던 자전거는 어린이용 자전거에서 성인용 자전거로 갈아타면서 세월이 흘러갔다.

어린이용 자전거를 타고 묘기랍시고 전봇대 사이를 지나가다가 끼어서 코피를 흘려 봤던 일도 있었고, 고랑에 빠져 거지꼴이 되기도 했었고, 양손을 놓고 타다가 무릎이 까져서 고생했던 일도 있었지만 자전거의 편리함을 포기할 수는 없었다.

성인용 자전거를 처음 배울 때는 높은 안장에 올라타는 방법을 몰라서 학교의 담벼락에 기대어 조금씩 타는 방법을 습득했었는데, 어떤 것이라도 작은 노력들이 쌓이면 결국은 가능해진다는 것을 알게 되었던 나는 엄마의 커다란 자전거를 탈 수 있다는 사실에 자부심까지 느껴지곤 했었다.

어느새 세월은 훅 지나가 버렸고 내가 낳은 아이들이 그때의 나처럼 어린이용 자전거를 타고 다니기 시작할 때쯤, 집안의 예쁜 공주로 사랑을 받으며 자랐던 언니가 형부와 함께 자전거 사업을 시작하게 되었다. 오픈식은 고사를 지내는 것으로 한다길래 어떤 축하 선물을 줄까 고민을 하다가, 소매점의 특성상 천 원짜리 지폐도 많이 필요할 것 같아서 축의금을 천 원짜리로 모두 바꿔서 주기로 했던 나는 내가 생각해 보아도 사차원적인 여자인 것 같기도 했다.

오픈을 준비하는 사람들이 잔돈이 필요할 거라는 생각을 하지 못하고 있다가 잔돈이 필요해지면 당황스럽다는 것을, 내가 제과점을 해 보아서 알고 있었기에 택한 나름의 선물이었다. 웃고 있는 돼지의 콧구멍에 돈을 꽂아야 하는데 내가 준비한 돈다발은 들어갈 리가 없고 해서 언니에게 건네주면서 생색을 좀 내 봤다.

"이거 받아 넣어 둬. 얼마 안 돼~ 천 원짜리 백 장이야… 하하하."

만 원짜리도 아니고 천 원짜리라는 말에 오픈식은 웃음바다가 되었는데, 내가 노리던 장면이었다. 오픈식은 활기차고, 웃음 넘치고 즐거워야 하는 날이었으니까….

늘 자전거를 타고 다니는 나는 출퇴근도 자전거를 이용했었는데, 비바람이 불고 눈이 내리는 한겨울에도 삼십 분 거리에 떨어져 있는 직장으로 자전거를 타고 갔다. 어느 아침에도 평소와 다름없이 자전거를 타고 나가려는데 고장이 나서 탈 수가 없게 되었던 날이 있었다.

한겨울이었는데, 급하게 탄 버스에서 느껴지는 사람들의 습한 숨결과 입김들이 참기 어려울 정도의 불쾌감을 주었다. 아마도 코끝을 스치던 매서운 겨울바람에 익숙해져 버린 몸이 적응을 하지 못하는 것 같았다. 새 자전거가 필요해서 언니에게 부탁을 하게 되었다.

"언니~ 자전거 한 대만 손해 보지 않는 좋은 가격으로 팔면 안 돼?"

언니는 형부에게 좋은 자전거를 원가만 받고 동생에게 하나 줬으면 한다고 말을 했는데, 형부는 처제한테 선물로 그냥 주면 되지 뭐 하러 돈을 받느냐고 했다고 한다.

형부의 생일 다음날이 나의 생일이라는 것을 알고 있었던 형부는 자전거용 액세서리들을 장착한 바구니가 달린 가볍고 예쁜 아이보리색의 자전거를 선물로 주셨다. 자전거는 출퇴근 시에 빠른 나의 발이 되어 주었고, 무거운 짐을 옮겨 주는 짐꾼이 되기도 했다.

어느 날 마트에서 장을 보고 자전거를 이용해서 실어 날랐는데, 짐을 챙겨서 집으로 들어가느라고 잠금장치 채우는 것을 잊어버리고 말았다. 하루가 지나고 출근하려고 내려가 본 주차장에는 있어야 할 자전거가 보이지 않았다.

내가 돈 주고 산 물건 같으면 잃어버려도 그깟 것이라고 넘겼겠지만, 형부의 선물이라 잃어버렸다고 말도 못하고 불편한 마음으로 버스를 타고 출퇴근을 하고 있었다. 며칠 후 언니에게 전화가 왔는데 혹시 자전거 잃어버리지 않았냐고 물어보는 것이었다.

"어… 내가 자전거 잃어버린 거 언니가 어떻게 알았어?"

이러저러해서 며칠 전에 도둑이 훔쳐가 버려서, 언니에게 미안해서 말도 못 하고 있었다고 하니까 빨리 언니네 집으로 와서 자전거를 가지고 가라고 했다.

"뭐라고? 내 자전거가 왜 거기서 나와?"

한걸음에 달려가서 오랜 친구를 만난 것같이 기쁜 마음으로 자전거와 상봉을 했다.

"어떤 놈이 너를 데려갔었니?"

물어 봐도 대답도 없는 이 친구…. 참 묵직한 친구일세….

언니네는 A동과 B동으로 나누어져 있는 빌라였다. B동에 살고 있던 자전거 대리점의 사장님이었던 형부가 출근을 하기 위해서 자전거의 잠금장치를 빼고 있을 때였는데, A동 앞에 눈에 익은 자전거가 보여서 살펴보게 되었다고 했다.

나의 자전거는 형부가 조립해서 내게 주었던 선물이었기 때문에 한눈에 알아볼 수가 있었던 것이다. 처제인 내가 자전거를 타고서 출퇴근하는 것을 알고 있던 형부는 출근 시간임에도 처제의 집이 아닌 남의 집 앞에 자전거가 세워져 있다는 것이 이상했는지 언니에게 물어 보았고, 그래서 언니가 내게 전화를 해 본 것이었다.

여덟 가구가 살고 있던 A동 앞 자전거 거치대에는 항상 가구 수에 비해 자전거가 곱절 이상 세워져 있어서 이상하다는 생각을 했던 적이 있었는데, 알고 보니 자전거 도둑이 살고 있었던 것이다. 도둑이 살고 있는 것을 뻔히 알게 되었지만 신고를 하지 않고 조용하게 자전거를 찾아온 이유는 B동에 살고 있는 언니에게 도둑이 쓸데없이 해코지를 하는 일이 생기게 될까 봐 염려스러워서였다. 도둑질도 하는 비양심적인 사람이 다른 어떤 짓을 하게 될지 모르니까 똥 밟았다고 생각하고 넘기자는 뜻이었다.

한결 가벼워진 마음으로 자전거에 올라타고 콧노래를 부르면서 집으로 돌아올 수 있었다. 실수를 두 번 다시 반복하지 않기 위해서 잠금장치를 몇 번씩 확인하는 습관이 생겼고, 다시는 도둑의 손을 타게 두는 일은 없었다.

자전거 도둑이 훔쳐갔던 도둑 소유의 자전거가 없어진 사실을 알았을 때 도둑이 무슨 말을 했을지 상상을 해 보았다. 아마도 이렇게 말을 하지 않았을까…?

'훔쳐 갈 것이 없어서 훔쳐다 놓은 자전거를 훔쳐 가는 도둑이 다 있네…. 잡히기만 해 봐라…. 반절 죽여 놓을 테니….'

내가 운이 좋았던 건지, 도둑이 운이 없었던 건지, 잃어버린 자전거를 찾게 된 내가 도둑에게 해 줄 수 있는 말은 이것뿐이다. 벼락맞아 죽을 놈의 운명이 있다면 그것이 바로 너의 것이기를….

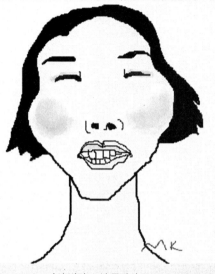

나의 별명 조선 못난이

괜찮아 들꽃은 강하니까...
나도 사실은 화원의 꽃이고 싶었어

솔직히 말해 봐~

너 춤 좀 추지?

내가 춤을 잘 춘다고 소문이 났다.

무리 속에서 이미 진실이 되어 버린 춤바람 난 그녀, 그것이 그들에게 비친 나의 모습이었다.

삼십 대 중반 문득 전문적인 일을 하고 싶었던 나의 이야기를 해 볼까 한다. 이십 대 시절의 나는 직업을 구하는 것이 힘들다고 느껴 본 적이 없었다. 전문적인 공부를 했던 사람이 아닌 탓이었다. 전문성을 요하지 않는 곳에서 적당히 일하고, 적당히 월급을 받을 곳은 많이 있었다. 내가 갖추고 있어야 할 것은 성실이라는 단어와 그에 합당한 마음가짐이었기에, 그것만으로 준비는 완벽했다.

무역회사 경리, 전자회사, 병원, 옷 만드는 작업실, 악기를 만드는 회사 등등 다양한 업종에서 일을 해 봤던 경험이 있었으므로 나이가 들어도 일할 수 있는 곳은 많을 것이라고 생각하고 안일하게 살고 있었다. 결혼을 하고 개인 사업을 하게 되었고, 아이를 낳고 키우다가 다시 취업을 하려고 했을 때 내가 설 수 있는 곳은 없었다. 내가 원하는 곳에서는 나를 원하지 않았고 그들이 원하는 곳에는 내가 가고 싶지 않은 차이도 있었다. 그래도 조금의 전문성이라도 요하는 직업이 옳지 않을까 생각했던 나는 촬영 기술을 배워서 일을 시작하게 되었다.

방송국에서 일하는 촬영기사들의 일에 관해서 아는 것은 없지만, 그만큼의 전문성을 요구하는 일을 하는 것이 아니었기 때문에 짧은 시간에 기술을 습득할 수 있었고 바로 실천에 투입이 되어 촬영을 할 수 있었다. 일반인들의 결혼식이나 칠순잔치, 혹은 아이들의 돌잔치 등 가정의 행사를 촬영하는 일들이 주를 이루었고 학원에서 진행하는 강의를 찍는다거나 유치원의 행사, 연극 무대 등을 촬영하게 되는 경우도 있었다.

행사 하나당 촬영을 하게 되면 단가가 다른 일에 비해 많은 편이었기 때문에 일만 많이 주어진다면 해 볼 만한 직업이었다. 하지만 가정의 행사라는 것이 대부분은 주말에 편중되어 있는 경우가 많아서 평일에는 실업자와 같은 신세였다.

주말에 일이 많다고 해서 욕심을 낼 수도 없는 이유는 촬영 시간은 정해져 있고 행사도 거의 비슷한 시간대라서 몸이 두 개가 아닌 이상 혼자서 처리할 수 있는 촬영에는 한계가 있었다. 주말에만 벌어서 생활비를 충당할 수가 없었기 때문에 또 다른 대책이 필요했다.

몇 년간 일을 해 보았지만 비전은 없어 보였고, 과감히 일을 접기로 하고 컴퓨터 자격증이라도 취득해서 일을 다시 찾아보려고 학원에 등록을 하게 되었다. 최소한의 생활비를 벌어야 했기 때문에 오전에는 학원을 가야 했고 오후에는 아르바이트 자리를 찾아서 일을 하게 되었다.

구직활동을 하는 중장년층에게 지원해 주는 지원금 제도를 이용할 수 있게 되어서 학원비가 별도로 들어가지 않았기 때문에 가능했던 일이었다. 학원을 가보니 다양한 연령층의 사람들이 한 교실에 모여서 강의를 듣게 되었는데, 배우려고 찾아온 수강생들은 생각보다 많았다.

또래의 여자들도 몇몇이 보였고 남자들도 있었는데, 다들 중년의 나이로 보였다. 학교를 졸업하고 책상 앞에 앉아 보는 것이 너무 오랜만이어서 느낌이 새로웠다. 학교를 다닐 때도 그랬지만, 컴퓨터 강의실에서도 나는 항상 앞자리를 선호하는 편이었다. 뒤쪽에 앉게 되면 앞쪽에 앉은 사람의 뒤통수를 보아야 하는데 앞에서 뭔가 걸리적거리는 느낌이 드는 것이 싫었다.

강의를 듣게 된 중상년층들의 모습은 마치 초등학교 1학년의 교실을 보는 것 같이 어수선한 느낌이 들었다. 워낙 오랜만에 딱딱한 책상에 앉아서 재미없는 강의를 듣는 일이 쉬운 것이 아니었다. 매일 지각하는 사람이 한두 명씩은 있었고, 결석하는 사람, 수업 중에 커피로 졸음을 쫓는 사람, 졸다가 잠들어 버린 사람 등등 학창 시절의 모습과는 판이하게 다른 모습의 학생 아닌 학생이었다.

남자들은 필요에 의해서 늦공부를 하는 편이 많았고 여자들은 이야기를 들어 보면 집에서 놀기 심심해서 왔다는 경우가 더러 있었다. 직장을 구하려는 사람들에게 사용되어야 할 교육비가 새고 있는 것은 아닌가라는 생각이 들기도 했다.

어떤 기준으로 보자면 그런 그녀들의 팔자가 부럽기도 했다. 먹고 살아야만 한다는 절박함이 없으니, 학원을 다닌다는 것이 놀이 문화 정도로 생각이 되지 않을까 싶었다.

구직 활동자에게 지원되는 학원비라고 해도 나의 입장에서 성과를 내지 못하면 아깝기는 매한가지라는 느낌이었다. 그래서 이왕 수강하게 된 강의를 착실하게 잘 듣고자 노력은 했다. 공부라는 것을 접어 둔지 오랜 시간이 지났기 때문에 새로 시작하게 된 공부가 나 역시 지루하게 느껴지지 않은 것은 아니었다.

반복해서 알려 주는 내용들도 알아듣기 힘든 경우가 많았고, 하루만 지나가도 이전에 배웠던 내용들이 머릿속에서 다 사라져 버리고 있었다. 깨알 같은 글씨가 소설이라면 즐겁기나 할 것을 컴퓨터에 관한 글들뿐이라 머리만 쪼개지듯 골치가 아팠다.

나의 눈에 강사가 굉장히 힘들게 보였는데 어린 학생들보다 어른들을 가르치는 일이 몇 곱절은 힘이 들 것 같았다. 말을 하고 지시를 해도 다들 자기 성향들이 강해서 한꺼번에 이끌어 가기에 난해하게 보였다. 지식을 머릿속에 넣어 주기 위해서는 어른들의 잠을 먼저 깨우는데 노력을 기울여야 했고, 중도 포기를 할까 봐 어르고 달래면서 응원을 해 주어야 했다.

대충 보아하니 수업을 중간에 포기하게 되면 수강생에게는 피해가 가지 않았으나 학원에서는 수업료인 지원금을 받을 수가 없게 되는 상황인 것 같았다. 수강생들이 나태하게 보이는 것은 공짜같이 혜택을 보게 된 지원금이 본인들의 지갑에서 나온 것이 아니라는 이유가 커 보였다.

그래도 새로운 직장을 꿈꾸며 열심히 했던 사람들도 있었으니 수업은 계속 진행되었다. 강사가 말하기를, 수강생 중에 필기시험을 제일 잘 본 사람이 두 개 틀린 사람이었다고 열심히 잘해서 기록을 깨 달라는 농담을 하기도 했다.

강의 시간이 모두 지나가고 자격증 시험을 보는 날이 다가와서, 모두 응시접수를 하게 되었다. 도전이 중요한 거 아니겠냐는 입에 발린 말을 하는 우리들이 과연 최선을 다했던 것인지 가슴에 손을 얹고서 반성을 해 보아야 한다고 생각을 했다.

며칠 후 시험 당일 수험표를 챙겨들고 시험 장소로 향했다. 학창 시절에는 시험 당일이 되면 벼락치기 밤샘 공부로 푸석거리는 아이들도 많았건만, 시험 보러 온 여자들의 모습을 보니 푸석하기는커녕 기름기 좔좔 흐르는 얼굴에 멋들어진 화장을 하고 나들이라도 갈 것 같은 옷차림으로 또각또각 구두 소리를 내면서 입장을 했다.

반면 나의 옷차림은 늘 한결같이 촌스러웠고 멋이라고는 전혀 없었다. 나는 그녀들에게 기죽기 싫었지만, 외관상의 화려함으로 이미 기는 죽어 있었고 살아가는 결이 다른 사람들처럼 느껴졌다. 내가 그녀들처럼 형편이 좋아서 다니던 학원도 아니었고, 입에 거미줄 치고 살기 싫어서 아등바등 시간 쪼개어 다니던 학원이었기에 더 그랬다.

형편 좋아 보이는 그녀들의 삶이 나보다 훨씬 나아 보였기 때문에 스스로 속으로 내뱉는 말들이 곱지는 않았다. 없이 사는 나의 삶에 대한 자격지심 같은 것이었다.

오랜 시간 동안 미용실을 다니지 않았던 나의 머리카락이 허리에 닿을 만큼 길었는데, 평소에는 둘둘 말아 올려서 핀으로 고정하고 학원을 다니다가 시험 보는 날에는 나름대로 스타일을 달리해 보았다. 검은색 니트로 된 넓은 헤어밴드로 잔머리를 정리하고, 긴 머리카락은 정수리에 묶어 똬리를 틀어 앉히고 구슬 장식이 붙어 있는 머리 꽂이를 찔러 고정을 했다.

촬영하러 다닐 때 늘 입고 다니던 검은색 나팔바지에 검은색 티셔츠를 입었다. 군살이 전혀 없었기 때문에 다소 밀착이 되는 옷을 입어도 뱃살로 민망할 일도 없었지만, 그럼에도 불구하고 누가 보아도 나의 모습은 딱 '촌년 스타일'이었다.

모두 시험장에 착석을 했고 수험표 검사가 끝난 후에 시험을 치렀다. 얼마쯤 시간이 지나니 하나 둘씩 일어서서 나가는 사람이 보여서 나는 조바심이 나기 시작했다.

'어머나…? 얼마나 공부를 많이 했으면 벌써 시험을 끝내고 나가지…? 문제가 그렇게 쉬웠나?'

문제보다 남들의 사정이 더 궁금했지만, 나는 차근히 문제를 풀었고 다시 한번 체크를 하고 답을 채웠다. 한 문제가 아리송해서 끝까지 고민하다가 끝날 무렵에 체크를 하고 제출을 했다.

시험 결과를 듣기 위하여 출석을 한 마지막 시간에는 강의가 없는 날이어서 평소보다 더 웅성거림이 심했다. 서로가 붙었니, 떨어졌니 하며 이야기를 나누고 있었는데 나는 평소에도 그녀들과 말을 섞지 않았기에 수다에 끼어들 생각도 관심도 없어서 혼자 자리에 앉았다. 하지만 눈치상으로 그녀들이 나에 대한 이야기를 하고 있었다는 것이 느껴졌다. 기분이 썩 유쾌하지는 않았다.

나의 뒤쪽에 앉아 있던 여자가 나의 등을 툭툭 치길래 돌아다보았더니 나에게 무언가 궁금한 듯 말을 한다.

"궁금한 게 있는데 물어봐도 돼요?"

"뭔데요."

"춤 잘 추죠?"

"예…? 제가요…? 저는 춤이랑 노래가 제일 자신 없는 사람이에요."

"에이 농담하지 마요. 춤 잘 춘다고 소문이 났던데…."

"어디서 소문이 나요?"

"우리 반 언니들은 다 알고 있던걸요?"

"제가 춤추는 것을 어디서 보셨는데요?"

"척 보면 느낌으로 다들 안다는데요?"

"아이고, 아니에요. 전 춤의 'ㅊ'도 모르는 사람이에요."

"키득키득…. 언니들~ 춤 잘 춘다고 소문까지 났는데 아니라네~."

황당한 나를 제외한 나머지 여자들의 기분 나쁜 웃음소리가 강의실을 가득 메웠다.

아무리 아니라고 해도 이미 나는 다른 그녀들에게 춤추고 다니는 춤꾼 여자로 보이고 있었다. 진짜 춤이라고는 자신이 없는 나는 춤이라도 잘 추면서 그런 소리를 들었으면 좋겠다고 생각을 했다. 사람들은 나에게 궁금한 것을 다시 질문하기 시작했다.

"근데, 시험은 잘 봤어요?"

당연히 "넌 떨어졌겠지"라는 추측을 전제로 깔아 두고서 하는 질문이었다.

수강생들이 이번 시험이 어려웠다고 하소연을 하는데, 나는 도무지 이해가 되지 않았다.

아리송하게 생각했던 한 문제를 제외한 나머지 문제들은 답이 "여기 있소" 하고 손을 흔들고 있었기 때문이다. 문제가 쉬웠다는 말도 하기 싫었다. 다른 수강생들은 이미 내가 떨어졌다에 한 표를 걸고 있었을 테니까… "모르겠어요. 결과는 봐야 알죠"라는 말로 대신했다.

"떨어져도 창피한 것이 아니니까 그러려니 해요"라고 위로 같은데 위로가 아닌 말을 하는 것을 보니 꼴불견이었다. 비록 학원비를 내가 낸 것은 아니지만, 시간만큼은 허투루 사용하는 것이 아니기를 바랐던 마음과 떨어지는 것보다는 합격했다는 소리를 듣고 싶어서 지난 일주일 동안 오후 아르바이트를 마치고 십 년 치의 기출문제를 뽑아서 모조리 보고 풀었다.

시험을 보는 내내 기출문제를 풀어보기 잘했다는 생각이 들 정도로 문제는 거기서 거기였다. 수강생들이 서로 가채점을 하더니 문제의 답이 헷갈린다고 나에게 답이 몇 번 같냐고 물었다.

그들은 정답이 3번이라고 말을 하고 있었다.

'"그건 답이 3번이 아니고 4번인데요"라고 하면 춤추고 놀러 다닌 사람이 뭘 아냐고 그러겠지?'

"잘 모르겠네요."

"아이고~ 춤추러 다닌다고 공부를 안 했나 보네~ 쉬운 문젠데…."

무슨 말만 하면 춤으로 끝을 내니, 원 아무 말도 하지 않고 있는 것이 상책이었다. 모두가 웅성거리고 있을 때 강사가 문을 열고 들어

왔다. 이번 시험에 여러분들 중 몇 분이 합격을 했다고, 축하한다고 말을 했다.

수강생들은 공부를 엄청 했었는데 문제가 어려워서 떨어진 사람들처럼 시원섭섭하네, 아쉽네 마네 말들이 많았다.

그때… 강사가 물었다.

"다들 조용히 좀 하시고, 이미경 씨가 누구죠?"

내가 조용히 손을 들었고, 강사가 말을 했다.

"수고하셨어요. 이번에 최고 점수를 받으신 이미경 씨~"

사람들 눈이 동그래지면서 축하한다는 말 대신 "춤추러 다닌 거 아니었어?"라고 수군거렸다.

결국 나는 그들에게 춤추러 다니면서 공부도 열심히 하는 별난 여자가 되어 있었다.

아쉽게도 아리송했던 그 한 문제가 틀렸다.

춤추러 다닌다는 소문이 왜 났는지 아직도 나는 모른다. 시험 보러 가던 날 입었던 검은색 나팔바지가 문제였을까나? 아니면 나의 몸매가 춤으로 단련된 멋진 몸매로 보였을까나?

그것도 아니면 나랑 비슷하게 생긴 여자가 어디서 춤을 짱 잘 췄는지. 그래도 뭔가를 잘하는 여자쯤으로 봐줘서 고맙다고 해야 할 일이다.

"공부를 하고서도 안 했다고 시치미는 왜 떼고 있는 거냐?"

"춤추러 다니면서 언제 공부했냐?"

근거 없는 말을 하는 그녀들과 2차 실기 시험을 준비하는 일은 없었다. 발등에 떨어진 불을 먼저 처리해야 하는 삶이라, 급하게 직장을 구해 버렸기 때문이었다.

2차 시험을 준비했다면 나는 지금쯤 춤 선생님이 되어 있지 않았을까?

아이고~ 아깝다. 춤 선생….

뒷모습

푸드 트럭 그리고
노점 도전

살다 보면 어떤 일이 별안간 일어날 때가 있다. 이루고
자 노력을 해도 안 되는 일이 있는가 하면, 저절로 굴러 들어와서 내
것이 되는 그런 일들이 생겨날 때가 있다. 오래전에 나의 장사를 해
봤던 깐이 있는지라 언제고 때가 되면 다시 사업체를 가져보는 꿈은
내 속에서 들어 내려고 해도 깊이 박혀 있었다.

장사의 기회가 왔을 때 내가 준비가 되지 않으면 기회는 사라지는
물거품 같은 것인 줄도 안다. 기회의 신 카이로스를 마주쳤을 때, 앞
머리를 놓치고 매끈한 뒤통수만을 보고 있을 수는 없는 일이다. 매
일 먹는 음식을 만들면서도 팔 수 있을 것 같은 메뉴를 생각했었고,
생각을 했으면 또 만들어 보았다.

누구의 도움 없이도 만들어 낼 수 있는 나만의 음식이 있어야만
했다. 그렇게 하나둘씩 만들어 놓은 나만의 레시피는 늘 든든한 버
팀목 같은 느낌이었다. 버팀목이라고는 하나 얼마만큼의 그릇을 버

녀 낼 수 있는가, 한계점이 어디인지 나를 알아보기 위한 실험은 필요했다. 그릇 크기를 정확하게 알아야 장사의 크기도 정할 수 있을 테니까 말이다.

무작정 재료비를 낭비해 가면서까지 한계점의 통계를 만들 수는 없는 노릇이었다. 도랑치고 가재 잡고, 누이 좋고 매부 좋은 방법이 무엇이 있을지 늘 고민을 했었다. 많은 생각 끝에 선택했던 방법 중 하나가 직장 동료들을 공략해 보기로 하는 것이었고, 성공적이었다. 일하는 엄마들은 늘 자녀들의 먹거리가 제일 신경 쓰이는 부분 중 하나일 것이다. 나 역시도 그러했으니까. 그래서 이 부분을 파고들면 승산이 있지 않을까 싶었다.

혹시 맛있는 빵을 구우면 살 생각이 있는지 동료들에게 부담을 주지 않을 설문조사를 해 보았다. 늘은 아니지만 가끔씩은 살 의향이 있다는 답을 제일 많이 들었고, 그 답의 크기를 알아 보기 위해서 바로 실천을 해 보았다.

휴일이 돌아오는 날이면 나는 어김없이 빵을 구웠고 동료들의 의견을 물어 주문을 받아서 배달을 완료했다. 집에서 손 반죽으로 열 개만 만들 수 있었던 빵이었는데 어느새 오십 개가 되고, 백 개까지 가능하다는 것을 알게 되었다. 뭐든 조금씩 늘려 가면 시나브로 목적지까지 닿게 되는 것이 사람의 능력인 것 같기도 하다.

지인들과 모임이 있었던 어느 날이었다. 봉사 단체를 이끄는 분도 참석을 했는데, 봉사 단체에서 운영하는 푸드 트럭이 있는데 제대로 사용하고 있지 못하고 있어서 안타깝다는 이야기를 했다. 푸드 트럭에 관한 이야기를 들은 후부터 푸드 트럭만 자꾸 내 속을 맴돌기 시작했다. 왜 있는 것도 활용을 못할까, 나라면 어찌어찌 활용도를 찾아보겠는데…. 혼자서 속으로 질문을 주고 답을 찾고 하던 중에 혹시 푸드 트럭을 하루만 빌릴 수 있는지 물어 보았다.

개인 소유가 아니고 단체 소유라, 먼저 절차를 알아 봐야 한다는 말을 듣게 되었고 빌리는 건 불가능한가 보다 싶어 포기를 했다. 그런데 다음날, 뜻밖에도 어려운 사람들에게 하루 이틀 정도는 무상 대여가 가능하다는 소식을 들었다. 그 역시 어려운 이웃을 돕는 취지니까 올바른 용도로 사용하는 거라는 말과 함께 푸드 트럭을 이틀 정도 사용해도 된다는 허락을 받았다. 운전이 미숙한 나를 대신해서 언니가 집 앞까지 몰고 와서 주차를 해 주었다.

이틀의 시간이 주어졌으니 판매 품목을 정해야 했고, 판매 장소를 물색해야 했다. 막상 차를 받고 보니 막막해서 무엇을 먼저 해야 할지 감이 잡히지를 않았다. 하지만 기회를 놓칠 수는 없는 일…. 먼저 판매 품목을 정했다. 푸드 트럭은 어묵탕을 끓일 수 있는 통이 있었고 부침이나 튀김이 가능한 가스불이 하나 더 있는 구조였다.

첫 번째로 푸드 트럭의 구조에 맞는 메뉴를 정하는 일이 시급했다. 11월 말이었기에 날씨가 제법 쌀쌀해져서 따끈한 우동국물이 생각이 났다. 어묵탕을 끓이는 통이라면 우동국물이 가능할 것 같았다. 그리고 내가 가장 잘 만들 수 있는 감자 크로켓과 샌드위치를 준비했다. 겨울이라 샌드위치를 보관할 냉장고는 별도로 필요치 않았다. 일회용 커피도 추운 날이니 잘 팔릴 것 같았다. 재료를 정해 놓고 보니 이번에는 판매 가격이 문제였다.

우동사리 하나가 오백 원이니까 부재료 조금 더 들어가는 건 백 원으로 치고, 마진을 구백 원만 붙여 볼까…? 비싸서 안 팔리는 것보다는 준비한 재료는 다 팔아야 하니까, 우동값은 천오백 원으로 정하고 크로켓은 천 원씩만 받자. 커피도 물만 끓이는 거니까 천 원…, 샌드위치는 천오백 원 가격을 정하고, 가격표도 뚝딱 만들었다. 나에게 있어 참 다행이라고 생각하는 것 중에 하나는 무엇인가 필요해서 만들고자 했을 때 척척 잘 만들어 낼 수 있는 손재주가 있다는 것이다.

마트에 들러서 필요한 재료들을 샀고, 머릿속으로 일어날 수 있는 시행착오를 미리 계산을 해보고 하나씩 지워 나가니 경험 없이도 노점을 할 수 있을 거라는 자신감이 생겨났다. 새벽 세 시에 일어나서 모든 재료의 준비를 마치니 아침 여덟 시가 되었다. 처음 시도해 보는 일이라 이게 맞는지 틀렸는지도 모를 일이었다. 노점 장사를 할 장소를 물색해야만 했다. 어디로 가야 장사를 해 볼 수 있을지 난감했다. 일단은 커피차들이 종종 보이는 강변으로 나가서 눈치를 살펴보기로 했다. 막상 부딪치고 보니 어제 생겨났던 자신감들은 어디로 사라졌는지 흔적조차 보이지 않았다. 소심해질 대로 소심해진 나는 어디 사람이 모일 것 같지 않은 한쪽 구석에서 마음 졸이며 판매 준비를 해 보았다.

그런데 단속반이 참 빨리도 오더라….

"여기서 영업하면 안 됩니다. 치우세요."

"제가 오늘 처음으로 장사를 나왔어요. 잠시 펼쳐 보기라도 해 보고 금방 치우면 안 될까요?"

단속반들의 눈에도 엄청 서툰 초보로 보이고 불쌍해 보였는지, 단속반들은 여기서는 안 되고 저기 중간쯤 가면 거기는 단속이 덜하니까 거기 가서 해 보라고 했다.

"우리가 알려 줬다는 말은 절대 하지 마세요."

같은 말을 두 번 세 번 붙이는 거로 봐서는 거기도 불법인데 슬쩍 봐주는 눈치 같았다. 아무튼 내가 생긴 건 엄청 불쌍하게 생기긴 한 모양이다.

단속반이 가르쳐 준 장소로 이동해서 커피 물을 끓이고 우동국물에 김을 올렸다. 샌드위치를 진열하고 크로켓 튀길 준비를 마쳤다. 자전거를 타고 지나가던 무리 하나가 다가오더니 우동 세 그릇이랑 커피 세 잔을 시켰다. 추웠는데 너무 맛있게 잘 먹었다며, 다음 주에 또 온다는 약속을 하고 떠났다. 세찬 비바람에 눈발이 날리고 있었고 푸드 트럭에 쪼그리고 앉은 나의 모습은 내가 생각해도 참 처량하기만 했다. 우동이 생각보다 잘 나갔다.

퍼뜩…. 나중에 '없어서 못 파는 거 아니야?'라는 생각이 들었다. 가격표 위에 가격표를 새로 덧대어 붙였다. 우동 이천오백 원, 크로켓 천오백 원, 샌드위치 이천 원. 커피 값만 그대로 두었다. 한 시간 동안 십만 원에 가깝게 판매를 할 수 있었다.

몇 사람이 우동을 시키고 먹고 있을 때였다. 시커멓게 생긴 놈 하나가 다가오더니 여기서 장사하지 말라고 손가락질을 하기 시작했다. 단속반이 한 말을 절대 팔지 말라고 했으니 단속반이 그러더라는 말은 끝까지 하지 않았고, 대신 누가 여기서 장사해도 된다카더라 하는 카더라 통신으로 밀어붙였다.

우동을 먹던 손님들이 불안해했다. 그 와중에 커피를 찾는 손님, 샌드위치, 크로켓을 찾는 손님들이 줄을 섰고, 시커멓게 생긴 놈은 약이 바짝 올라서 씩씩거리더니, 화려하게 잘 빠진 커피차를 몰고 와서는 우동 먹고 있는 손님이 있는 곳으로 차를 가까이 대더니 매연을 뿜어내고 있었다.

손님들이 저놈 왜 그러냐고… 이상한 놈이라고 나의 편이 되어 주었지만, 그 손님을 끝으로 더 이상 판매를 할 수가 없었다. 손님이 떠나고 나자 더 가까이 커피차를 붙이고 푸드 트럭을 가로막고 방해 작전을 펼쳤기 때문이다. 나도 팔 만큼 팔았고 할 말은 해야겠다 싶어서, "너도 불법이고 나도 불법인 이 자리에서 같이 나누어 먹으면 어디가 덧난다는 거냐. 나는 가지만 다른 약한 사람들한테는 행패 부리는 짓 하지 마라…"라고 외쳤지만 간은 이미 콩알만해지고 심장은 벌렁벌렁 떨리고 있었다.

아씨…. 나는 싸움을 못한다. 뭔가 싸울 것 같은 분위기만 되면 심장이 떨려서 말이 나오지 않는다. 장사를 하려면 저 자리에서 빠지면 안 되는 거였는데 노점으로 뼈가 굵었을 그놈에게 기싸움에서 진 것이었다.

준비한 재료 중에 우동 두 그릇만 남기고 다 팔았으니 일단은 성공이라고 해도 괜찮았다. 오는 길에 차를 빌려준 봉사 단체의 그분과 통화가 되어서 남은 우동 두 그릇은 맛보기 시식용으로 드렸더니 너무 맛있다고 그러신다. 정산을 끝내 놓고, 다시 장을 보고 어제와 같은 준비를 했고 다음날은 같은 장소가 아닌 강 건너 장소에서 장사를 해 보았다.

신기할 정도로 장사가 잘 됐다. 출출했는데 먹거리 파는 곳이 없어서 잘 됐다며 손님들도 모두 만족스러워했다. 어떤 손님은 크로켓 하나를 사 먹더니, 가던 길을 돌아서 급하게 다시 와 남아 있는 크로켓을 다 튀겨 달라고 했다. 객관적으로 내가 만든 크로켓만큼 맛있는 크로켓을 먹어 본 적이 없는 나는 그 손님의 마음이 충분히 이해가 갔다. 내가 만드는 크로켓이 그렇게 맛있다는 뜻이기도 하다.

그렇게 모조리 사 가면서 다음 주 주말에 또 팔아 달라고, 그때도 꼭 사람들이랑 사 먹으러 오겠다고 했다. 어김없이 단속반이 찾아왔고 두어 시간 열어 두었던 푸드 트럭의 문을 닫아야 했다. 하지만 괜찮았다. 모든 재료는 이미 바닥이 보였으니까…. 그렇게 이틀간의 생각지도 못했던 사업 아닌 사업을 해 보았다. 나의 그릇을 확인할 수 있었던 경험치가 생긴 것이다. 단속 없이 하루에 여덟 시간 정도 장사를 할 수 있는 자리였다면 지금쯤 나는 건물도 올렸겠다. 어디 크로켓 장사를 할 만한 장소가 없을까?

먹어 보면 자동으로 '엄지 척'이 되는 크로켓인데….

뒷모습

5장

실내화

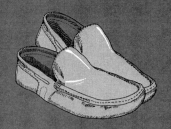

물김치와
마지막 샌드위치

평소의 건강 상태가 좋지 않으셨던 엄마는 최근 들어 식사 시간이 되면 밥알이 꼭 모래알 같다고 삼키지를 못하셨다.

"췌장 쪽에 문제가 생기긴 했지만 잘 관리를 한다면 몇 년 정도는 문제 없을 겁니다."

무표정한 의사는 매뉴얼을 읽어주듯 덤덤하게 말을 했다. 며칠 사이에 눈빛이 노래진 엄마를 모시고 간 병원에서는 췌장암이라는 진단이 내려졌고, 입원과 함께 엄마의 병원 생활이 시작되었다.

봄이 막바지에 이르러 새싹들도 제법 짙은 초록으로 변하고 있었고, 봄이라는 글자가 붙은 꽃들이 다 졌을 무렵이었다. 응급실 창문 바깥쪽으로 서 있던 목련 나무의 잎이 유난히도 짙게 보이는 느낌이 들었다.

퉁퉁 부은 얼굴로 응급실에 누워 계신 엄마 앞에서 울면 안 되는데. 절대 울면 안 된다고 다짐을 했지만 어느새 눈물이 자꾸만 흘러내렸고 돌아서서 숨기려고 해도 들썩거리는 어깨가 슬픔을 누르지 못하고 있었다. 어쩌면 엄마는 감도는 분위기쯤으로 심각한 상태라고 직감을 하셨을지도 모르겠다.

몇 해 전에 췌장암이 걸려서 시한부 선고를 받았다는 친구의 병문안을 다녀오면서 엄마에게 했었던 말들이 생각이 났다.

"엄마, 오늘 제 친구 병문안을 다녀왔어요. 근데 친구가 오래 살지를 못한대요. 췌장암이라고 하는데 그 췌장이란 것이 암에 걸리면 고치기도 어렵고 또 오래 살지도 못한다네요."

암이라는 병은 나의 가족이 아닌 남한테만 일어날 것 같아서 가족에게 찾아들 거라는 생각을 하지 못했던 날에 엄마와 나누었었던 이야기였다. 그때 췌장암에 대해서 걸리면 끝끝내 목숨을 앗아가는 무서운 병이라고 친구의 상태를 이야기했었는데, 그 이야기를 기억하고 계실 엄마에게 차마 췌장암이라는 말을 꺼내지는 못했다.

친구의 마지막 모습을 보지는 못했지만 떠나 버린 친구의 소식을 엄마도 다 알고 계셨기에, 엄마의 증세는 위궤양쯤의 치료 가능한 질병으로 포장을 해 둘 수밖에 없었다. 엄마의 응급 상태가 호전이 되자 일반 병실로 옮길 수 있었고, 날이 갈수록 병실 한편에는 아버지의 짐도 늘어갔다. 아버지께서 엄마를 돌보고 있을 테니, 너희들은 걱정 말고 할 일들 열심히 하고 정신 바짝 차리고 조심해서 다니라는 당부를 하셨다.

밤낮으로 병실을 지킨다는 것은 너무 힘들다는 것을 알기 때문에 매일 한두 시간 만이라도 아버지가 쉴 수 있도록 언니와 나는 아이들을 유치원에 보낸 후에 병원으로 찾아갔다. 병원과 집을 오가는 데만 왕복 네 시간이 걸리는 거리였지만 효심이 깊은 언니가 한결같이 이끌어 주었기에 엄마의 모습을 마음속에 더 남길 수 있었던 시간이기도 했다.

엄마는 수액으로 몸의 영양을 대체하고 계셨고, 식사는 여전히 못 하셨지만 상태는 약간 호전되셔서 우리가 가면 웃기도 하셨고 일어나 앉아 계시기도 하셨다. 한 달이라는 시간이 지나가자 봄은 완전히 사라졌고 여름날의 땡볕이 뜨거웠다.

"아이고 얘들아~ 너희 엄마 검사받느라고 지치겠더라."

하루에도 몇 번씩 왔다 갔다 하면서 검사를 받아야 하는 엄마가 걱정이 되신 아버지가 우리가 가자마자 하소연을 하시듯 말씀을 하셨다. 차도는 더 보이지 않았지만 엄마는 의식이 있으셨고, 아버지와 이야기도 주고받으시며 하루하루를 견뎌 내셨다.

그러던 어느 날 아버지가 화장실을 가신 사이 보호자를 찾던 간호사들이 보호자 없이 엄마를 검사실로 모셔가서 검사를 했다. 엄마는 혼자서 긴장을 많이 하셨는지 다시 왔을 때 많이 지쳐 보였다고 했다.

그 밤이 지나면서 엄마는 의식을 잃으셨고, 아버지가 아무리 불러도, 우리가 찾아가도 반응이 없었다. 의식이 없는 와중에도 또 수많은 검사를 해야 한다더니, 어느 날에는 슈퍼 바이러스에 감염이 되었다고 일인실로 옮겨 가야 한다고 했다. 슈퍼 바이러스 감염이 되었다는 건 치명적인 상태라는 말과도 같았다. 소독을 철저하게 하는 병원인데 도대체 어디서 감염이 되었던 것일까?

병원에서는 마음의 준비를 하라는 말을 했다. 관리만 잘하면 이년 정도 생존을 기대할 수도 있다고 의사가 말을 했었는데 이 개월만에 위기가 찾아온 것이었다.

엄마는 어떤 길고 긴 꿈을 꾸고 계셨던 것일까? 며칠만 지나면 엄마의 환갑 생신이었기 때문에 제발 맑은 정신으로 깨어나서 엄마의 환갑잔치를 할 수 있기를 바랐다.

"제발 엄마가 깨어나게 해주세요…."

종교도 없던 가족들은 세상의 어떤 신에게라도 빌고 싶었다. 기적이었을까?

생신을 사흘 남겨 놓고 엄마의 의식이 돌아왔다. 기분도 너무 좋아 보이셨고, 기운이 난다고 하셨다. 엄마는 음식을 두 달 가까이 못드셨는데 나를 보시더니 "우리 딸이 만든 물김치가 참 맛있었는데"라고 하셨다. 이어 "우리 딸이 만드는 샌드위치가 세상에서 제일 맛있었는데…"라는 말씀도 하셨다.

"네 엄마…. 맛있게 만들어서 시원하게 익혀서 가져올게요."

"샌드위치랑 물김치 꼭 맛있게 드셔야 해요."

뭐라도 드시고 싶다는 말이 감사한 느낌이었다. 엄마는 환갑 생신에는 집에 가서 지내고 오고 싶다고 하셨다. 의사도 그렇게 해 드리라고 말을 했다. 생신 전날에 집에 다녀올 만반의 준비를 마치고 엄마를 일으키려고 하니까 엄마는 고개를 저으셨다. 겁이 나서 집에는 가면 안 되겠다고 하셨다. 그토록 가고 싶어 했던 집인데 무엇이 엄마를 겁나게 했을까…?

드셨던 음식물이 없었기에 조그마한 움직임에도 세상이 흔들리는 것처럼 느껴지셨나 보다. 집으로 가시지 않는 대신 병실에서 환갑잔치를 조촐하게 해드려도 되는지 병원에 물어 보았다. 괜찮다는 허락을 받았고 이남 이녀가 모두 모인 일인실은 가족들로 가득찼다.

엄마가 드시고 싶어 하셨던 물김치와 샌드위치를 만들었고 케이크와 꽃다발도 준비를 한 소박한 환갑잔치였다. 수박을 쪼개고 떡을 나누어 담아서 병실마다 나누어 드리며 잔칫날의 분위기도 냈다. 내년 생신 때 오늘 못 받으신 거까지 다 받으시라고 약속을 걸고 손가락 도장도 찍었다.

네 남매가 모두 모인 자리에서 엄마는 완전히 회복된 것만 같았다. 날아갈 듯 몸도 가볍다고 하셨고 전혀 음식을 못 드시던 상태였는데 샌드위치 한 쪽과 물김치도 맛있다고 드셨다. 이제 드디어

차도가 보이고 기운을 차리시는 건가 싶어서 모두가 기뻐했다. 엄마는 전혀 환자라는 느낌이 없어 보였고 너무 환하게 웃는 모습이 보기 좋았다.

아버지께 이제 마음 놓으시라고 말씀을 드렸더니 아버지는 눈물을 글썽이셨다. 사람이 죽기 전에 한 번은 맑은 정신으로 돌아오는 때가 있고, 오늘이 바로 그날 같다고 하시는 거다. 못 먹던 음식도 챙겨 먹고 환자 스스로가 다 나은 것처럼 행동하는 마지막 기운을 차리는 그날 같다고 하시는 거다.

아버지는 느낌적으로 아셨던 모양이다. 아버지의 생각이 맞지 않기를 바라는 마음으로 조촐한 잔치를 마무리 짓고 오늘의 컨디션이 최고였던 엄마의 모습에 모두 조금은 편안한 마음으로 집으로 돌아갔다.

저녁까지 그렇게 가뿐하게 일어나 계셨던 엄마는 오랜만에 움직이고 마음이 설레셔서 그러셨는지 피곤하다고 일찍 잠을 청하셨고, 그대로 의식이 사라져서 일어나지를 못하셨다. 다음날 언니와 내가 가서 아무리 불러도 아무런 반응이 없었다. 언니는 따뜻한 물수건으로 엄마의 손발을 닦고 얼굴을 닦아 드리면서 우리 엄마 머리 감겨 드리려고 했는데 이렇게 또 주무시고 계신다면서, 힘내서 어서 일어나시라고 의식 없는 엄마에게 말을 건넸다.

간호사가 말하기를 의식이 없어 보여도 다 듣고 계실 수도 있으니 옆에서 추억이나 다른 어떤 이야기라도 들려 드리라고 했다. 나는 엄마 귓전으로 다가가 어렸을 때 엄마 속상하게 해 드린 이야기부터 엄마가 만들어 주신 맛있는 음식 이야기도 했고, 한참 동안 이런저런 추억 속의 이야기들을 했다. 너무 말을 많이 해서 엄마가 속으로 "아따~ 딸내미 시끄럽데이~"라고 하셨을지도 모르겠다.

내가 너무 시끄럽게 엄마 귓전에 떠들어 댔던 것일까…? 다음날 새벽 일찍 아버지께서 전화를 하셨다.

"미경아~ 너 어서 병원으로 빨리 좀 와라~."

"아버지 무슨 일이신데요, 애들 유치원을 보내야 제가 갈 수 있어요."

"너희 엄마가 의식이 없는 채로 자꾸 너의 이름을 부르며 찾고 있다."

"네…? 엄마가 제 이름을 불러요?"

"눈도 못 뜨고 의식은 없는데, 미경아~ 미경아~ 하면서 새벽 내내 너만 부르고 있다."

당장에라도 가 봐야 할 것처럼 마음이 급했지만, 아이들을 유치원에 보낸 후에 언니와 병원으로 갔다.

"엄마… 저 불렀어요…? 엄마, 엄마, 눈 좀 떠 보세요."

한참 동안 나의 이름만 애타게 부르시던 엄마는 다시 깊은 잠을 주무시고 계셨다. 간호사들이 와서도 어머니가 새벽 내내 미경 씨만

찾더라고 엄마의 상태를 전해 주었다. 어제 엄마 귓전에서 쉴 새 없이 쫑알거려서 엄마가 너무 시끄러우셨을까…? 그래도 듣고 계셨나 싶은 생각이 드니까 어제처럼 또 엄마에게 이야기를 하기 시작했다.

"엄마 훌훌 털어 내고 집에 가는 상상을 해 보세요. 그리고 힘을 내서 눈을 떠 보세요."

한참을 어제처럼 쫑알거리며 시간을 보내고, 다시 우리는 집으로 돌아갈 시간이 되었다. 내일은 주말이라서 애들 때문에 못 오고 월요일에 다시 온다는 인사를 남기고 일어서려고 했다. 그때 갑자기 의식이 없던 엄마가 허공을 향하여 손을 뻗기 시작하셨다.

"어매~ 어매~ 어매~."

아이가 엄마를 애타게 부르듯, 엄마는 엄마의 엄마인 외할머니를 부르고 있었다. 의식은 여전히 없는 상태였는데 '어매'를 찾는 엄마의 모습이 너무나 슬프게 느껴졌다. 우리 엄마에게 어매는 단어는 너무나 그리운 단어이기도 하지만 잊힌 단어이기도 했을 텐데 엄마가 어매를 부르는 느낌이 참 이상하고 어색했다.

엄마의 어매, 즉 나의 외할머니는 엄마가 초등학교 1학년에 외삼촌을 낳은 지 얼마 되지 않아서 돌아가셨다고 한다. 그래서 어매라고 부르고 싶어도 부를 어매가 안 계셔서 어릴 때는 많이 슬펐다는 이야기를 하시기도 하셨다.

우리 엄마가 너무 애타게 부르는 외할머니가 바로 앞에 와 계신

듯한 느낌이 들었다. 언니와 나는 엄마의 손을 허공에서 내려놓으려고 잡아도 엄마는 딸들의 손보다 어매의 손이 더 그리우셨던 모양이다. 언니가 허공을 휘젓는 엄마의 손을 내려놓는 대신 허공을 향하여 말을 했다.

"외할머니, 아직은 안 돼요. 우리 엄마 데려가시면 안 돼요."

언니가 허공에 대고 그렇게 말을 하니까, 외할머니가 진짜로 엄마의 손을 잡고 데려가려고 오셨나 보다는 생각이 들었다. 언니는 한참 동안을 외할머니를 돌려보내려는 듯 이야기를 했고 엄마의 눈가에서는 눈물이 타고 흐르더니 허공을 가로젓던 손을 내려놓고 꿈속으로 빠져드시는 듯했다.

아버지께서 우리에게 엄마가 다시 잠이 들었으니까 마음 놓고 집에 가서 주말에 애들 건사하고, 다음 주에 또 오라고 하셨다. 유난히 발걸음이 떨어지지 않는 날이어서 병실 문을 닫고 몇 걸음을 떼어 놓다가, 평소와 다르게 다시 돌아가서 문틈 사이로 엄마 얼굴을 한 번 더 보았다.

왠지 마지막일 것 같은 느낌이 스쳐 지나갔는데, 그 느낌을 일부러 아닌 것이라고 외면해 버렸다. 엄마는 꼭 이겨 내실 거라는 생각을 하고 싶었다.

병원 다니느라고 밀렸던 집안일들을 처리하고 애들을 씻겨 재우고 내일은 모처럼 늦잠을 좀 자 볼까라는 생각으로 잠자리에 들었다.

새벽녘에 전화벨이 요란스럽게도 울렸는데 울먹이는 언니가 어서 병원으로 가야 한다고 했다.

병원에 도착하려면 삼십 분쯤은 더 가야 하는데 엄마가 편하게 떠나셨다고, 서두르지 말고 천천히 오라고 남동생에게도 전화가 왔다. 병원에 도착했을 때 엄마는 호흡기를 그대로 부착하고 계셨는데, 자식들이 왔을 때 호흡기라도 붙어 있어야지 살아 있는 것처럼 보일 것 아니냐고 아버지가 제거하지 못하게 잠시만 그대로 두라고 간호사에게 부탁을 했다고 한다.

아버지의 마음을 알 것 같았다. 혹시나 살아 있을지도 모른다는 희박한 가능성을 찾고 계셨던 것이다. 장례를 치른 후에 알게 된 아버지의 슬픔….

"너희 엄마가 아직 안 죽었는데 차가운 냉장고에 넣은 건 아닌가 싶어서, 두 번이나 시신 안치실에 가서 엄마를 보여 달라고 사정을 했었다."

"처음에 볼 때는 살아 있을 때랑 진배없는 느낌이라서 보고 왔는데도 불안해서 다시 한 번 더 보여 달라고 찾아갔는데, 그때는 영락없이 죽은 사람이더라…."

"두 번째로 보고 나니 영 살아날 것 같지 않아서 포기가 되더라…."

장례식 내내 하얀 나비 한 마리가 펄럭펄럭 우리의 곁을 맴돌았다. 엄마는 외할머니의 손을 잡고 꽃길 나들이 가듯 하얀 나비처럼 가볍게 날아가셨나 보다.

물김치와 샌드위치만 드시고 가신 길이 허기지지는 않으셨을는
지….

저 산 너머 무엇이 있을까?

저 산 너머 무엇이 있을까?

무엇이 있는지 몰랐을 때

세상은 더욱 흥미로운 것이다.

수풀로 들꽃로 친구가 되어 가는

과정을 즐기는 것이 인생이다.

아버지의
똥

"내가 다시 한번 더 기력을 찾아서 회복할 거야…."

여든둘이 되신 아버지의 마음은 청춘이 지나가지 않았노라고, 기필코 다시 일어나실 거라고 힘을 내셨다. 삼 년 전부터 지속되던 속쓰림의 원인을 찾기 위하여 검사차 들른 병원에서는 위암 3기라는 진단이 내려졌다. 그때부터 아버지의 투병 생활은 시작되었다.

수술 날짜가 잡히고 수술을 시도했는데, 다른 장기까지 전이가 일어난 상태라서 위험성이 높아 포기를 할 수밖에 없었다. 수술을 중도 포기를 했지만 아버지께는 사실대로 알려 드릴 수가 없어서, 아팠던 부위는 다 제거가 되어서 건강만 회복하시면 될 거라고 안정을 시켜드렸다.

수술 부위가 외형적으로 아물었을 때 아버지는 퇴원을 하셨고, 심리적으로 병이 치료가 되었다고 생각을 하셔서 그런지 기력을 금방 회복하실 수 있었다. 항상 산행을 즐기시던 아버지는 다시 가까운 동네 산을 찾아서 가벼운 등산을 시작하시게 되었다.

〈나는 자연인이다〉처럼 살고 싶어하시던 분이 나의 아버지다. 원체 깊은 시골에서 태어나셨던 아버지에게는 교육의 기회가 없었기 때문에 글을 쓰면 받침이 틀리는 경우가 대부분이었다. 아쉬운 대로 사용하셨던 한글은 군대에 갔을 때 고등 교육을 받은 동기들로부터 배울 수 있었다는 이야기를 들어 본 적이 있다.

아버지가 군대 생활을 할 때는 먹을 것이 부족했던 시절이라, 나라를 지키는 군인의 신분이었음에도 배가 부른 시간보다는 배가 고팠던 시간이 더 많았다고도 했다. 너무 배가 고팠던 아버지는 취사병을 하면 적어도 배는 곯지 않겠다는 생각에 취사병이 될 수 있는 방법을 찾아보기 시작했고, 결국은 취사병이 되어 군생활을 마칠 수 있었다고 했다.

타고난 지혜와 꾀가 있는 사람들은 교육을 통해서 습득하게 되는 똑똑함과 다른 그들만의 특별한 에너지가 존재한다. 내가 느끼던 아버지의 지혜는 타고난 감각에 의해 발전되어 온 것들이라고 생각이 된다. 손재주가 좋으셨던 아버지는 미장을 참 예쁘게 잘하셨는데 시골에 살 때 우리 집은 동네에서 제일 독특한 집이었다. 외관으로 보면 특별할 것은 없는 시골집의 모양 그대로였지만, 아버지의 손이 닿는 곳은 울퉁불퉁한 다른 집의 외관하고는 차이가 있었다.

우리 집 아궁이를 보면 반듯반듯한 모양새가 처음부터 설계를 하고 만들어 놓은 싱크대처럼 각이 맞았고, 수리를 마친 지붕은 두 가지 색이 교차되는 모양으로 페인트를 칠해 놓았다.

시골살이에서 유용하게 사용되었던 아버지의 손기술은 삶의 근거지를 소도시로 옮겼을 때 연탄 보일러를 전문적으로 시공하는 전문가로서의 진입이 수월했고, 지역에서는 솜씨 좋은 기술자라고 소문이 자자했다. 연탄 보일러가 사양산업이 되고 새로운 사업이 필요할 때, 아버지는 대도시에서 한 번쯤은 살아 봐야겠다며 인천으로 이사를 오게 되었다. 그동안 쌓아 왔던 삶의 노하우라는 것이 도시에서는 쓰일 곳이 없자 아버지는 밑바닥의 일부터 닥치는 대로 일을 하셔야 했다.

그렇게 세월은 흘러 칠십 대 후반의 노인이 되셨다. 동네에는 경로당이 있었는데, 아버지는 아직 당신이 젊다고 생각을 하셔서 절대 경로당을 가시는 일이 없었다. 늘 산골 생활을 동경하며 살아 오셨던 아버지는 경로당 대신 동네에서 가까운 산을 찾아서 혼자 산행을 즐기셨다.

나는 어려서부터 식물도감 보는 것을 참 좋아했는데, 그 이유가 집에서 볼 수 있었던 유일한 책이 아버지가 보시던 식물도감뿐이었기 때문이다. 아버지는 시골 태생이었음에도 아버지가 모르는 풀에 대해 관심이 많으셨고 궁금한 것은 어떻게든 파고들어서 공부를 하시는 분이었다. 그렇게 늘 식물도감을 끼고 공부하시던 아버지가 산에 올라가시면 시야에 들어오는 풀들은 우리가 느끼는 잡초가 아니라 이름과 약효가 알려진 약초들이 많았다.

어느 날에는 철물점에서 곡괭이 하나를 구입하시더니 등산 가방에 넣고 산행을 가셨는데, 가벼웠던 가방이 집으로 돌아오셨을 때는 들지도 못할 만큼의 무게가 되었다. 무엇이 들어 있는지 궁금한 마음에 펼쳐 보니 칡이 가득 들어 있었다. 사방팔방 칡넝쿨이 넘쳐나는데 칡을 캐는 사람들이 없어서 아깝다는 생각이 들어서 곡괭이를 구입하셨던 것이었다.

오래전에 살았던 시골 마을의 뒷산이야 동네 사람들이 공동으로 이용하는 텃밭에 가까워서 누구라도 부지런하기만 하면 자연이 길러 놓은 먹거리들의 주인이 되는 일에 법적인 문제가 없었지만, 도시의 산에서 임산물을 채취하는 것은 법을 어기는 일이었기에 조심해야 할 일이라고 말씀을 드렸다. 하지만 아버지는 사람들이 전혀 다니지 않는 아버지만의 길이 있어서 들키지 않으니 걱정하지 말라고 하셨다.

오래전 시골에서 그랬던 것처럼 칡을 캐는 일에 재미를 붙이신 아버지는 매일 칡을 캐 오셨지만, 자꾸 쌓이기만 하는 칡을 먹을 사람은 없었다. 칠십 대 후반의 연세에도 불구하고 아버지의 체력은 젊은 남성 이상의 단단한 체력을 지니셨던 분이셔서 지치는 기색도 보이지 않았다.

하루는 쌓여 있는 칡을 보시더니 아버지는 어떻게 처리를 할까 고민을 하시는 것 같았다. 잠깐 외출을 하시는 건가 싶었는데 철물점에 가서 리어카를 한 대 구입해서 끌고 오셨다. 합판도 몇 장 구해오시더니 도면도 없이 톱질을 하고, 못질도 몇 번 한 후 근사한 가판대를 만들어 내셨다. 그런 후에 합판에 종이를 덧대어 붙이고 칡이 가진 효능을 쭉 써 내려가셨다. 천천히 읽어보니 칡은 생각했던 것보다 효능이 많았다는 사실에 놀라기도 했지만, 그것을 왜 쓰고 계시는지가 더 궁금했다.

아버지는 다 만들어 놓은 가판대에 칡의 설명서를 붙인 후에 비가 와도 젖지 않도록 덮어서 마당에 세워 두시고 다시 칡을 만지기 시작하셨다. 깨끗하게 세척을 한 후에 미니 작두를 이용해서 얇게 저미는 과정을 반복하시더니, 볕 좋은 옥상에 돗자리를 펼치고 건조를 시켰다. 산처럼 쌓였던 칡이 건조 과정을 거치고 나니 십분의 일도 안 되는 양으로 줄어 있었고, 아버지는 그것들을 리어카에 싣고서 사람들의 왕래가 많은 농협 앞에 세워놓고 노점을 하셨다. 처음에는 동네 창피하게 왜 저러실까 싶기도 했었고, 누가 칡을 사갈 것 같지도 않은 생각에 아버지의 고단한 노력들이 헛수고가 되는 것 아닌가 걱정스럽기도 했었다.

오후에 아버지가 돌아오셨을 때는 아침에 한가득 싣고 나갔던 칡은 바닥이 보일 만큼 줄어들어 있었고, 기분이 좋아지신 아버지는 삼겹살을 사서 돌아오셨다. 생각보다 판매가 잘 되었기 때문에 아버지는 산에 가시는 일에 욕심을 내기 시작하셨다. 아침에 일찍 가셔서 늦은 오후까지 칡을 캐서 오셨으니 내가 생각하기로는 근방의 산에는 더 이상의 칡이 존재하지 않을 것만 같았다.

아버지는 조금 더 먼 산으로 가시기 시작하셨고 잠시 휴식을 취할 때 필요한 소주와 보름달 빵을 챙겨 가셨다. 나중에 생각을 해 보니 칡을 캔다고 기운이 다 빠졌을 시간에 허기진 속으로 소주와 빵이 들어가고 빈속에 상처가 나서 암세포가 생기게 된 건 아니었을까라는 생각이 들었다.

진행 중인 위암을 품고 계셨지만 아버지는 환자가 아닌 분처럼 늘 꿋꿋하게 견뎌 내셨다. 봄부터 가을까지 산행을 즐기셨고 팔십 대의 나이가 무색할 정도로 힘이 좋으셨다. 가을이 깊어지고 냉기가 온 산을 타고 흐를 때, 여든한 살 아버지의 산행은 멈추었다.

늘 다니시던 산행을 가시지 않게 되자 아버지는 종일 강아지와 방에서 시간을 보내셨고 간혹 심심하면 텔레비전을 보는 시간밖에 없었다. 산행으로 생겨난 근력이 줄어들기 시작하자 그동안 잘 참아 내셨던 속앓이가 다시 시작되었다. 한 번의 감기 기운이 스쳐 지나갈 때마다 아버지의 남은 시간이 불안하게 느껴지기 시작했다.

매 분기별로 받아오던 정기검사에서 그동안 쉬고 있던 암세포들이 다시 움직이기 시작한 것 같다고 남은 시간 잘 모셔드리라는 말을 했고, 아버지는 하루하루 눈에 띄게 달라지고 있었다. 어느 날 아침에 출근을 하려는데 언니에게서 전화가 와서 받으니 친정으로 빨리 와줄 수 있겠느냐는 다급한 목소리였다. 친정은 걸어서 삼 분 거리에 있어서 출근 전까지 삼십 분 정도는 여유가 있었기 때문에 빨리 가 보았는데, 밤새 기력이 바닥이 나신 아버지가 화장실을 가시려다가 쓰러지셨고 그대로 옷에 실수를 하셨다고 했다.

함께 살고 있던 올케언니가 당황스러워서 언니에게 전화를 했고, 언니는 나에게 도움을 청했던 것이었다. 도저히 며느리인 올케언니에게 아버지의 맨몸을 보일 수는 없어서 나를 불렀다고 했다. 상황은 급했고 곧 출근을 해야 할 시간이라서 잠시라도 주춤거릴 시간적 여유가 없었다. 나는 아버지를 안고서 욕실에 들어가서 바닥에 뜨거운 물을 뿌려 데운 후에 눕히고 옷을 벗겼다.

내 자식을 키울 때는 단 한 번도 거부감을 느끼지 못했던 똥이었는데, 거부감이 잠시 스쳤다. 그러자 내가 아기였을 때 부모님이 당연한 것처럼 해주셨던 일이었을 텐데라는 마음이 들면서 아버지의 심정을 생각해 보게 되었다. 딸들 앞에서 전라로 노출되어야 했던 아버지의 당혹스러움이 더 컸을 테니 차라리 아무렇지 않은 듯 씻겨드리고 싶었다.

"살다 보니 우리 아버지 꼬추를 보는 날도 다 있네~."

"아버지, 우리가 어렸을 때 씻겨 주셨던 것처럼 이제는 우리가 아버지를 씻겨 드리는 거니까 다 괜찮아요~."

"아이고~ 꼬추에도 똥이 끼여서 지저분하네…. 어찌할꼬~."

"울 아버지 안 찝찝하게 뽀득뽀득 씻겨 드려야겠네…."

"원래 자식이 자라면 부모님이 아기가 될 차례니까 아버지, 절대 창피한 게 아니에요."

출근 시간이 급했던 나는 언니에게 아버지가 기댈 수 있게 안고 있으라고 한 후에 맨손으로 똥으로 물든 아버지의 하체를 씻어 드렸다. 손 대기 전까지의 망설임은 딱 손 대기 전까지의 망설임이었을 뿐이었고, 씻겨 드리는 순간에는 아버지의 똥은 더 이상 오물이 아닌 아버지의 일부로 느껴지기 시작했다. 급한 부분만 씻겨 드린 후에 나는 출근을 했고 언니가 마무리를 했다.

나는 불효녀였었다고 스스로에게도 말을 한다. 먹고살기 바쁘다는 이유로 아버지가 편찮으신 시간에도 단 한 번도 병원에 동행한 일이 없었다. 늘 언니가 맡아서 해 오던 일이라 당연한 것처럼 외면을 했었다. 천사표 언니의 타고난 효녀 기질을 잘 이용한 불효녀의 모습이 내 모습이었다.

언니는 아버지를 모시고 병원을 다니는 일에 단 한 번도 힘들다는 내색을 하지 않았고 아버지가 떠나시기 전, 몇 개월의 입원 기간에도 아버지 곁을 벗어난 적이 없었다. 언니의 수고스러움을 너무 잘 알고 있으면서도 나는 언니에게 수고했다는 말을 해 본 적이 없었다. 오늘 이 글을 쓰다 보니 온 정성을 다하여 부모님을 챙겨 드린 언니의 따뜻한 마음이 더 진하게 느껴진다. 불만투성이 못난 동생인 나까지 잘 감싸주는 언니에게 표현하지 못했던 말을 하고 싶다.

"고맙고 감사합니다. 그리고 사랑합니다."

다시 일어나

숨이 턱에 차오를 만큼 힘껏 달려 봐

바람이 한결 자유롭다 느껴질 거야

하늘이 훨씬 푸르다고 느껴질 거야

대지가 꽤 단단하다고 느껴질 거야

꽃들의 노래가 아름답다고 느껴질 거야

이처럼 세상이 아름다워 보일 때

왜 호흡을 해야 하는지 알게 될 거야

세상을 향한 사랑이 비로소 시작되는 거야

들숨과 날숨의 장단처럼 사랑이란

늘 그렇게 어긋남 없는 운명인 거야

고잉
그레이

　　사십 대 초반에 접어들 때만 해도 흰머리가 가득한 중년의 여성들을 보면 '저 여자는 왜 그렇게 흰머리가 많은 것일까…? 나는 나이가 들어도 저렇게 될 것 같지는 않은데…'라는 생각을 하고 살고 있었다.

　노안이 시작되었다는 친언니의 말에도 공감을 하지 못했고 팔, 다리, 허리, 어깨의 통증과 볼록하게 나오는 뱃살까지 중년 여성들의 특징은 나의 일이 아니라는 생각이 컸다.

　사십 대를 분명 살았는데 단 한 번도 살아 본 적 없었던 세월처럼 통째로 사라진 것 같은 느낌의 문득이 가슴을 두드렸을 때, 나의 나이는 쉰이 되어 있었다. 오랜 시간 갈색으로 멋내기 염색을 했던 머리카락은 윤기가 사라져 푸석거리고 있었고, 볼 언저리로 옅은 기미가 볼 화장인 것마냥 자리를 잡고 세월의 그림자를 만들어 내고 있었다. 그래도 나는 여전히 경제 활동을 왕성하게 하고 있었고 직장

내의 동료들에 비하여 체력도 월등히 좋아서 하루 종일 서서 하는 일도 무리없이 해 내고 있었다.

심지어 조금 더 많은 월급을 받기 위하여 다른 이들이 하지 않는 연장 근무를 했었고, 직장을 쉬는 휴무일에는 취미 생활로 단련이 된 빵 굽는 일로 부업을 하기도 했었다. 아이 둘을 데리고 누구의 도움 없이 혼자 이끌어 가야 하는 살림이었기에 악착같이 더 일에 매달려 살았던 세월이었고, 남들의 일 년은 열두 달이었지만 나의 일 년은 그보다 두서너 달이 더 많은 것처럼 살았다.

한 달에 한 번 꼴로 염색을 하는 편이었는데 휴무일까지 부업을 하다 보니 시간을 내지 못해서 보름 가량 염색을 미루게 된 날이 있었다. 비용 절감을 위하여 염색을 집에서 했었는데, 피곤함과 귀찮음 때문에 미뤄두었던 일이기도 했다. 약간의 틈이 벌어지니 한 달에 한 번씩 염색을 할 때는 몰랐던 뿌리 부분의 흰머리들이 도드라져 보이기 시작했다. 거울 속의 나를 자세히 들여다보았더니 검은 머리카락보다 흰머리가 더 많아 보이는 것 같기도 했다.

염색약으로 포장되어 있었던 나의 모습이 벗겨지기 시작하니 현실은 젊었던 날에 생각했었던, 중년의 나이에도 젊게 살고 있을 거라는 희망은 망상에 가까운 것이었다며 나를 때리는 것 같았다.

『고잉 그레이』라는 제목으로 흰머리 염색을 그만두기로 했다고 책을 쓴 사람도 있다고 하고, 흰머리를 멋으로 봐 주기도 하는 세대가 된 것 같아서 나 역시도 염색을 하지 않는 나를 찾아가고 싶은 마음이 들었다. 직장 생활을 하는 중이라서 행여나 염색을 하지 않는다는 이유로 퇴출의 대상이 되지 않을까 고민을 잠시 해 보았지만, 스스로 생각해 보았을 때 흰머리는 지극히 자연스러운 현상이고 남성의 대머리처럼 어쩔 수 없는 세월의 흔적이라는 결론이 내려졌다. 그래서 괜찮을 것도 같았다.

유전에 의하여 대머리가 된다고 해서 다니던 직장을 그만두어야 할 사유가 되지 않는 것처럼, 남녀에게 일어나는 흰머리 또한 노화의 과정이고 자연스러운 것이라고 생각해 보니 오히려 당당하기까지 했다.

마음이 당당해지니 점점 자라서 올라오기 시작하는 흰머리가 나의 모습을 어떻게 변화 시킬지 궁금해지기도 했다. 그래서 앞으로는 절대로 염색을 하지 말자라고 다짐을 했다. 무엇보다 더 좋은 점은 염색약을 구입하는 비용이 필요 없게 되었고, 한 달에 두 시간씩 염색에 공들이는 시간이 사라졌으니 그만큼의 시간을 벌게 되었다는 점이다.

염색 중단을 선언한 후에 두 달의 시간이 지나갔고, 2cm 정도로 자라난 흰머리는 참으로 모양새가 밉고 단정해 보이지 않았다. 몇 달간의 시간이 지나가야 전체적으로 스며들 듯 자연스러워질 것 같아서 잘 참아 보기로 하며 시간이 지나가기를 기다렸다.

여전히 일은 하고 있었고, 흰머리가 자랐다고 해서 일에 영향을 미치는 것은 없었으며, 오히려 자주 마주치게 되는 사람들에게 "흰머리가 제법 있었네"라는 말을 듣기는 했지만, 본인들도 염색을 하지 않으면 흰머리가 많다면서 오히려 나의 모습을 보고 위로를 받기도 하는 것 같았다. 흰머리가 자라는 동안 행여나 지저분해 보일까 봐서 긴 머리카락은 하나로 묶어 깔끔한 올림 머리를 하고 평소보다 더 많은 신경을 기울이기도 했다. 그러나 나의 이런 노력에도 불구하고 직장의 대표가 지나가면서 보게 된 것인지 관리자를 불러서 염색을 하라고 지시를 했다는 이야기를 전해 듣게 되었다. 그들은 염색을 왜 하지 않는가에 대한 이유는 들어 볼 필요조차도 없는 것이라는 입장으로 귀를 막아 두고 염색을 하라고 명령을 내렸다.

내가 염색을 하지 않은 것이 잘못한 일인가 다시 생각을 해 보아도 결론은 여전히 노화에 따른 자연스러운 현상이라고 났다. 잘못을 한 일 같으면 반성의 과정을 그치고 고쳐 나가야겠지만, 잘못을 하지 않은 일에 수긍할 수는 없었으니 염색을 하지 않는 이유에 대해서 한 번쯤은 말을 하고 싶었다. 염색을 하고 출근하라는 지시 상황 자체를 휴대 전화 문자로 받았기 때문에, 내가 다시 물어볼 수 있는 통로 역시 문자밖에 없었다.

관리자에게 물어 보았다. 이 자연스러운 현상이 내가 잘못한 현상인가… 만약에 염색을 계속 거부한다면 어떻게 되는 것인가… 라고 문자를 보냈다.

사원들을 총괄해서 관리한다는 관리자가 하는 말이 자기는 모르겠으니 자기보다 더 높은 직위를 가진 분에게 여쭈어 보라는 말이었다. 내가 원하는 관리자는 잘못한 직원은 바른길로 인도하고, 잘하고 있는 직원들을 위해서는 한마디의 칭찬이라도 더 해 주며, 불합리한 일에서는 직원 편에 서서 함께 헤쳐 나갈 수 있는 사람이었다. 내게 알아서 하라는 말투 자체가 관리자로서의 귀찮은 일은 피하고 싶은 눈치였다. 목마른 사람이 우물을 판다고, 관리자 위의 상급자에게 문자로 물어 보았다.

"인생 계획표대로 염색을 그만하기로 했는데, 염색을 하지 않으면 어떻게 되는 건가요?"

"그건 이미경 씨 계획일 뿐이고, 염색을 하기 싫으면 그만두시면 됩니다."

사 년을 결근 한 번 없이 열심히 일했던 곳이었고, 나를 찾는 단골 고객들도 많았었기에 의견을 주고 받는 몇 번의 조율이라도 가능할 줄 알았다. 그런데 필요 없는 가지를 쳐 내듯 하는 상사의 정 떨어지는 문자에 염색을 하지 않고 출근을 해도 된다 하더라도 더 출근할 필요성을 느끼지 못했다.

많은 고객들이 내가 그만두게 된 사실을 알고 서운해하면서 왜 그만두는 거냐고 물어올 때마다 "흰머리가 많다고 나가라고 그러네요"라며 대답을 했더니 모두가 농담을 하는 줄 안다.

고객들이 나의 모습을 보고 하는 말들은 "염색을 하지 않으니 자연스럽게 멋지다", "나도 염색을 그만두고 싶다", "흰머리가 제법 멋지네요", "'고잉 그레이' 파이팅" 등등, 기분 좋은 메시지로 응원을 했었는데, 회사 측이 다시 내게 하는 말은 "고객들이 싫어한다"였다.

"나는 고객을 겪어 봐서 알지만, 너희들이 고객을 알아…?"

어떤 광고물 영상처럼 해 주고 싶었던 말이다. 실업급여를 신청하러 가서 퇴직 사유를 적어 넣는 칸에 이유를 그대로 적어 넣었더니 담당자는 어이없는 코미디를 보는 듯 실없이 웃었다.

'흰머리를 염색하지 않는다는 이유로 퇴사하랍니다.'

이와 같은 경우라면 대표가 만약에 대머리를 싫어하는 사람이었다면 대표의 한마디에 그 누군가는 대머리라는 이유로 직장을 잃게 되기도 했겠지?

염색을 하라며…? 흰머리는 세월이 해 주는 염색이라는 사실을 모르는 사람들 같으니라고….

요즘은 고잉 그레이가 대세라고, 대세!

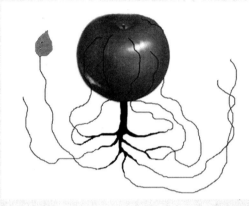

삶의 뿌리

삶

늘 뿌리를 내리며 희망을 잉태하는 것

뉴욕 선생님과
한국 제자

띵~ 밤 열시가 되면 카톡이 어김없이 울린다. 반가운 마음에 카톡창을 열어보면 뉴욕 선생님의 '볼까요'라는 노크가 들어와 있다. 그러면 나는 '네~'라고 대답을 한다. 미국의 아침은 한국의 밤이라 자연스럽게 시간의 흐름에 따라 이렇게 레슨 시간이 정착이 되었고, 2021년 9월부터 시작된 레슨은 2022년 10월까지 이어져 오고 있다.

지금보다 더 젊었던 시절에는 나이 쉰이 되면 어느 정도의 부를 축적하고, 먹고사는 일에 걱정을 하지 않을 거라는 막연한 생각으로 살았었다. 막연하기는 했지만 당연히 그렇게 되리라는 확신은 흔들림 없었는데, 막상 쉰이라는 나이가 되었을 때 인생의 큰 변화는 보이지 않았고, 늘 제자리걸음만 걷고 있었다는 생각이 들자 불안해지기 시작했다.

스스로 퇴보하지 않음이 다행이었노라, 제자리걸음에도 이유는 있었다고 외쳐 보지만, 사실 나의 삶은 늘 퇴보를 하고 있었던 것이었다. 무탈하게 시간이 지나가자 늘 그대로 있는 것 같은 착각으로 살았을 뿐, 이렇게 나이를 먹어 버렸으니 이 자리는 제자리가 아닌 헤매고 있는 미로 속의 공간이었다.

나의 인생을 계절로 본다면 봄, 여름은 지나가고 가을로 진입하기 시작하는 시기인데 봄, 여름의 햇빛과 비바람이 내어 주던 양분을 놓쳤으니, 가을로 진입한들 풍년을 기대할 수는 없을 것 같아서 마음은 더 급해지고 있는 것 같다. 후회는 아무리 빨라도 늦는다고 하는데, 소용 없는 짓에 미련을 두지 말라는 뜻이기도 하다. 지나간 오십 년의 시간과 똑같은 형태로 살아간다면 나머지 시간들도 별반 다를 것 없이 그렇고 그런, 형편없는 삶으로 끝날 것이다.

서른이 되었을 때 가졌던 꿈 중 하나가 마흔이 되면 그림 공부를 하겠다는 꿈이었는데, 마흔이 언제 지나가 버린 줄도 모르겠다. 또 마흔에 꿈꾸었던 계획 중에 하나가 늙어서 즐길 만한 악기 하나를 배워 보자는 것이었는데, 살다 보니 또 마흔이라는 기점을 놓친 것이었다. 사십 대 초반에 기타를 배울 수 있는 동호회를 찾아보니 한 달 이용료가 오만 원이었다. 그런데 그 오만 원을 벌기 위해서는 일을 해야 하고 일을 하면 시간이 맞지 않는 상황이었다.

나의 팔자에는 어찌 반짝이는 세월도 한 번 오지 않는 것인가… 늘 미루어 두고 실천하지 못하던 나의 모습이 미워서, 복권이라도 당첨

된다면 기타를 꼭 배워 봐야지 하는 심정으로 로또 복권을 한 장 샀던 적이 있었다. 번호를 확인해 보니 4등 오만 원이 당첨되었다.

4등도 당첨은 당첨이었으니까, 당첨이 된다면 기타라도 배워 봐야지라고 했던 말을 지켜야 할 것 같은 기분이었다. 당첨금 오만 원을 찾아 들고 가까스로 시간을 쪼개어 기타 동호회를 찾아가서 일주일에 한 번씩 네 번의 수업을 받게 되었다. 당첨금은 오만 원뿐이었고 다음 달 수강신청은 포기해야 했다. 그로부터 또 십 년의 세월이 잃어버린 시간처럼 지나가 버렸다. 실천하지 않는 계획은 계획이 아닌 것인데 나는 왜 시간 낭비를 해 가며 하지도 않을 것들을 하겠다는 다짐을 그렇게도 야무지게 세워 놓고 지키지 못했는지 미련하기만 하다.

"쉰이라는 나이는 무언가를 시작하기에 늦어 버렸어"라는 말로 자포자기를 한다면 십 년 후의 나는 얼마나 형편없이 늙어 버린 여자가 되어 있을지 상상하는 것만으로 끔찍하다. 인생의 계절, 가을 초입인 쉰이라는 나이를 허투루 보내기 싫었다.

태어나고 자라서 늙어 죽어가는 과정을 순서대로 보자면 시작점의 계절이 봄이 되고, 가을이 거두어 들이는 수확기가 된다. 나의 계절은 이미 가을이 시작되었고 봄은 다시 돌아오지 않는다. 가을과 겨울이 많이 남았으니 포기하기에도 아직 이르다. 시작만 하면 언제든지 수확할 수 있는 콩나물을 예를 들어 보면, 봄에 심은 콩이 여름에 꽃 피고 자라 가을에 여물게 되어 추수를 하게 된다. 그렇게 거두어 들인 콩알은 마른 상태에서 보관을 하게 되면 몇 년씩 보관해도 그대로 있지만, 언제든지 시루에 안치고 물을 먹게 하면 일주일이면 콩나물 인생이 수확기에 접어든다. 사람의 인생도 때로는 콩나물 같다는 생각을 한다. 한 번뿐인 인생이라 봄은 다시 올 리 없고, 콩 심을 기회는 이미 놓친 것인데 그렇다고 후회만 하고 있다면 꿈틀거려 볼 기회는 없을 것이다.

하지만 콩나물이 되는 꿈을 꾼다면 우리는 언제나 도전을 두려워하지 않게 될 것이다. 악기를 배워 보겠다는 마음을 버리고 있었던 것이 아니었기에 다시 찾을 수 있었고, 콩나물이 되어 보겠다는 심장 속의 콩알은 살아 있었다.

아침에 출근을 하면 밤 아홉 시까지 근무를 해야 하는 일과로는 학원에 가서 무엇인가를 배우기에 무리가 있었다. 방법을 찾아보아야 했고, 가장 쉽게 접할 수 있는 유튜브를 선택했다.

그동안은 관심 밖이었던 유튜브의 정보는 놀라울 정도로 많았고, 오히려 너무 많아서 어떤 것을 보고 들어야 할지 헷갈릴 정도였다. 예전부터 뭔가를 집요하게 파고들다가 샛길로 잘 빠져들기도 했는데 아니나 다를까, 유튜브의 동영상을 보다 보니 일반인들이 동영상을 쉽게 올리고 소통하는 것이 너무 재미있겠다는 생각이 들기 시작했다.

'나도 한 번 해 볼까…? 궁금하면 해 봐야지….'

어떻게 진입을 해야 하는지도 몰랐던 유튜브를 살펴보기 시작하게 되었다. 가장 기본적인 회원가입이라도 해 보면 길이 보이겠지 싶어 먼저 등록을 하고 채널 하나를 부여받게 되었다. 채널이 생기고 준비는 되었는데 어떤 콘텐츠를 올려야 할지 계획이 없으니, 또 유야무야 이 년이 흘러가게 되었다.

어떤 일이든 처음의 장벽만 깨고 나면 다음은 쉬운 것인데 그것을 못하고 있다는 생각에 얼렁뚱땅 얄궂은 동영상 하나를 올리는데 성공을 했고, 수백 명이 봤다는 숫자가 올라가 있었다.

'어라…? 이게 되는 거였네…?'

이래서 유튜브로 전업하는 사람들이 많은가 보다. 꿈이 저절로 부풀게 되는 상상을 하면서 본격적으로 콘텐츠라는 것을 생각해 보게 되었다.

내가 잘하는 것이 무엇이 있을까 생각을 해보니 하고 싶은 것들이 너무 많았다. 빵, 그림, 재봉틀로 만드는 소품들, 시낭송…. 내 딴에는 신중하게 열심히 작업을 하고 편집을 해서 올렸는데, 봐주는 사람도 없었고 생각한 대로 흘러가지 않았다.

엄마와 아이가 동시에 볼 수 있는 영상이라면 인기가 좀 있지 않을까라는 생각으로 인형 놀이를 선택해 보았다. 인형의 집을 꾸미는 과정을 올려 봐도 사람들의 관심 밖일 뿐 개미 한 마리 얼씬도 하지 않는 조용한 채널이었다. 하다 보면 언젠가는 좋은 날도 오겠지…. 누구를 보여 주기 위한 용도가 아니고 스스로 즐기기 위한 나만의 채널로 꾸며 보자라고 생각을 바꾸니 동영상을 만드는 일이 즐거워지기 시작했다.

가수로 활동하고 있는 친구를 보니 인형으로 뮤직비디오를 만들어 주면 재미있을 거라는 생각이 들었고, 친구의 모습을 미니어처로 만들어서 영상 촬영을 하고 친구의 노래를 넣었더니 제법 귀엽고 봐 줄 만했다. 친구의 동영상을 만들다가 친구가 커버한 「개여울」이라는 노래를 듣게 되었고, 다른 버전의 「개여울」도 들어 보고 싶어서 유튜브의 검색창에서 검색을 하기 시작했다. 쭉쭉 훑어내려 보다가 은발의 기타리스트가 연주하는 「개여울」을 찾을 수 있었다. 늘 기타를 배우고 싶은 꿈이 미련으로 남아 있어서 눈에 더 띄었던 것 같기도 했다.

다음날이 휴무라서 늦은 밤이었지만, 편한 마음으로 기타리스트의 채널에 접속을 하고 「개여울」을 들었는데 감동적이었다. 올려 둔 모든 곡을 들어 보고 싶은 마음에 차근히 감상을 하게 되었고, 모든 곡은 감동을 넘어선 감동을 느끼게 해 주었다.

익숙한 옛 노래들의 연주라서 더 좋았던 느낌이었다. 유튜브를 그렇게 보았어도 댓글을 남기지 않던 내가 감동적인 연주곡을 들려 주셔서 감사하다는 댓글을 남기게 되었다. 은발의 기타리스트의 닉네임은 '기타파파'님이었다.

감동의 여운은 꽤 길었고, 내가 느꼈던 감동을 다른 사람들에게 느끼게 해 주고 싶은 욕심이 나서 연주곡을 배경음악으로 사용해도 될지 댓글로 물어 보았다. 아무 답이 없어서 안 되는 건가 보다라고 포기를 하고 연주곡을 감상하는 것만으로 만족을 해야 했다. 미니어처 기타를 만들어서 다른 분의 기타 연주곡을 배경으로 넣고 뮤직비디오를 만들어 봤지만, 기타파파님께서 올려 두셨던 연주곡을 들은 이후에는 그 어떤 기타 연주곡도 만족스럽게 들리지 않았다.

다른 분의 연주곡으로 만든 뮤직비디오를 기타파파님께서 보셨는지 칭찬의 댓글을 남겨 주셔서 반갑고 기쁜 마음이 들었다. 원래는 기타파파님의 연주곡을 사용하고 싶었는데, 허락을 안 해 주셔서 다른 곡을 사용하게 되었다는 답글을 달았더니 그 댓글을 확인하지 못해서 미안하게 되었다고 하셨다. 그리고 언제든지 올려진 연주곡을 마음껏 사용해도 된다고 허락을 해 주셨다. 너무 기분이 좋아서 기타파파님의 기타를 미니어처로 만들고, 모습을 닮은 인형에 옷을 만들어 입히고 기타파파님의 연주곡을 넣고 동영상을 만들게 되었다. 동영상을 보시게 된 기타파파님께서 너무 좋아하셔서 기분이 참 좋았다.

깐깐하고 도도한 교수님 같은 이미지로 보여서 말을 붙이는 것도 어려울 것 같았던 분이었는데 기타파파님은 의외로 따뜻하고 다정하신 분이셨다. 뭔가 깐깐해 보이던 담이 무너지기 시작하니 기타파파님은 가까운 이웃처럼 느껴졌다. 하지만 온라인으로는 가까웠지만 현실적으로는 너무나 멀고 먼 뉴욕에 살고 계신다고 하셨다.

한두 달의 시간이 지나가고 댓글 인사로 어느 정도의 친분이 생겼을 즈음, 기타파파님이 갑자기 병원에 입원 중이시라고 하셨다. 빨리 쾌차하시라고 응원의 댓글을 쉴 새 없이 보내 드리게 되었는데 병원 생활을 하시는 동안 댓글로 즐거울 수 있었다고 고마워하셨다.

기타파파님의 연주곡을 듣다가 기타파파님의 채널에 나에게도 기타를 배우고픈 꿈이 있었다는 댓글을 적어 놓은 적이 있었는데 기타파파님은 그 댓글을 그냥 넘기지 않고 기억을 해 주셨다. 어떤 방법으로 기타를 배울 수 있을지 생각을 해 보자고 하시더니 기타를 한 대 보내 주시겠다고, 악기를 시작해 보라고 하셨다. 음악에 대해서는 아무것도 모른다고 하니까 기타파파님께서 나의 기타 선생님이 되어 주시겠다고 약속을 해 주셨다.

아무런 연고도 없는 내게 선생님께서 기타를 보내 주셨고 미국이라는 먼 곳으로부터 기타를 받을 수 있다는 사실이 놀랍고 신기했다. 음악에 대해서 아는 것이 전혀 없는 내가 과연 악기를 배울 수 있을까 의심스러웠지만, 선생님께서 하나하나 알아들을 수 있도록 설명을 해 주셨고 알아듣지 못하면 더 쉽게 풀어서 설명을 해 주셨기 때문에 천천히 한 걸음씩 떼어 놓을 수 있었다. 분명 레슨 속도를 잘 따라가지 못하고 있었음에도 칭찬으로 용기를 내게 해 주셔서 배우다 보니 어느새 기타 연주에 맞추어 할 수 있는 노래가 몇 곡이 생겼다. 여전히 나는 서툴지만 내게는 선생님이 계시니까 언제나 든든한 기분이다.

선생님께서 들려 주시는 아름다운 연주곡처럼 나도 선생님께 연주곡을 들려 드리고 싶다.

뉴욕 선생님과 한국 제자의 컬래버레이션은 어떨까요?

선생님 은혜에 감사드립니다. 그리고 사랑합니다. 오래오래….

mk

난 여기서 멈추지 않아

난 여기서 멈추지 않아

내가 가야 할 곳은 미래이기도 하지만

그것은 포기할 수 없는 나의 꿈이기 때문이야···